Nadine Gordimer

Beute

und andere Erzählungen

Aus dem Englischen
von Barbara Schaden

Berliner Taschenbuch Verlag

REINHOLD

12. März 1908 – 18. Oktober 2001

1. März 1953 – 18. Oktober 2001

Juli 2005

BvT Berliner Taschenbuch Verlags GmbH, Berlin

Die Originalausgabe erschien 2003 unter dem Titel

Loot, And Other Stories

bei Farrar, Straus & Giroux, New York

Umschlaggestaltung: Nina Rothfos und Patrick Gabler, Hamburg

Typografie: Renate Stefan, Berlin

Gesetzt aus der Goudy durch psb, Berlin

Druck und Bindung: Clausen & Bosse, Leck

Printed in Germany · ISBN 3-8333-0303-4

BVT

In der Erzählung *Reverenz* besucht ein bezahlter Killer das Grab eines Politikers, den er umgebracht hat. *Die Generationslücke* stellt das übliche Verhältnis zwischen den Generationen auf den Kopf. Dieses Mal ist es der Vater, dessen Verlangen nach Freiheit die bereits erwachsenen Kinder schockiert. Und in *Karma* feiert Nadine Gordimers Erfindungsgabe Triumphe: Fünf Mal kehrt der Erzähler in verschiedenen Reinkarnationen auf die Erde zurück, in unterschiedlichem Alter, mal als Mann, mal als Frau, um Dinge, die er »unerledigt« hinterlassen hat, doch noch zu Ende zu führen. Voller Witz, voller Ironie bezweifelt diese Erzählung unsere Erfahrung von Realität.

Nadine Gordimer, 1923 in der Nähe von Johannesburg geboren, zählt zu den bedeutendsten Autorinnen der Weltliteratur. Ihre Bücher wurden in über 26 Sprachen übersetzt. Sie wurde mit zahlreichen Preisen geehrt, 1991 mit dem Nobelpreis für Literatur. Im Berliner Taschenbuch Verlag erschien bisher ihr Roman *Ein Mann von der Straße*.

INHALT

BEUTE – 7

LEITSÄTZE – 13

BESUCH BEI GEORGE – 77

DIE GENERATIONSLÜCKE – 83

L,U,C,I,E – 107

DOPPELGÄNGER – 119

DIE DIAMANTENMINE – 133

REVERENZ – 147

EINE ABGESANDTE – 155

KARMA – 163

ANMERKUNGEN – 253

BEUTE

Es war einmal, irgendwann in unserer Zeit, ein Erdbeben: Aber dieses ist das stärkste, das je registriert wurde, seitdem die Erfindung der Richter-Skala apokalyptische Warnungen für uns messbar gemacht hat.

Es kippte einen Festlandssockel. Erschütterungen solcher Art verursachen häufig Fluten; dieser Koloss bewirkte das Gegenteil, er zog den Ozean zurück wie ein tiefes Atemholen. Die geheimste Ebene unserer Welt lag enthüllt: der Meeresboden mit allem Versunkenen – Schiffswracks, Häuserfassaden, Kerzenlüster, Toilettenschüssel, Piratentruhe, Fernsehapparat, Postkutsche, Flugzeugrumpf, Kanone, Marmortorso, Kalaschnikow, Blechgehäuse einer Busladung Touristen, Taufbecken, Spülmaschine, Computer, Schwerter in Scheiden aus Entenmuscheln, versteinerte Münzen. Der verblüffte Blick raste über alle diese Dinge hinweg; die Bevölkerung, die aus ihren einstürzenden Häusern in die Hügel hinter der Küste geflohen war, lief hinab. Wo das Brüllen und Krachen der Erde sie zu Tode erschreckt hatte, war jetzt blankes Schweigen. Der Speichel des Meeres glitzerte auf diesen Gegenständen; sicher ist, dass hier unten die Zeit nicht existiert, nie existiert hat, wo die Dinge der Vergangenheit und der Gegenwart, wie sie liegen, keine chronologische Ordnung haben, alles ist eins, alles ist nichts – oder alles ist auf einmal besitzbar.

Die Leute rannten hin, um zu nehmen; nehmen, nehmen. Dies war – wann, irgendwann, jederzeit – wertvoll, jenes könnte nützlich sein, was war dies, nun, irgendwer wird es wissen, jenes hat bestimmt jemand Reichem gehört, jetzt gehört es mir; wenn du dir nicht holst, was dort drüben liegt, wird es ein anderer tun, Füße rutschten und schlitterten auf Seetang und versanken im nassen Sand, nach Luft ringende Meerespflanzen gafften sie an, niemand bemerkte, dass keine Fische da waren, die lebenden Bewohner dieser Unerde waren mit dem Wasser mit- und davongerissen worden. Der gewöhnliche Anlass für Plünderungen von Geschäften, während der politischen Unruhen für die Leute reine Routine, war damit nicht zu vergleichen. Orgiastische Freude verlieh Männern, Frauen und ihren Kindern die Kraft, um aus Schlamm und Sand alles Mögliche hervorzuzerren, von dem sie nicht gewusst hatten, dass sie es haben wollten, beschleunigte ihre wankenden Schritte, während sie umherstreiften, und das war mehr als ein Ausnutzen des Zufalls: Sie beraubten die Macht der Natur, vor der sie hilflos geflohen waren. Nehmen, nehmen; während sie zulangten, konnten sie die Zerstörung ihrer Häuser und den Verlust vergänglicher Besitztümer vergessen. Sie hatten die Stille mit ihren hin und her fliegenden Rufen zerrissen, und unter ihrem Geschrei, das wie das Geschrei der abwesenden Möwen war, hörten sie nicht, dass aus der Ferne ein Geräusch näher kam und anschwoll wie ein großer Wind. Und dann kehrte das Meer zurück und verschlang sie alle, um sie seiner Schatztruhe einzuverleiben.

So viel ist bekannt; aus Fernsehberichten, die in Wahrheit nichts zu zeigen hatten als die blaugraue Haut über der Tiefe, aus Radiointerviews mit den wenigen Gebrechlichen, Schüchternen oder Vorsichtigen, die nicht aus den Hügeln herabgekommen waren, und aus den Zeitungsartikeln über die Toten, die, vom Meer aus unbekanntem Grund zurückgewiesen, irgendwo entlang der Küste angeschwemmt wurden.

Aber die Erzählerin kennt etwas, das sonst niemand kennt; die Gezeiten der Fantasie.

Also hört, da ist ein Mann, der sein Leben lang einen bestimmten Gegenstand haben wollte. Er hat eine Menge – Dinge –, von denen er manche häufig betrachtet, denen er also zugetan sein muss, während er andere nicht zur Kenntnis nimmt, absichtlich, wahrscheinlich hätte er sie gar nicht erst erwerben sollen, aber er kann sie nicht abstoßen, da ist eine Art-nouveau-Lampe, neben der er zu lesen pflegt, und hinter seinem Bett hängt ein japanischer Holzschnitt, ein Hokusai, »Die große Woge«, dabei sammelt er eigentlich nichts Asiatisches, obwohl das Bild, hätte es an der Wand ihm gegenüber gehangen, vielleicht mehr gewesen wäre als nur ein Teil der Einrichtung, aber es war jahrelang außer Sicht hinter seinem Kopf. Alle diese – Dinge –, aber nicht das Eine.

Er ist ein Mann im Ruhestand, seit langem geschieden, er hat sich eine alte, aber gut ausgestattete Villa in den Hügeln an der Küste als den Ort ausgesucht, von dem aus er dem Ansturm der Stadt den Rücken kehren kann. Eine Frau aus dem Dorf kocht und putzt und belästigt ihn sonst nicht mit Kommunikation. Sein Leben ist gesegnet frei von Aufregungen, er hatte genug Störungen dieser Art, angenehme und unangenehme, aber der Blick von seinem Aussichtsposten auf etwas, das nie hätte passieren, niemals hätte gewährt werden dürfen, ist wie ein Befehl. Er ist einer von denen, die hinunterhasten, hinaus auf den glitzernden Meeresboden, die bloßgelegte Vergangenheit – Trümmer = Schatz, ein und dasselbe.

Wie alle anderen Plünderer, mit denen er sich nicht gemein macht, nichts gemein hat, hastet er von Gegenstand zu Gegenstand, dreht bemalte Porzellanscherben um, die von Zerstörung, Preisgabe und Rost geschaffenen Skulpturen, die salzwassergereiften Weinfässer, ein versunkenes Rennmotorrad, ein Zahnarztstuhl, und seine Schritte landen auf zerfallenen menschlichen Rippen und Mittelfußknochen, die er nicht erkennt. Doch im Unterschied zu den anderen nimmt er nichts – bis: da, geschmückt mit Girlanden aus orangebraunem Seetang, eingeklemmt zwischen perlmutternen Muscheln und roten Korallenkrusten, ist *das* Objekt. (Ein Spiegel?) Es ist, als wäre das Unmögliche wahr geworden; er wusste, dass es dort war, auf dem Meeresgrund, deshalb wusste er nicht, was es war,

hatte es vorher nicht finden können. Es konnte nur von etwas enthüllt werden, das nie zuvor passiert war, der größten Erschütterung unserer Erde, die je auf der Richter-Skala gemessen wurde.
Er hebt es auf, das Objekt – den Spiegel –, der Sand rieselt herab, das Wasser, der einzige klare Blick, der ihm geblieben war, rinnt von ihm ab, der Mann nimmt es mit, nimmt es endlich in Besitz.
Und hinter dem Kopfende seines Betts rollt die große Woge heran und nimmt ihn.
Sein Name, wohl bekannt in den Kreisen des früheren Regimes in der Hauptstadt, ist nicht unter den Überlebenden. Bei ihm und zwischen den Skeletten der jüngsten Opfer, bei den alten Piraten und Fischern, sind jene, die während der Diktatur aus Flugzeugen abgeworfen wurden, damit sie, das Meer ist Komplize, nie gefunden würden. Wer erkannte sie, an dem Tag, dort, wo sie liegen?
Es treibt keine Nelke, keine Rose.
Fünf Faden tief.

LEITSÄTZE

Es wurde immer viel gefeiert, am Wochenende, oben im Haus des Direktors. Am Montagmorgen machte sich einer vom Küchen- und Hauspersonal, der dafür zuständig war, auf den Weg, um mit der Bestellung des Herrn zu Fuß fünfzig Meilen zum Spirituosengeschäft in der Stadt zu gehen. Eine Kiste Scotch. Mit zwölf Flaschen Whisky auf dem Kopf ging der Mann wieder zurück und kam am Freitag an. Jeden Freitag. Der Kraftakt war eine berühmte Dinnerparty-Geschichte, jedes Wochenende: Das ist mein Mann – was für Köpfe sie haben, was, dick wie ein Holzklotz!

Roberta Blayne geborene Cartwright ist bei einer internationalen Hilfsorganisation beschäftigt, hat in der Genfer und in der New Yorker Zentrale gearbeitet und war mehrfach im Ausland stationiert. Ihren ersten Posten in Afrika bekam sie, als sie fast sechsundvierzig war und fand, dass sie auch so aussah; sie war einmal verheiratet gewesen, vor langer Zeit, schien ihr. Der Ehemann, ein Journalist, hatte sich während eines Einsatzes in Beijing in eine Chinesin verliebt; die Ehe war ohnehin eine sozusagen sporadische Angelegenheit gewesen, weil beide Teile des Paars meist irgendwo anders waren, und sie erlosch in aller Freundschaft. Ihr Bedürfnis, an der Veränderung der Welt mitzuwirken, das umgekehrt proportional zu jedem anderen emotionalen Bedürfnis wuchs, teilte er nicht. Es gab keine Kinder zur Erinnerung an die Ehe; nur die tragisch dreinblickenden, blähbäuchigen Kinder der Horde, die hier, dort auf Hilfe durch die bürokratischen Prozesse wartete, denen Roberta Blayne diente: nicht immer – oder nicht oft – auf direktem Weg, nämlich durch Fütterung der aufgesperrten Nestlingsschnäbel, sondern über Projekte der Politik, Infrastruktur, Telekommuni-

kation, über Handelsabkommen, Ausbildung, Landverteilung, die Wege, auf denen Entwicklungshilfe jeden Hunger stillen sollte.
Es hätte Indien sein können. Sogar die europäischen Länder, die durch Bürgerkriege in Dritte-Welt-Zustände geraten waren. Aber es war Afrika; ein Diensteinsatz, es war ein Land im Wandel wie die meisten anderen Länder des afrikanischen Kontinents. Sie bezog ein Haus in der Hauptstadt, das ihre Hilfsorganisation als Teil dessen, was dem Personal in mittlerer Position zustand, anmietete. Der Vorort stammte zweifellos aus Kolonialzeiten; eine um drei Seiten laufende Veranda verdunkelte Zimmer mit offenen Kaminen, die jetzt zugemauert und mit Elektroöfen verstellt waren, ein Garten, in dem sich Wollmispel und Bougainvillea, knorrig wie alte Eichen, über steiniger roter Erde ineinander verschlangen. Das Schlafzimmer, das sie sich aussuchte – es gab deren drei –, war offensichtlich das beste; dies bestätigten ihr die Aura der Benutzung durch ihren Vorgänger und seinen oder ihren Bettgefährten sowie die Kleiderbügel an den Stangen, die noch die Geister von Kleidungsstücken trugen. Deren Platz nahmen nun ihre Sachen ein; ihre Papiere und Bücher breiteten sich aus, wo andere beiseite geräumt und fortgeschafft worden waren. Sie war an diese Form der Übernahme gewöhnt. Was immer von der Anwesenheit anderer noch nachklang, wurde durch ihre eigene rasch ausgemerzt. Dies war eine Gewissheit, die sie das Wesen internationaler Arbeit gelehrt hatte und die ihr in Fleisch und Blut übergegangen war wie der Umgang mit dem Computer: Man muss in ständiger Verbindung mit der Zentrale stehen, dem Sitz der Organisation in New York oder Genf, und man quartiert sich in der bereitgestellten Unterkunft ein, wo andere vor einem waren und nach einem kommen werden – obwohl der schwarze Mann, der darauf besteht, einen morgens mit Tee zu wecken, und die Fußböden bohnert, und der andere, der sich niederkauert, um das Unkraut zu rupfen, das sich der Blumen-

beete bemächtigt hat, alte koloniale Riten eines Zuhauses inszenieren.
Nach ihrem Titel war sie Assistentin des Direktors der Programme für dieses Land, die von Experten in New York und Genf gemäß den Leitsätzen der Organisation geplant wurden. Die Umsetzung bestand zu einem großen Teil darin, New York/Genf so taktvoll wie möglich darauf hinzuweisen, dass der Plan, das Land zur Globalisierung hinzuführen, sich nicht ganz so verwirklichen ließ wie gedacht. Und darüber hinaus zu verheimlichen, dass sie und der Direktor behutsam und auf krummen Wegen erkundeten, wie in der Sache vorzugehen sei – nicht nach ihrem eigenen gut eingeübten theoretischen Modell, sondern in der auch von der Regierung selbst bevorzugten Weise. Denn das Land musste Reformen und Innovationen entsprechend den in New York/Genf oft unvorstellbaren Lebensumständen seiner Bevölkerung durchführen, und je nach den Erwartungen, Forderungen, Vorurteilen, politischen Rivalitäten, mit denen die Minister sich herumschlugen, um ihre Kabinettssitze zu behalten. Dies bedeutete nicht nur, in den Busch und Flüsse aufwärts zu fahren, um Gemeinden aufzusuchen, deren Dorfschule laut Entwicklungsplan mittels informationstechnologischer Ausstattung in die neue globale Welt katapultiert werden müsse – und wo der Direktor und seine Assistentin dann feststellten, dass es im ganzen Dorf keinen Strom gab –, sondern erforderte auch intensive soziale Kontakte mit Ministern und ihren diversen Stellvertretern, Beratern, häufig nicht näher definierten, aber unverkennbar einflussreichen Begleitpersonen, die eine vage Äußerung eines Ministers mitten im Satz aufzugreifen und energisch zu klären pflegten. Wer waren diese Männer – und sogar die eine oder andere Frau? Wie konnte man sie ansprechen, um interne Fakten und Hinweise zu erfahren oder Tipps zu bekommen, an wen man sich wenden musste, um in die Verallgemeinerungen eines Ministers, diese zugeschlagene Tür, mit der unerwünschte

Wirklichkeiten ausgeblendet wurden, eine Bresche zu schlagen?
Sie genoss die Exkursionen: Sie misstraute der Abstraktion. »Dann arbeitest du für den falschen Laden.« Ihr Direktor, ein Kanadier, machte sich über sie lustig; aber sie kamen gut miteinander aus. Er hatte seine Frau und seinen halbwüchsigen Sohn bei sich, der Junge besuchte eine lokale Schule zum Beweis dafür, dass der Direktor fest entschlossen war, an jedem Einsatzort am Leben der einheimischen Bevölkerung teilzunehmen. Als Junggesellin (seine Frau nannte sie so mit gespieltem Neid) war Roberta eingeladen, jederzeit zu ihnen zu kommen und mit ihnen zu essen, in dem Haus, in dem dieselbe Art Teekocher und Fußbodenbohnerer ein Kumpel des Schuljungen geworden war, ihm traditionelle afrikanische Musik auf der Gitarre beibrachte und dafür in die neueste Popmusik eingeweiht wurde. Zusätzlich zu den offiziellen Versammlungen und Botschaftspartys war das Haus des Direktors der Ort, an dem Minister und andere Regierungsbeamte, Parlamentsmitglieder, die Honoratioren der Hauptstadt, Richter, Anwälte, Geschäftsleute bewirtet wurden, um Informationen zusammenzutragen, die dem Auftrag der Organisation eventuell dienlich sein konnten. Wenige brachten ihre Gattinnen mit; die Wohlfahrtsministerin und zwei weibliche Parlamentsmitglieder waren in der Regel die einzigen anwesenden schwarzen Frauen, und sie waren gnadenlos schrill in ihren Einbrüchen in männliche Gespräche, was sie auch sein mussten, um sich von den zu Hause gelassenen Ehefrauen abzuheben. Roberta Blayne, der Direktor und seine Frau Flora empfanden ihre weiße Hautfarbe in dieser Gesellschaft nicht besonders stark; alle drei hatten im Zuge ihrer Arbeit überall auf der Welt mit schwarzen, gelben, allen Rassen zusammengelebt und akzeptierten die eigene physische Besonderheit wie den Unterschied zwischen Augen mit und ohne Mongolenfalte, zwischen vorstehenden und platten Nasen. Sie waren sich auch bewusst, dass sie umgekehrt bei all

den bedeutenden anwesenden Schwarzen nicht immer akzeptiert waren – den ehemaligen Herren fällt es leichter, die Masken abzulegen, hinter denen sich ihre Menschlichkeit verbarg, als den ehemaligen Sklaven, die Gesichter darunter zu erkennen. Oder darauf zu vertrauen, dass die Gesichter nun keine neue Maske tragen.

In den ersten paar Monaten richteten weder die Minister noch ihre Trabanten ein Wort an Roberta Blayne, abgesehen von der üblichen allgemeinen Begrüßung, die damals zumindest schon ihren Namen einschloss – der nicht sehr schwer zu behalten war: jemandes Assistentin, einheimisch oder importiert, eine Gattung, die ignoriert werden kann. Doch da ihr Direktor, Mr. Alan D. Henderson, häufig im Plural-»Wir« sprach und sie aufforderte, bei einem Interview ihre Auslegung bestimmter Punkte, ihre Beobachtungen auf einer Exkursion zu äußern, begannen die Würdenträger sie zwar nicht auf der Ebene von Wohlfahrtsministerinnen und weiblichen Parlamentsmitgliedern zu sehen – ihr Auftreten war nicht schrill –, aber als Teil einer Delegation, als eine der Honoratioren. Auf ihren Status verwies die Beobachtung, dass sie statt des Biers, das die Begleiter bekamen, mit den Ministern Whisky trank. Ein Tischherr mochte sich mit den üblichen Fragen obligatorischen Interesses an sie wenden – woher kam sie? – natürlich Engländerin? – wie denkt sie über unser Land? – je in Afrika gewesen – das erste Mal? »Das erste Mal. Indien, Bangladesch, Afghanistan – aber nicht hier.« – »Sehen Sie, Sie sind willkommen, wir Afrikaner sind freundliche Menschen, finden Sie nicht.« Da war ein Anwalt, der geistreich und direkt war und mit seinen Anekdoten und Parodien über Begegnungen mit Funktionären von Hilfsorganisationen den Direktor und seine Assistentin zu selbstironischem Gelächter veranlasste. »Wovon ihr Entwicklungsspezis keine Ahnung habt, das ist die neue Sorte von Witzen, zu denen ihr uns inspiriert habt.« Der Direktor war dem Geplänkel gewachsen. »Es ist ein gutes Zeichen, wenn über einen Witze gemacht werden, das heißt, man ist akzeptiert.«

Der Anwalt, die Lippen erwartungsvoll zu einem Grinsen auseinander gezogen, sah, dass die Assistentin etwas sagen wollte: »Als was? Als Teil der Gemeinschaft? Oder als Teil des Theaters, das zwischen Spender und Empfänger aufgeführt wird?«

»Ah, sie hat Recht, Mann!« Der Anwalt warf sich entzückt in seinem Stuhl zurück. »Ist es eine Seifenoper, ein Mehrteiler mit IWF und Weltbank in den Hauptrollen?«

Der Direktor amüsierte sich. »Oh, doch nicht immer dieselben Schurken.«

Vergnügliche Wortwechsel dieser Art setzten erst ein, nachdem das Klopfen am Glas signalisiert hatte, dass der Gastgeber, Minister oder Vorsitzende, zu einer Begrüßungsrede ansetzte, und die Darstellung der jüngsten Bekanntgaben oder »bevorstehenden« Bekanntgaben (Entwicklungsthemen haben ihre eigene ausweichende Lingua franca) über Handelstarife, dem Parlament vorzulegende Gesetzesentwürfe über die Landreform, Berichte von Mercasur, SADEC, der EU respektvoll angehört oder (falls die Zuhörer sich vordrängten, um selbst gehört zu werden) angezweifelt worden waren, während das Talent praktiziert wurde, zu essen und zu trinken und dabei so auszusehen, als wäre man sich dieser profanen Tätigkeit ganz und gar nicht bewusst.

Erst dann entließen die Getränke, die jedermann sich einverleibt hatte, das Offizielle ins Individuelle; mit der Geselligkeit nahm die Lautstärke zu. Die Assistentin des Direktors spürte eine Hand auf ihrem Arm oder begegnete einem taxierenden Lächeln – gar nicht so schlecht, diese Entwicklungshelferin, die leichte Röte an der Stelle, wo die Brüste die Haut über das Kleid hinausheben.

Aber es gab nicht viele solche Momente, sie wurde nicht von Männern behelligt; und das war vielleicht nicht schmeichelhaft. Bei früheren Einsätzen, in anderen Teilen der Welt war das anders gewesen. Das Auftreten, das sie eingeübt hatte, um unerwünschte Mitmenschen auf Distanz zu halten, ohne jemanden zu kränken (die Arbeit bei einer Hilfsorganisation bedeutete in erster Linie Diplomatie, persönliche Gefühle mussten hinter der Philosophie gleichberechtigter Partnerschaft zwischen Spenderorganisation und dem Volk eines Empfängerlandes zurückgestellt werden): diese Verteidigung wurde hier selten benötigt; nicht diesmal; nicht mehr.

Es gab sogar einen Mann – unklar, wer er war, Assistent eines stellvertretenden Ministers oder Staatssekretärs im einen oder anderen Portefeuille –, der sie nicht grüßte, wenn er an einem Konferenztisch saß; einer jener Amtsinhaber, die unwichtige Personen nicht bemerken: ein schlichter Sehfehler. Weshalb sie sich auch nicht nach der Stimme umdrehte, weil sie dachte, jemand anders im Korridor sei angesprochen, als derselbe Mann sagte, sobald er sie eingeholt hatte: »Gehen Sie mit mir was trinken?« Nach einer Pause fügte er ihren Namen hinzu: »Sie sind Miss Blayne.« Als bestätigte er eine Identität.

»Entschuldigung … ich wusste nicht …«

Sie wurden von höflich hastenden Menschen mitgeschwemmt, Hölzstöcke in der Strömung eines Flusses. »Hier ist die Bar.«

Sie war so unvorbereitet, dass sie mit dem Mann mittrottete wie ein aufgerufenes Schulmädchen. Er und sein Anhängsel wurden mit der speziellen Aufmerksamkeit begrüßt, mit der Kellner und Barmänner unterschiedslos jedes Gesicht empfangen, das mit der Regierung in Verbindung gebracht wird. Er lehnte einen Ecktisch ab und wurde unverzüglich zu einer Auswahl weiterer Tische geführt; nur die Barhocker an der Theke waren besetzt. Sie konnte sich nicht an seinen Namen erinnern und wusste nicht, wie sie ein Gespräch anfangen sollte, wozu sein Schweigen sie aufzufordern schien. Der Kellner kam, der Mann sah sie an: Sie bestellte ihre übliche Marke Scotch, und er machte daraus: »Zwei Doppelte und was da ist – Chips, Nüsse.« Die Chips ließ er zurückgehen, weil sie abgestanden waren. Dann begann er zu reden, sie anzusprechen – ja, er hatte sie angesprochen, sprach sie jetzt an –, mit Fragen zu ihren Bemerkungen, die sie, von ihrem Direktor aufgefordert, während der soeben beendeten Konferenz geäußert hatte. Wenn er sie bei diesen offiziellen Sitzungen keines Blickes würdigte oder keine Notiz von ihrer Anwesenheit nahm, so hörte er – während sie seine Aufmerksamkeit so wenig bemerkt hatte wie er anscheinend ihre Existenz – ihren gebührend organisationskonformen Ausführungen offenbar doch sehr genau zu. Es hatte eine lebhafte Diskussion über das Verhältnis zwischen Subsistenzanbau und Erwerbsanbau, insbesondere bei Früchten mit Exportpotential, in der ländlichen Entwicklung gegeben. Er wollte wissen, wie die Organisation zu der von ihr empfohlenen Ausgewogenheit gelangen wolle und wie in anderen Entwicklungsländern die ländliche Bevölkerung davon überzeugt werden könne, dass dies (er hatte den Begriff aus dem ungeschriebenen Leitfaden der Regierung parat) der Weg nach vorn sei.

Sie saß in einer Bar mit diesem beherrschten, unpersönlichen Mann, aber sie ließ sich von zwei großzügigen Schluck Whisky verleiten, über seine Distanz hinwegzulächeln. »Natürlich. Versuchen Sie mal, jemandem einzureden, gesundes Getreide und Kartoffeln zu pflanzen, wenn er Tabak anbauen will, um sich einen Fernseher zu leisten oder genügend Kohle für ein altes Auto, neue Klamotten zu verdienen! Und was ist mit dem großen Geld aus dem Drogenanbau, Marihuana …«

Von seiner Seite aber wurde die Konversation in dem nach Bier riechenden, schmuddeligen, aus Nostalgie nach einem englischen Pub von den Kolonialherren erbauten Lokal als Fortsetzung der nachmittäglichen Sitzung geführt, auf der die Agenda der Organisation (die verdeckte Agenda, wie das Lehrbuch sie definiert) und der entsprechende Gegenentwurf der Regierung mühsam aufeinander zugeschoben worden waren. Über den Kontext seiner Fragen gelang es ihr herauszufinden, dass er

Stellvertreter des Staatssekretärs im Ministerium für Landangelegenheiten war, Handlanger-des-ministeriellen-Handlangers. Als der Kellner sich wieder über sie beugte, verscheuchte er ihn mit einem Wink über die beiden geleerten Whiskygläser hinweg; sie fragte sich, ob er von ihr erwartete, dass sie die Sitzung als beendet betrachtete und aufstand, oder ob das überheblich wirken würde – das Organisationsprotokoll verlangte, dass man bei solchen Entscheidungen der offiziellen Seite den Vortritt ließ. Allerdings konnte sie taktvoll andeuten, dass es Zeit sei zu gehen: Es lag etwas annehmbar Abschließendes darin, als sie ihren Gastgeber an ihren Direktor verwies: »Ich weiß, dass sich Mr. Henderson nur zu gern mit Ihnen über unsere Erfolge unterhalten würde – und über unsere Probleme! Afghanistan, Kolumbien … nichts, was er noch nicht erlebt hat.«

Sie verließen die Bar gemeinsam. Der Korridor hatte sich geleert wie die Whiskygläser; sie wünschten einander einen guten Abend, und dann, als erinnerte er sich an die elementarste Höflichkeitsregel, reichte er ihr die Hand.

Roberta Blayne sagte ihrem Direktor, dass der Stellvertreter des Staatssekretärs im Ministerium für Landangelegenheiten mit einigen zusätzlichen Fragen zur Debatte Subsistenzanbau – Erwerbsanbau an sie herangetreten sei; Henderson meinte, sie könnten es sich zur Aufgabe machen, den Mann zu kultivieren, in der Debatte am Nachmittag habe er sich nicht weiter hervorgetan, überhaupt komme nicht viel von ihm, auch nicht bei anderen Sitzungen, bei denen man eigentlich erwarten könne, dass er was sagt, hm? – aber man wisse ja nie, wer in den Kabinettskulissen einflussreich sei oder nicht. Wie hieß er noch mal?

An einem Samstag zehn Tage später, als sie ihr Haar fönte, läutete das Telefon und eine Sekretärinnenstimme teilte ihr mit, dass der Stellvertretende Staatssekretär im Ministerium für Landangelegenheiten auf dem Weg zu ihr sei; ob sein Besuch gelegen komme. Aber das war eine Aussage, keine Frage. Sie hatte gerade ihr Haar ausgekämmt und war barfuß in Sandalen geschlüpft, als sie eine Hupe hörte und von ihrem Fenster aus den Mann sah, der sie mit Tee weckte und die Fußböden bohnerte; seine Fersen flogen in die Höhe, als er zum Tor lief. Ein schwarzer Wagen der Luxusklasse, wie sie für Regierungsbeamte knapp unterhalb der ministerialen Ebene vorgesehen war, rollte knirschend über den Kies, setzte den Stellvertretenden Staatssekretär für Landangelegenheiten vor der Eingangstür ab und wurde vom Hausmann zum Hinterhof dirigiert.

Sie hatte die Tür offen gelassen: Da stand er, der Stellvertretende Staatssekretär Gladwell Shadrack Chabruma, immer noch wie zu offiziellen Anlässen gekleidet, im dunklen Anzug, obwohl Samstag war. Sie reichten einander wieder die Hände. Sie führte ihn ins Wohnzimmer. »Sie waren vielleicht schon früher in diesem Haus – als Chuck Harris unser Mann hier war, mit seinem Team? Dann kennen Sie sich wahrscheinlich aus.«

»Danke. Nein, ich hatte noch nicht die Gelegenheit, dieses spezielle Haus zu besuchen, aber natürlich kannte ich Mr. Harris und seine Leute. Damals war ich im Landwirtschaftsministerium.«

»Das muss ja eine ideale Vorbereitung für die Landangelegenheiten gewesen sein! Ich lasse uns Tee kommen – oder ist Ihnen Kaffee lieber?«

»Egal. Es ist eine gute Voraussetzung, da stimme ich Ihnen zu, aber die Probleme sind anders, ja, in der Landwirtschaft – sie fangen erst an, wenn die Frage der Besitzverhältnisse geklärt ist.«

Sie stand am Durchgang zur Küche. Aber wenn dieser Mann, der bei Arbeitsfrühstücken und Sitzungen so wortkarg war, schließlich doch das Wort ergriff, erwartete er, nicht unterbrochen zu werden. Sie musste stehen bleiben, wo sie war.

»Das Ministerium, in dem ich … eingesetzt war … vorher – die Landwirtschaft, da stießen wir ständig an diese Probleme. Es gab sehr gute Gelegenheiten, was die Entwicklung besserer

Agrarmethoden betrifft, Einführung neuer Sorten und so weiter – die besten Fachleute aus anderen Ländern, Hilfsorganisationen und das alles. Aber um das auf winzigen Parzellen umzusetzen, überall im ganzen Land, die für alles andere als reine Subsistenzwirtschaft viel zu klein sind – wo ist das Land dafür.«

»Oh, wir verstehen das nur zu gut in unserem Laden, wie mein Boss zu sagen pflegt – wir wissen, dass die größeren landwirtschaftlichen Projekte, die wir beraten, nicht über das Stadium der Begeisterung hinauskommen, solange das Land, das Ihnen in Kolonialzeiten weggenommen wurde, nicht zurückgegeben wird ... Nicht einmal Ihre Projekte, falls wir Sie überzeugen, dass sie gut sind ... Aus diesem Grund müssen wir uns mit den Projekten befassen, die wir zum gegenwärtigen Zeitpunkt anschieben können. Die Gemeinschaftsprojekte, an denen die Eigentümer dieser winzigen Parzellen zusammenarbeiten können – ach, das haben Sie ja alles schon gehört.«

Sie machte sich los, um den Tee zu bestellen, und die Worte wehten hinter ihr her.

In der Küche fand sie einen uniformierten Fahrer sowie zwei Männer mit den breiten Schultern, Pistolengurten und diskreten Sprechfunkgeräten im Ohr – dem Gepränge des Leibwächters, wie der aufgefächerte Schwanz das Gepränge des Pfaus ist –, die am Küchentisch saßen und schon beim Tee waren; sie tranken aus den großen Bechern des Hausmanns. Der Hausmann scharwenzelte beschwingt um sie herum, ließ aber sofort alles stehen und liegen und breitete das Relikt eines gestärkten Spitzendeckchens auf einem Tablett aus, um die andere Bedienung vorzubereiten, den Tee für sie und das festliche Ereignis ihres distinguierten Gastes, eines Mannes der Regierung.

Der Gast schien noch immer mit der im Durchgang zurückgelassenen Aussage beschäftigt und ignorierte ihr Ritual des Teeservierens, bevor er sprach. Es konnte Unbehagen gewesen sein oder das Selbstbewusstsein seines Status. Er hatte die Gabe des verschlossenen Gesichts, das Schwärze, ihrer Erfahrung nach, beneidenswert undurchsichtig macht. Die angebliche Unergründlichkeit der Chinesen konnte es damit nicht aufnehmen. Er war sehr schwarz, keine Spur von kolonialer Verwässerung im Blut.

»Sind Sie zufrieden mit dem Fortschritt?«

Meinte er den Fortschritt des Landes oder die Arbeit der Organisation? Sicherer war es, die Bemerkung auf die Organisation zu beziehen. »Wie könnten wir? Wir wollen immer noch mehr erreichen, haben immer das Gefühl, wir hätten mehr tun können. Es geht sehr langsam voran ... Wir bemühen uns immer, herauszufinden, was gebraucht wird, direkt vor Ort.«

»Wie ist es im Vergleich?«

Also hatte er doch sein Land gemeint. War er von jemandem geschickt worden – eine weitere verdeckte Agenda –, um einer Frau Informationen zu entlocken, einer arglosen Person, die keine hohe Stellung hatte, aber Bescheid wusste, dem Verwalter der Gelder nahe stand.

Mit dieser hier wäre es nicht so leicht, würde er bald feststellen; und soll er sich ruhig fragen, ob sie zu unschuldig dumm war, um zu merken, worauf er aus war, oder aber zu abgebrüht und erfahren mit Winkelzügen solcher Art, um sich von ihm einwickeln zu lassen. Sie brachte die Standardantworten der Organisation vor, die Anerkennung der guten Zusammenarbeit mit der Regierung, ihre unbestreitbare Kenntnis ihres Volkes, die Bedeutung der Landesgeschichte, die jede Einflussnahme, jede Steuerung der Möglichkeiten der Gegenwart bestimmte et cetera. All dies, sagte sie, werfe ein ziemlich günstiges Licht auf das Land (die rasche Vorsicht ihrer Zunge hielt ein »sehr« zurück), gemessen an anderen Gebieten, in denen die Organisation bereits tätig gewesen sei.

»Und Sie waren immer mit ihm zusammen, also auch für Sie, Sie kennen seine Eindrücke.«

»Nicht immer. Aber in den letzten paar Jahren. Ich hatte das Glück, eine Menge von ihm zu lernen. Mit ihm zu erleben.«
Und während der nächsten knappen halben Stunde wurde das Thema – was immer es in Wirklichkeit war – nicht weiter vertieft. Es folgte die Einleitung des Abschieds: Zurechtzupfen der Manschette seines gestreiften Hemds, die in korrekter Länge aus dem Jackettärmel ragte, Blick auf die Uhr. »Ich habe einen Termin.«
Er nannte eine andere Provinz, zwei Stunden Fahrt entfernt.
Sie rief für ihn in die Küche, und in den kurzen Augenblicken der Stille, während sie zusammen zur Eingangstür gingen, konnten sie das laute und lachende Lebewohl zwischen Fahrer und Leibwächtern und ihrem Hausmann hören.
Schon im Begriff, in den Wagen zu steigen, der schwungvoll hinter dem Haus hervorkam, drehte er sich noch einmal um. »Ich hoffe, ich habe Ihr Wochenende nicht gestört.«
Das Protokoll fiel ihr instinktiv ein, sie kam von der Veranda herab, protestierend, die Hand nach der seinen ausgestreckt.
Das Wohnzimmer barg die gedrückte Leere nach einer flüchtigen Inanspruchnahme, während der keine Begegnung stattgefunden hatte: Die einzige war der politische Termin, zu dem der Mann eigentlich unterwegs war. Doch der Hausmann Tomasi war derart begeistert von den offiziellen Besuchern, die er bewirtet hatte, dass er ein Dauersummen im Bass von sich gab, während er seiner Arbeit nachging: irgendeiner ohrenbetäubend lärmenden Tätigkeit in der Küche.
Erst als sie am Sonntag mit den Hendersons zum Mittagessen fuhr, fiel es ihr plötzlich wieder ein: An jenem Nachmittag in der Bar nach dem exakt einen Glas Whisky hatte sie dem Mann gesagt, ihr Direktor werde sich nur zu gern mit ihm unterhalten; aber sie hatte Alan Henderson nicht gebeten, mit dem Stellvertretenden Staatssekretär einen Termin zu vereinbaren, und sie hatte ihn nicht daran erinnert. *Das* war die unausgesprochene Botschaft des Besuchs am Samstag!

Ihr und dem Direktor war von seiner Frau scherzhaft, aber streng untersagt worden, am Sonntag auf Organisationskram herumzureiten, wie sie sich ausdrückte, doch als die Assistentin und ihr Boss während eines gemischten Doppels beim Tennis einmal aussetzten, nahm sie die Gelegenheit wahr und erzählte ihm von dem samstäglichen Besuch – natürlich wollte der Mann wissen, weshalb der Direktor der Organisation sich nicht mit ihm in Verbindung gesetzt habe, und war gekränkt. Ihr Versäumnis, absolut! »Dafür bin ich schließlich da: darauf zu achten, dass du Andeutungen aufgreifst, die mir gemacht werden!«

Sie wurden auf den Platz gerufen. »Kein Entwicklungskram beim Doppel!« Ein Ausruf seiner Frau Flora. Mit demonstrativer Munterkeit sprangen sie auf.

Roberta Blayne beeilte sich, die eigentliche Sache zu erledigen, nämlich die Sekretärin des Stellvertretenden Staatssekretärs anzurufen und Tag und Stunde für den Besuch Hendersons bei ihm im Büro zu vereinbaren. Aber vielleicht sei dem Stellvertretenden Staatssekretär auch ein gemeinsames Mittagessen lieber? Ganz wie er wolle.

Alan Henderson war zu einem speziellen Briefing nach New York in die Zentrale geflogen, und sie hatte eine Woche erdrückender Arbeit hinter sich, hatte sich mit Aufgaben befasst, die sie, wie seit langem stillschweigend zwischen ihnen vereinbart, ebenso gut erledigen konnte wie er, und hatte Antworten auf Anfragen, die bis zu seiner Rückkehr warten mussten, hinausgezögert. Wann immer sie gehofft hätte, ein bisschen Schlaf zu bekommen, telefonierte sie mit ihm über den siebenstündigen Zeitunterschied hinweg. Der Bildschirm, Voice Mail, E-Mail, die Aufforderung des Mobiltelefons: Wenn sie endlich doch nach Hause kam, ertrug sie keine weiteren vier Wände mehr und ertappte sich dabei, wie sie kreuz und quer durch den Garten marschierte – der so bedrängend zugewachsen war, dass sie sich darin vorkam wie ein Tier in einem viel zu kleinen Auslauf. An diesem Samstagabend war sie mit Flora Henderson zu einer Party bei dem witzigen Anwalt eingeladen; sie war zu erschöpft, als dass sie sich ein Vergnügen davon versprach, aber sie wollte Flora nicht enttäuschen. Als sie morgens halbherzig ihren Kleiderschrank nach etwas Tragbarem für den Abend durchsuchte, läutete das Telefon. Frühmorgens auf der Südhalbkugel, mitten in der Nacht auf der anderen Seite der Welt; Alan war es nicht, Gott sei Dank.

Es war die Stimme, die immer jemand anderen anzusprechen schien: *Doch, ich bin's. Roberta Blayne, ja, am Apparat.* Als könnte es jemand anders sein außer dem Hausmann Tomasi; oder denkt der Mann etwa, ich lebe nicht allein.

Ob sie Lust hätte, aufs Land zu fahren, etwas vom ländlichen Osten zu sehen. »Ich glaub nicht, dass Sie da schon mal waren.«

»Oh. Oh … Wann.«

»Heute. Ich kann Sie um halb zehn von zu Hause abholen. Oder um zehn. Wie es Ihnen passt. Es ist ziemlich weit, wir sollten nicht zu spät aufbrechen.«

Sein Treffen mit dem Direktor hatte vor Alans Abreise nach Amerika stattgefunden, das war also sicherlich genug Kontakt. Aber auf einmal die Aussicht, dem finsteren, verfilzten Garten zu entkommen, hinaus in die Weite, Gras und Himmel, Luft zu riechen und zu spüren, die nicht von Menschen zeratmet und von Klimaanlagen verwirbelt war – die angemessenen Worte kamen aus ihrem Mund, egal für wen. »Wunderbar, würde gern mal rauskommen, danke, sagen wir zehn? Ich habe nicht viel geschlafen letzte Nacht, bin spät aufgestanden …«

Statt der eleganten Seidenhose für die Party zog sie eine Jeans hervor, die weniger abgetragen war als ihre übliche Wochenendkluft; feste Lederschuhe statt Sandalen – »das Land« könnte auch Laufen im Gelände mit einschließen, das hoffte sie jedenfalls.

Er kam mit seinem Privatwagen. Ebenfalls ein Luxusmodell, aber ein älteres Baujahr, und er war allein. Den dunklen Dreiteiler hatte er abgelegt; Flora kannte die Frau des örtlichen Inders, *Schneidermeister & Herrenausstatter*, der mit der Maßanfertigung dieser jeweils nur geringfügig abgewandelten Parlamentarieruniform viel Geld verdiente. Der Stellvertretende Staatssekretär trug Khakihosen und ein blaues Hemd mit offenem Kragen, aber er war genauso formell wie vorher. Er hielt ihr die Beifahrertür weit auf, während sie plaudernd Platz nahm, und Tomasi, sichtlich entzückt über das neuerliche Erscheinen des bedeutenden Besuchers, stand daneben und sah zu, wie der Wagen sein Reich durch das Tor wieder verließ – denn es war sein Reich, ganz gleich, welche wechselnden Gäste von der Organisation es für eine Weile bewohnten.
»In Ihrem Land, Ihrer Heimat, drüben in England, wohnen Sie auf dem Land, weil Sie das Landleben so lieben, Miss Blayne?«
Sie lachte. »Sie können mir nicht einen ganzen Tag Verschnaufpause gönnen und mich dabei ›Miss‹ nennen – bitte, ich heiße Roberta.«
Er probierte es erst aus, nachdem sie schon ein gutes Stück Weg hinter sich hatten, und es war klar – sein Tonfall stellte es klar –, dass er keine plumpe Vertraulichkeit voraussetzte. Seine Vermutung, dass die Exkursionen mit dem Direktor sie nicht in die jetzt eingeschlagene Richtung geführt hatten, war richtig; das war eine angemessene Eröffnung für ihn, er konnte sie über die Gegend informieren, in die sie fuhren, über die Menschen, die dort lebten – Zuwanderung aus dem Westen wegen der Überschwemmungen ein paar Jahre zuvor, Zuwanderung aus dem Süden wegen einer Dürre noch jüngeren Datums, Weideland hier, Mais in der Ebene, Paviane, ja (sie meinte auf den Felsen eine Bewegung zu erkennen), und manchmal sogar ein Leopard, in den Hügeln. Aber die meisten abgeschossen.
»Pelzmäntel für europäische Damen?«

»Das würde ich nicht sagen. Wir haben die Wilderei in der Gegend hier ziemlich unter Kontrolle. Das Großwild war sowieso erledigt, schon lange, das war in der alten Zeit, als die Briten hier waren. Viele Jahre hindurch Jagdpartien ihrer Gouverneure.«

Die Kolonialzeit anzuprangern, ob mit Bitterkeit oder nur mit Hohn, war ein Standardthema bei allen gesellschaftlichen Begegnungen in Kreisen der Regierung und sonstiger Würdenträger, zu denen die Organisation häufig beitrug. Alan Henderson konnte dann immer lachend sein Glas erheben: »Ich danke meinem Glücksstern, dass ich kein Brit bin!« Dass das offensichtlich nicht für seine Assistentin galt, zählte nicht; sie spielte keine Rolle. Sie hatte in Anwesenheit des Stellvertretenden Staatssekretärs Gladwell Shadrack Chabruma an solchen Ereignissen teilgenommen; seine gegenwärtige beiläufige Bemerkung über die Kolonialgouverneure war bisher das einzige Mal, dass er dem bitteren Urteil über die Vergangenheit nahe gekommen war. Weil er von Natur aus ein Mann weniger Worte war? Oder konnte es ein Zeichen von Charakterstärke sein: die Weigerung, jedes Defizit in der Gegenwart auf die Geschichte zu schieben; vielleicht sogar die Großzügigkeit des Verzeihens – denselben »Brits« wurde die Gnade der Wiedergutmachung angeboten, indem sie weitere »weiche« Darlehen zur Verfügung stellten. Der Weg nach vorn. Sie kannte den Mann nicht; nicht einmal so weit, wie sie einige seiner Kollegen kannte, denen sie schon aus beruflichen Gründen zuhörte, wenn sie sich wortreich äußerten.

Die Dörfer hier sahen so aus wie die, in denen die Organisation an lokalen Projekten arbeitete; sie konnte ihm, falls er nichts davon wissen sollte, von der erfolgreichen Ziegelherstellung erzählen, die Frauen beschäftigte, deren Männer wegen der Schließung einer alten Kohlenmine arbeitslos geworden waren – die Frauen lieferten die Ziegel, mit denen die Männer eine Schule und eine Klinik bauten; inzwischen verkauften sie sogar Produktionsüberschüsse und konnten davon ihren Lebensunterhalt bestreiten. Der Weg nach vorn. Nun ja … Zentimeter für Zentimeter. Diesmal war er derjenige, der die gebührende Anerkennung aussprach; Landerwerb in großem Maßstab war ein schwieriges Unterfangen (zum ersten Mal gestattete er sich, den Blick von der Straße ab- und ihr zuzuwenden, und sie hörte eine unausgesprochene Anspielung auf die Zwangsenteignung weißer Farmer in einem Nachbarstaat). »Klein ist schön. Auch. Das ist es doch, oder.« Und er lächelte, wie sie im Profil sah, die Augen auf die Straße gerichtet. Nicht weit davon war ein Dorf mit einem Laden, der sich unter ein breites Schild duckte: BAMJEE'S DRINK COCA COLA PETER STUYVESANT. »Was hätten Sie gern?« Er hielt an.

Sie brauchte nichts, alles bestens, vielen Dank.

Die Kinder, die der Hintergrund ihres Handelns, ihres Lebens waren, bei allen Einsätzen für die Organisation, überall, scharten sich nach und nach um den Wagen, während er im Laden war. Es sind immer dieselben Kinder. Ihre schwarze Haut wie abgeschmirgeltes Grau, ihre laufenden Nasen, ihr schüchternes Kichern. Eines oder zwei stellen sich stumm neben ihr Fenster; es ist ihre Art zu betteln. Worum hätte sie ihn bitten können? Welches Bedürfnis hätte sie überhaupt haben können, vor diesen Kindern. Es ist ein Grundsatz der Organisation, keine Almosen zu verteilen; Wohltätigkeit ist keine Lösung, obwohl die Nächstenliebe, die *caritas*, ein Teil der Antwort ist, wenn man den Mund öffnet und »Eigenverantwortung«, »Entwicklung« herauskommt. Sie war nicht im Dienst; der Mann trug nicht seine Stellvertretender-Staatssekretär-Tracht: Sie kramte in ihrer geflochtenen Strohtasche, einem lokalen Erzeugnis, und förderte ein paar wertlose kleine Münzen zu Tage, die sie verschenken konnte, bevor er wieder heraustrat.

Flaschenhälse blinzelten, und der gezackte Strunk einer Ananas ragte aus einer der Plastiktüten, die er trug. Im Rückspiegel sah sie, wie er den Kofferraum belud. Als er sich wieder ins

Auto setzte, reichte er ihr eine Flasche Soda. »Kein Mineralwasser … Tut mir Leid, kein Becher, kein Glas.«
Und jetzt fand sie es lächerlich, sogar unhöflich, ihn nicht beim Vornamen zu nennen, wenn auch ohne Erlaubnis. »Wer braucht denn ein Glas, vielen Dank, Gladwell – ich bin doch durstig.« Sie legte den Kopf zurück und trank, während er fuhr; hielt inne, wischte mit ihrem Hemd die Öffnung ab und bot die Flasche seiner Hand am Steuer an, doch er hob lediglich die gespreizten Finger und ließ die Hand an Ort und Stelle. »Ich hatte schon was im Laden.«
Sie wollte sagen: Ich habe keine ansteckende Krankheit, aber er war kein Mensch, mit dem man witzeln konnte. (Als könnte man heutzutage, da eine neue Seuche die Intimität bedrohte, über irgendetwas »Ansteckendes« Witze machen.) Stattdessen fragte sie ihn, wohin sie fuhren – oder sollte es eine Rundreise ohne besonderes Ziel sein. Nein, sie hätten durchaus ein Ziel, es gebe einen Ort, an dem einer seiner Onkel lebe, er habe ein paar Unterlagen, müsse etwas für ihn erledigen. »Ein alter Mann versteht diese Sachen nicht. Es ist am Rand des Waldes, Mopani-Bäume, kennen Sie die? Illala-Palmen.«
»Ein Dorf?«
»Eher nicht. Außerhalb des Dorfes.«
»Was baut er an? Hat er Rinder?«
»Es ist keine Gegend für Viehzucht. Sie können nichts anbauen. Seine Söhne arbeiten in der Stadt und schicken den Alten ein bisschen Geld.«
Da stand ein Ziegelhaus, aus einem einzigen Raum bestehend, mit Blechdach und drei oder vier angrenzenden Hütten, deren Strohdächer wie graue Haarmähnen herabhingen. An so einem Ort schien der Wagen auf doppelte Größe anzuwachsen, die Sonne spiegelte sich gleißend in den blitzenden schwarzen Flächen. Die zerschrammten Kombis der Organisation, in denen sie sonst ankam, waren weniger aufdringlich. Aus dem Haus traten ein alter Mann in zu weitem dunklem Jackett und Hose

(konnte es ein abgelegter, weitergegebener Parlamentarieranzug sein?) und eine Frau, die so rund und schwer in ihren Röcken war, dass sie die afrikanische Version einer russischen Puppe hätte sein können, in ihrem Inneren lauter Klone in abnehmender Größe; es wurden herzliche Begrüßungsworte und Ausrufe gewechselt. Seine Beifahrerin verstand die Sprache nicht, reimte sich aber zusammen, dass es ein Lob des Familienmitglieds war, das in der Regierung saß.

Sie stand lächelnd daneben, wie bei einer Exkursion mit ihrem Direktor. Das Paar hatte auf die Ankunft einer Weißen, die den Stellvertretenden Staatssekretär begleitete, in keiner Weise reagiert; zweifellos konnte ein Regierungsmann, einer der Ihren, über eine weiße Sekretärin gebieten. Er stellte die Assistentin erst in der heimischen Sprache vor, und als der alte Mann auf Englisch antwortete: Sehr erfreut, Madam, sagte er: »Diese Dame gehört zu den Entwicklungshilfeleuten aus Amerika, die der Regierung in unserem Land helfen.« Für das alte Paar war die Bedeutung des Besuchs damit verdoppelt. Aber der alte Mann deutete mit eigener Würde auf sein Haus – der Stellvertretende Staatssekretär antwortete mit einem Einwand, der dazu führte, dass er seinen Onkel ehrerbietig am Arm nahm und die beiden gemeinsam drei Stühle und einen Hocker aus dem Haus holten.

»Die englische Dame liebt die Sonne.« Der alte Mann verbeugte sich vor ihr. Seine Frau brachte Tee – der angedeutete Versuch der weißen Frau, aufzustehen, um zu helfen, wurde mit einem gebieterischen Schütteln des Kopfes auf dem mächtigen Hals zurückgewiesen. Der Gast nahm auch an der Unterhaltung nicht teil, weil die alte Frau kein Englisch sprach und die Männer offenbar viel in ihrer eigenen Sprache zu bereden hatten; aber in ihrer Rolle als Helferin des Direktors, die wachsam entspannt anwesend war und nur das Wort ergriff, wenn sie mit der privaten Zeichensprache zwischen ihnen (ein bestimmtes, kaum wahrnehmbares Schulterheben in ihre Richtung) dazu aufgefordert wurde, war Roberta Blayne auch daran gewöhnt. Papiere wurden unterzeichnet, der Stellvertretende Staatssekretär beugte sich über die Schulter des alten Mannes, während der Stift sich in einer Hand bewegte, die von der Arbeit mumifiziert war – Arbeit im Schweiße des Angesichts: das war der biblische Ausdruck, der ihr als die treffende Bezeichnung für die Subsistenzwirtschaft einfiel; während die Männer redeten, erkannte ihr umherwandernder Blick, wie das Leben des alten Paars verlief: Eine Handpumpe stand krumm da, es gab ein kleines Feld mit Mais, weißfedrig nahe dem Haus, die meckernde Klage einer angebundenen Ziege, ein paar Kartoffelpflanzen, welke Kohlköpfe wie eine kleine Schar abgetrennter Häupter und ein paar runde orangegelbe Kürbisse. Die Sonne brannte; sie rückten in den Schatten. Grüne Handgranaten hingen von den Zweigen des Avocadobaums.

Das war immerhin ihr Ausflug; sie stand auf, lächelnd. »Gladwell, ich glaub, ich mach einen Spaziergang. Auf den Hügel dort drüben, wegen der Aussicht.«

Er brach mitten im Satz ab und schüttelte heftig den Kopf. »Nein, nein. Sie dürfen da nicht herumlaufen, es könnten Landminen rumliegen, die noch nicht geräumt wurden. Nein.«

Als wäre das seltsame Bild – Früchte in Form von Waffen – eine Warnung gewesen. In Ländern, in denen vor nicht allzu langer Zeit einer dieser Bürgerkriege geherrscht hatte, dessen beide Seiten von fremden Ländern, die ihre eigenen »Agenden« hatten, mit solchen Waffen versorgt worden waren, liegt die Gewalt dicht unter der Oberfläche. Die Organisation hatte selbst genügend Erfahrung damit. Die robusten, gummibesohlten Wanderstiefel sollten also nicht zum Einsatz kommen.

Als die geehrten Gäste aufbrechen wollten, holte er die Plastiktüten aus dem Wagen und trug sie ins Haus. Erst jetzt. Sie fand dies unerwartet zartfühlend, sicherlich bei diesem Mann; er hatte nicht gewollt, dass die alten Leute etwa darauf bestanden, mit den Gästen zu teilen, was für sie allein bestimmt war.

Der alte Mann und seine Frau folgten ihm, glücklich protestierend. Die Frau kam mit einem Messer in der Hand zurück und schnitt zwei Avocados ab, die sie der Frau von der Hilfsorganisation reichte.

Sie wog sie, schwer, eine in jeder Hand, danke, vielen Dank.

Jetzt waren es Früchte.

Im Wagen legte sie die Avocados auf den Rücksitz. Er schien einen Augenblick lang die Angemessenheit des Geschenks zu erwägen. »Sie sind bald reif.«

Sie vergaß die Früchte mitzunehmen, als er sie vor ihrem Haus absetzte. Es war dunkel, der Hausmann Tomasi ignorierte die Hupe, und sie musste nach ihm rufen, damit er kam und das Tor aufsperrte.

Am Sonntag fuhr sie mit Flora zum Flughafen, um Alan Henderson abzuholen, der aus New York zurückkam. Er war in Hochstimmung. »Wir haben eine neue Zuteilung gekriegt!«

»Erzähl, erzähl!«

»Eineinhalb Millionen mehr.«

Seine Assistentin und seine Frau ließen ihn hochleben: Du bist ein Zauberer, ein Midas, wie hast du das geschafft, was hast du ihnen erzählt?

»Tjaaa ... – dieses Land ist stabil, nicht wahr – nach den Kriterien für aufstrebende Volkswirtschaften –, außerdem ist es demokratisch, jedenfalls auf dem Weg dorthin, und wenn wir mithelfen wollen, es auf den Beinen zu halten, müssen wir mehr tun, um eine gute Regierungsform zu fördern, die Projekte hingegen müssen total kooperativ sein, echtes Geld muss hineingesteckt werden, ihres und unseres.«

Seine Kollegin weiß, dass es jetzt darum gehen wird, »spezifische Projektentscheidungen« anzupassen, zu frisieren, über die guten Absichten hinaus.

»Und wie haben sie unsere ›*gut dokumentierten*‹ Zweifel bezüglich der IT-Förderung aufgenommen?«

»Das war das Schwierigste. Sie kamen mit ihren Lösungen an: Gelder zur Finanzierung von Generatoren für Gemeindezentren und so weiter, wo es bekanntlich kein lokales Elektrizitätswerk gibt. Wie machbar das ist … wir werden dran arbeiten. Sie sehen diesen Kontinent immer noch als abgeschrieben, wieder dazu verurteilt, der Schwarze Kontinent zu sein, Mister Kurtz lässt grüßen, es sei denn, IT kommt *zuerst* – noch vor Häusern, Schulen und Kliniken. Vielleicht haben sie Recht … Online in die Welt, und alles, was sonst fehlt, wird schon noch kommen. Und sie sind von unserer Aids-Aufklärung begeistert. Sie wachen allmählich auf, da drüben in AmeroEuropa, und kapieren, dass man praktisch alles andere vergessen kann, wenn die neue Pest nicht endlich gestoppt wird … die wird nämlich in unserem Zeitalter der Globalisierung einen Schwarzen Kontinent hervorbringen.«

Beim Essen fragte er, was sie so getrieben hatte.

Als hätte sie ihn nicht ganz genau auf dem Laufenden gehalten. »Für dich den Laden geschmissen. Jede Menge Ärger, den ich dir aber vom Hals gehalten habe.«

Flora tranchierte eine Lammkeule. »Nicht jetzt, nicht jetzt, am Montag, wenn ihr im Büro seid.«

»Aber ich hatte auch eine Atempause. Gestern war ich draußen auf dem Land. Der Stellvertretende Staatssekretär für Landangelegenheiten ist aufgekreuzt und hat mich auf eine Fahrt mitgenommen, er hatte was zu erledigen, und wahrscheinlich wollte er sich ein bisschen unterhalten. Wusstest du, dass in der Ostprovinz immer noch Landminen herumliegen?«

»Mein Gott, mir hat man gesagt, es sei alles geräumt, außer im Grenzgebiet im Westen! Da lassen wir mal die Innere Sicherheit reingucken – vielleicht auch das Verteidigungsministerium. Hat er wieder gefischt, eine Organisationssardine oder zwei, die er seinem Chef auftischen kann, für die Berichte an den Minister? Das hat er auch mit mir gemacht, als wir beim Essen waren. Diesen Regierungstypen werden wir wohl nie klar machen, dass wir uns aus politischen Themen rauszuhalten haben – uns jedenfalls den Anschein geben müssen. Als ob man in irgendeinem Dorf nach Wasser bohren könnte, ohne dass gleich eine politische Sache draus wird. Wie denkt er übrigens über das Thema IT – oder redet er nur über Land? Wenn du ihn wieder siehst, bring das mal zur Sprache; bestimmt sitzt er mit seinem Staatssekretär in allen möglichen Konferenzen hinter verschlossenen Türen, er muss doch eine allgemeine Vorstellung davon haben, was die Regierung vorhat, wir müssen so viel zusammentragen, wie wir können, um damit zu arbeiten. Sie können schließlich nicht alles den großen Computerfirmen überlassen ... wie du wissen wirst, sind *deren* Aktien sowieso im Keller.«

Bei der Zusammenstellung der Gästeliste für eine Cocktailparty zur Feier der ersten zehn Jahre Tätigkeit der Organisation in Afrika setzten die Hendersons den Stellvertretenden Staatssekretär Gladwell Shadrack Chabruma und seine Frau neben den Namen seines Chefs, des Staatssekretärs für Landangelegenheiten. Der Staatssekretär brachte seine Frau mit, der Stellvertreter kam allein. Als gäbe es keine Frau; aber es gibt immer irgendwo eine Frau. Als Roberta, Mit-Gastgeberin neben den Hendersons, ihn begrüßte, wollte sie als Nettigkeit hinzufügen: Ich hab die Avocados vergessen, aber sie sagte nichts. Sondern wandte sich mit anderen Nettigkeiten einem Mitarbeiter aus dem Innenministerium zu, der mit der Wohlfahrtsministerin erschienen war (da gab es Gerüchte von einer Affäre); derselben, die stets versuchte, sie mit irgendeiner Frauensache, der sich die Organisation annehmen müsse, schwesterlich in eine Ecke zu manövrieren.
Diese ersten Wochen nach Alan Hendersons Rückkehr waren von der Zusammenarbeit mit dem lokalen Vertreter der Weltgesundheitsorganisation und diversen Konferenzen in Anspruch genommen; Anlass war der Besuch eines ranghöheren Mitarbeiters aus der WHO-Zentrale, der im Rahmen einer

Kampagne gegen HIV/Aids den Kontinent bereiste. Man besichtigte ländliche Beratungszentren, die in überzähligen Militärzelten eingerichtet waren, und ein altes Krankenhaus, das immer noch unter dem Namen einer verstorbenen englischen Königin firmierte und jetzt ein Hospiz war – ein Euphemismus für die letzten Stationen der Krankheit. Die Assistentin des Direktors der Organisation musste hinsehen und sich wieder abwenden, fortgehen, ins Leben zurück – Auszehrung in Bangladesch, in Indien, nicht nur der lebende menschliche Kopf von ihr umgemeißelt, sondern ihre letzte Machtbekundung, die sich an den Füßen auslässt, dem Skelett von Füßen, die nicht mehr zum Stehen taugen, den Füßen, den Händen, die Hände das allerletzte spinnwebdünne Festhalten am Leben. Die Leute vor Ort (im Gegensatz zu jenen Mitarbeitern, die aus wolkenhohen Fenstern weltstädtischer Zentralen hinabblicken) sind wie Ärzte, sie müssen tun, was zu tun ist, ohne in die verhängnisvolle Identifikation mit den Leidenden zu verfallen. Aber in diesem roten Ziegelbau, dem Relikt imperialen Mitgefühls für die Untertanen, versagte die lang eingeübte Disziplin, die ihr zur zweiten Natur geworden war; auf einmal war sie nicht mehr da. Sie tastete in ihrem Inneren danach; an ihrer Stelle drang die Qual der Körper auf Betten und Matten in sie ein. Sie konnte nicht hinsehen, sie *musste hinsehen*, auf die Zum-Sterben-Geborenen und die Fetzen Fleisch und Knochen, die alles waren, was blieb von den Kindern, die sie werden könnten, falls sie tatsächlich Wochen, Monate, vielleicht ein Jahr überlebten. Essen und sauberes Wasser (die Hilfe, die bei anderen Einsätzen leicht zu leisten war): nutzlos hier.

Von den Eindrücken zum Schweigen gebracht, wurde die offizielle Gruppe in ein Holiday Inn gefahren, wo die Organisation einen Raum gemietet hatte und Kaffee serviert wurde. Wie Echos, die von den Wänden abprallten, hörte sie die praktischen Antworten auf – was? Unheilbar. Etwas Unheilbares in der Natur des menschlichen Lebens selbst, das viele Formen annahm, und als letzte nun diese; entstehend und wiederkehrend in endlosen Epochen und Gestalten – Krankheit, Krieg, Rassismus. So kommt es, dass die Menschen nicht nur an Gott, sondern auch an die Existenz des Teufels zu glauben beginnen – glauben müssen. Wie sonst? Wie sonst wäre die Frage nach dem Grund zu beantworten. Aber die Zustände hier an diesem Ort, das war nichts ontologisch Unheilbares! Es war nur noch keine Heilmethode gefunden. *Vermeidbar*. Das war der Beistand, der vorläufig zu leisten war! Forschungseinrichtungen, Vorbeugungsmaßnahmen – das war es, was die Leute, die *etwas dagegen taten*, vor dem Hintergrund leiernder Popsongs vorbrachten, während der Kaffee das erstarrte Blut wiederbelebte. Und das war der Kodex, an den auch sie sich hielt: Was immer es ist, die Ethik fordert, etwas dagegen zu tun. Aber sie konnte nicht reagieren, als sich ihr Direktor, der wie üblich auf ihre Ansichten Wert legte, zu ihr wandte, um zu sehen, ob sie etwas sagen wollte.

Gerade als sie wieder nach Hause kam, hielt der Dienstwagen vor ihrem Tor. Bestürzung, die sich kaum bezwingen ließ: nicht an diesem Nachmittag, am Ende dieses Tages! Zieh die Vorhänge zu, schenk dir einen Whisky ein, niemand anderes als das Gesicht, vertraut in diesem anvertrauten Haus, auf diesem Diensteinsatz, des Dieners Tomasi.

Aber es blieb nichts übrig, als nach Tomasi zu hupen, damit er kam und das Tor öffnete – und Bestürzung wich Verlegenheit, das Hupen klang aufgebracht, sie war verpflichtet, ihm wenigstens einen höflichen Empfang zu bereiten. Als die Torflügel sich öffneten, ließ sie mit einer Handbewegung seinem Fahrer die Vorfahrt. Der Stellvertretende Staatssekretär für Landangelegenheiten wurde vor der Eingangstür abgesetzt, und sein Wagen fuhr wieder einmal rund um das Haus in den Hinterhof. Sie ließ ihren Wagen stehen und setzte ein Lächeln auf, um ihren Gast zu begrüßen.

Tomasi der Sprinter öffnete bereits die Haustür. Als sie und

Gladwell Shadrack Chabruma im Wohnzimmer waren, entschuldigte sie sich: »Ich möchte nur rasch meine Unterlagen loswerden und mich frisch machen, wir waren heute den ganzen Tag unterwegs. Bitte – machen Sie es sich bequem.«
Er wird gehört haben, wie sie das Klo spülte, Wasser aus den quietschenden alten Hähnen laufen ließ, während sie sich wusch, sie warf keinen Blick in den Badezimmerspiegel. Er hatte es sich nicht bequem gemacht. Sondern stand da in seinem Parlamentarieranzug, als wäre er soeben eingetreten. »Kommen Sie.« Sie wandte sich zum Sofa; während er sich setzte, zog sie tatsächlich die Vorhänge zu und öffnete den Schrank, in dem die Bewirtungsflaschen standen.
»Für Tee ist es zu spät, finden Sie nicht. Gladwell. Was nehmen Sie?«
»Dasselbe wie Sie.«
»Whisky? Soda, Wasser?«
»Soda ist mir lieber.«
Sie zog einen kleinen Tisch für die Gläser heran und setzte sich zu ihm aufs Sofa. »Es ist jemand von der WHO in New York zu Besuch, wir haben ihn herumgeführt, zusammen mit Leuten vom Gesundheitsministerium, ein paar von der Wohlfahrt.«
»Es ist gut, wenn diese Chefs mal herkommen und die Dinge mit eigenen Augen sehen. Manchmal.«
»Und die anderen Male?«
»Verstehen sie nicht, was sie sehen, was es bedeutet; was wir tun.« Eine seiner Pausen. »Sie sehen etwas anderes, etwas, das sie mitbringen. Wie heißt das Wort … als ich an der Universität von Virginia studiert habe – ein Paradigma. Ja.«
Manchmal.
Der knappe Vorbehalt griff nach ihrer abgelenkten Aufmerksamkeit. Bei den wenigen Begegnungen zwischen ihnen hatte er sich keine Unsicherheiten erlaubt, nicht einmal anlässlich des Wochenendausflugs. Jetzt brachte ihr der kleine Hinweis, dass dieser Beamte auch ein Mensch mit Zweifeln war, die

Erleichterung, die der Kaffee im Holiday Inn ihr nicht verschafft hatte.

»Ich sollte diese Arbeit nicht machen.«

Sie hatte nur zu sich selbst gesprochen. Aber wie von beiden zufällig mitgehört – der Mann war ja hier, also war es offensichtlich auch an ihn gerichtet. »Wir waren in dieser neuen Wasseraufbereitungsanlage … in zwei Kliniken, die sie finanzieren. Und das alte Queen-Mary-Krankenhaus. Wissen Sie.«

»Das Aids-Programm, das sie dort durchführen.«

»Die WHO und wir, die Organisation.«

»Sie hatten einen sehr anstrengenden Tag. Roberta.«

Und sie war es, die nicht gesehen hatte, was zu sehen war: Hier war eine beruhigende Gegenwart, er saß in körperlicher Festigkeit da, bekräftigte den Wert dessen, was sie tat, die Korrektheit des Dreiteilers ein Zeichen der Ordnung – wie die Robe eines Richters, der Chirurg in seinem weißen Kittel – in einer ins Wanken geratenen Welt. Ein beherrschter Mann. Starke, perfekt gegliederte Hände, mit verschränkten Fingern auf den Knien ruhend.

»Es war unerträglich. Sie sollten hingehen – nein, tun Sie's nicht, gehen Sie nicht hin, es ist etwas, das niemand sehen dürfte, wie soll ich sagen, die Vorgänge, das, was nach dem Tod passiert und eigentlich begraben werden müsste, aber es ist alles da – lebendig. Die Babys, die gerade geboren wurden, und das heißt: zu sterben beginnen, direkt vor Ihnen.«

Im Profil sah sie seinen steif gespannten Mund, die zusammengezogenen Brauen. Da er sie nicht anblickte, war es ihr möglich, dem dummen, nutzlosen Drang nach Tränen zu widerstehen.

Er griff nach seinem Glas und trank, dann rührte er sich, wandte sich ein wenig zu ihr. »Ich sagte Ihnen, Sie sollten nicht draußen herumlaufen, weil dort, wo mein Onkel wohnt, immer noch Landminen herumliegen. Sein Jüngster kam in den Schulferien nach Hause und ging mit seinem Hund los, um für

den Kochtopf seiner Mutter einen Vogel zu schießen, und er flog in die Luft. Beide Beine weg. Sechzehn Jahre. Er starb. Sie können ihre Felder nicht bestellen.«
Als der Mann gegangen war, wusste sie nicht, ob das als Tadel wegen ihrer Schwäche gemeint war, oder ob er sie hatte trösten wollen, indem er ihr vor Augen führte, was sie selbst gesehen hatte: dass das alte Paar weiterlebte, umringt von dem Tod, der ihren Sohn umgebracht hatte und auch auf sie wartete.

Die Rundreise des WHO-Vertreters ging zu Ende. Bis zur Ankunft des nächsten Entwicklungshilfepartners nahmen Roberta Blayne und ihr Direktor ihre gewohnten Tätigkeiten wieder auf. Sie machte ihre Arbeit. Im gesellschaftlichen Leben, das Flora Henderson über offiziell gegebene und besuchte Empfänge hinaus beförderte (hört auf, über euren Kram zu reden!), war die Junggesellin ständig mit Paaren zusammen. Sie tanzte mit den Ehemännern anderer Frauen; keine Frau schien sie zu fürchten. Sie konnte sich nicht als einsam bezeichnen, und beruflich war dieser Einsatz einer der befriedigendsten ihrer gesamten Laufbahn. Alan Henderson setzte sie besonders dann ein, wenn entsprechend den Leitsätzen der Organisation aus dem, was nach den Vorstellungen der Dorfgemeinschaften am dringendsten benötigt wurde – Dämme, Zufahrtsstraßen zu Märkten, Küken und Jungfische zur Begründung einer Hühner- oder Fischzucht, Bedachung und Pulte für eine neue Schule –, gemeinsame Projekte mit den Entwicklungshelfern werden sollten. Als Dorfsprecher wurden vor allem Frauen ausgesucht; anscheinend wirkte sie Vertrauen erweckend: Gewiss würde eine Frau ihnen Gehör schenken? – aber die Männer respektierten sie ebenfalls, eine offizielle Position gleicht viele traditionelle Vorurteile aus. Gegenüber Regierungsvertretern pflegte ihr Direktor zu bemerken: Roberta lernt die Sprache, wissen Sie, oft braucht sie gar keinen Dolmetscher mehr! Woraufhin sie zu protestieren pflegte: Doch, selbstverständlich! Gleichwohl warf der Umstand, dass seine Assistentin die Mühe auf sich nahm, während eines Einsatzes von höchstens ein paar Jahren die Hauptsprache des Landes zu lernen, ein günstiges Licht auf die Organisation. Häufig verehrte ihr die Dorfgemeinde ein kleines Geschenk (keine Bestechung mit Vikunjafellen – die Organisation erlaubte aber die Annahme von kleinen Geschenken als Zeichen des Vertrauens) – einen geschnitzten Holzlöffel, geflochtene Strohtaschen, ein Tongefäß; das Haus, das ihr zugewiesen worden war, begann Spuren von Häuslichkeit aufzuweisen, wie sie Gegenstände mit einer eigenen, bescheidenen Geschichte hinterlassen.

Der schwarze Wagen der für Regierungsamtsinhaber zweiten Ranges vorgesehenen Luxusklasse stand im Hof – vielleicht einmal pro Woche, an keinem bestimmten Tag. Der Fahrer und die Leibwächter ließen sich in der Küche nieder.

Der Stellvertretende Staatssekretär für Landangelegenheiten war unter zahlreichen beruflichen Bekanntschaften (inzwischen kannte sie ihre Namen, ihre Gesichter an den Konferenztischen, den Klatsch über sie) die eine, die zu einer besonderen Art von Bekanntschaft geworden war; das jedenfalls behauptete seine Anwesenheit. Von Unterhaltungen und höflichem Meinungsaustausch über aktuelle Ereignisse im Land und auf dem Kontinent gingen sie dazu über – zwangsläufig, wie man es tut, wenn einem für solche Gespräche der Stoff ausgeht –, Beobachtungen aus ihrer jeweiligen Vergangenheit zu verknüpfen: als ich jung war, als ich ein Kind war, dachte ich, das weiß ich noch, es würde, es war … und Erlebnisse aus ihrer kindlichen Erfahrung anzubieten. Ohne irgendeine Vertraulichkeit natürlich. Gewöhnliche Anekdoten dieser Art sind allgemein gültige Währung.

Aber man ist, was man war.

Dort treffen sich die Erlebnisse dann nicht mehr; er begann die Rinder seines Vaters zu hüten, klassisch für eine Regierungskarriere in Afrika, sie war an einer Mädchenschule in einer englischen Kathedralenstadt, die Glocken läuteten, während sie Basketball spielte, die Rinder muhten, während sie von der Peitsche des Hirten vorwärts getrieben wurden. Er hatte eine Missionsschule besucht, dann ein College in einem afrikanischen Nachbarland, und dort erhielt er das Stipendium in Amerika. Er hatte einmal eine Universität erwähnt. Die University of Virginia, nicht? Hier gab es wieder gemeinsame Erfahrungen; schließlich hatte auch sie ein Jahr in den USA studiert, ein Austauschprogramm mit einer englischen Universität. Er wollte danach die Kennedy School of Government in Harvard besuchen; dass er nicht verriet, was aus dieser Absicht wurde, fiel unter die Kontaktbeschränkungen, die er sich offensichtlich stets auferlegte. Sie hatte gelernt, sein Schweigen nicht auszufüllen, aber manchmal forderte der Druck des Vakuums eine Fortsetzung. Aus Höflichkeit musste er dann irgendeine Erklärung abgeben.

»Ich war verheiratet, zu Hause. Nach so langer Zeit im Ausland musste ich heim. Kinder.«

»Sie sind jetzt sicher schon erwachsen? Schön für Sie … Ich war auch verheiratet, aber ohne Kinder, leider. Oder vielleicht auch zum Glück, denn es gab eine Scheidung. Allerdings ist es fraglich, ob Sie tatsächlich viel versäumt haben – mit Harvard, meine ich. Schließlich haben Sie hier eine andere Art der Regierungsschulung durchlaufen, direkt vor Ort.«

»Wir sind alle Lernende in der Welt. Aber Hochschulabschlüsse in einem Lebenslauf, so was beeindruckt die Leute.«

»In Regierungsämtern? Auf hoher Ebene? Das hätte ich nicht gedacht. Der Präsident hat doch auch keinen Harvard-Abschluss, nicht einmal ein Zeugnis von einer weniger berühmten Universität in Amerika, soweit ich weiß.«

»Das machen andere Qualifikationen wieder wett.«

Er lächelte sie stolz an, damit sie ihn nicht etwa zu einer Kritik am Staatsoberhaupt verleitete. »Er war einer unserer ersten Führer in unserem Befreiungskrieg … er ist ein Mann, der unsere Kultur nicht vergessen hat, sobald er es mit der Welt aufnehmen konnte. Wissen Sie.«

»Was tun Ihre Kinder? Haben sie Interesse, in die Politik zu gehen, wie der Papa?«

»Studieren.« Thema beendet.

Eines Abends tranken sie noch einen zweiten Whisky, und die Zeit war so unbemerkt vergangen, dass sie ein kleines Abendessen vorschlug. Der Fahrer und die Leibwächter wurden bereits mit Maisbrei und Schmorfleisch verköstigt, als sie in die Küche kam, um zu sehen, was sie und Tomasi anbieten konnten.

Bei Dosensuppe und kaltem Huhn erzählte er ihr von einer Farm in der Südprovinz. »Ihre eigene?« Ja, er hatte eine Farm. (Legt sich nicht jeder in der Regierung eine oder mehrere Farmen zu, frag jetzt nicht, wie, mit der Umverteilung von Land hat es nichts zu tun; aber das ging sie nichts an, gewiss nicht, solange er an ihrem Tisch saß.)

Als der schwarze Wagen das nächste Mal Tomasis Hof beehrte, lud sie der Stellvertretende Staatssekretär für Landangelegenheiten ein, am folgenden Wochenende seine Farm zu besichtigen. Als sie sagte, da fänden zwei Konferenzen statt, an denen sie teilnehmen müsse, verschob er lediglich den Zeitpunkt: »Dann am Wochenende danach.«

»Oh, ich möchte nicht Ihre Pläne durcheinander bringen, Gladwell, bitte.«

»Für mich ist es gleich. Ich fahr sowieso immer hin.«

Das ist also sein Zuhause, dort lebt die Familie, nicht in der offiziellen Residenz (in die sie nie eingeladen worden ist), die irgendwo am Stadtrand sein musste, im Vorort bemannter Wachhäuschen vor Gärten mit Swimming-Pool und Tennisplatz, wo die Regierungsamtsinhaber und ausländischen Diplomaten wohnten. Mit milder Neugier freute sie sich darauf, Frau und Kinder kennen zu lernen. Er musste schließlich noch irgendwo anders hingehören, außerhalb des Parlamentarieranzugs – so

wie zu dem alten Onkel und der Tante, dieser flüchtige Eindruck in privater Kleidung, den er ihr geboten hatte. Der schwarze Wagen stand schon früh vor dem Tor, nicht unerwartet bei diesem disziplinierten Mann. Sie erkannte einen der Leibwächter, der diesmal als Fahrer fungierte; vielleicht stellte die Gegend, die sie in dem riesigen Land ansteuerten, anders als das Ziel des ersten Ausflugs, bei dem sie den Stellvertretenden Staatssekretär begleitet hatte, eine mögliche Gefahr dar, und deshalb nahm er einen Mann mit, die Hälfte seiner üblichen Leibwache, dessen Rolle zudem als Fahrer verbrämt war? Also saßen sie und Gladwell nebeneinander auf dem Rücksitz, sehr bequem, er brauchte nicht auf die Straße zu achten, der Mann am Steuer wirkte wie ein Pferd, das zuverlässig den Stall findet.
Es war weit. Sie schlängelten sich einen Bergpass hinauf und wieder hinunter und sorgten dafür, dass die Menschen in zwei ländlichen Gemeinden der glänzenden Schwärze des majestätischen Wagens nachstarrten, wie das Volk in früher Zeit und fernen Ländern eine königliche Kutsche hatte vorbeifahren sehen. Im dritten Ort hielt er an (auf der anderen Fahrt hatte er vor einem Laden am Straßenrand gehalten), diesmal beim Wahrzeichen des Ortes, einem Supermarkt, und ging hinein, begleitet vom Fahrer-Leibwächter, der ihm vielleicht nur beim Tragen von Vorräten helfen sollte. Sie hatte ihre eigenen Vorräte, verborgen in ihrer größten Strohtasche. Die beschämende Zuflucht zu Almosen: eine Dosis Zucker statt einer Antwort auf den Zustand der Bettelarmut. Die Kinder waren da, dieselben Kinder. Sie verteilte eine Packung Süßigkeiten. Der Leibwächter und sein Schützling kamen zurück, beladen mit Essen – die Gattin musste ihm eine lange Liste mitgegeben haben. Dann bewachte ihn sein Mann beim Besuch eines Spirituosengeschäfts, der Laden hinter dem ramponierten Vorbau – auf eisernen Pfosten ruhte ein Dach über dem Straßenpflaster, im Stil der alten Außenposten am Rande der Wildnis – von

Pioniereinwanderern herstammend wie der jüdische Name des Ladenbesitzers: I. SARETSKY EST. 1921. Flaschen klirrten im Kofferraum, als der Wagen losfuhr, und der Fahrer-Leibwächter wurde in seiner Sprache angewiesen, anzuhalten und die Vorräte besser zu verstauen. Wieder war eine Erfrischung für sie dabei; diesmal importiertes Mineralwasser.

Sie unterhielten sich zwischen gelassenen Intervallen – anders als das sonst von ihm erzwungene Schweigen –, während sie die vorbeifliegende Landschaft betrachteten. Die Brand-Aloen standen in Blüte, flammende Votivgaben an die letzte Kathedrale, die der späte Winterhimmel bildet, wenn die Hitze gekommen ist, wie immer vor dem Regen, ein Blankscheuern bis auf die Knochen, das einen anderen Begriff braucht als Frühling, wie man in Europa sagt. Letzte Woche hatte der britische Kulturattaché beim Dinner im Gespräch mit ihr bemerkt, August sei der grausamste Monat, nicht T. S. Eliots April.

Sie kamen in ein Gelände der Art, wo der Eingriff des Menschen aus einstigem Wald eine Savanne gemacht hatte. Spärliches Gestrüpp war der Versuch der Natur, zwischen ausgewitterten Schotter und halb vergrabene, rostverkrustete, nicht identifizierbare Eisenteile zurückzukehren, sogar das Bruchstück einer Mauer war zu erkennen: Das von Unkraut nachgezeichnete Fundament deutete die Konturen eines Gebäudes an. Hinter aufgeschütteten Schlacken irgendeiner Art eine Anhöhe, auf der die gründlich geplünderten Überreste von anscheinend komplexen Strukturen – Häusern? – beträchtlicher Größe, im Maßstab den mächtigen Kolossen umgestürzter Bäume entsprechend, die zu schwer waren, um als Brennholz fortgeschleppt zu werden, immer noch den Horizont bestimmten. In anderen Teilen des Landes hatte sie von Weißen verlassene Bauernhöfe gesehen, denen alles irgendwie Nützliches genommen worden war; nichts von diesem Ausmaß. »Was war das hier?«

»War mal eine Mine. Vor langer Zeit. Vorher.«

»Kupfer?«

»Ja.«

»Aber was ist passiert? Warum ist sie nicht mehr in Betrieb?«

»Ich weiß nicht. Vielleicht war das Erz erschöpft – aber es heißt, dass sie im Krieg überfallen und geflutet wurde, unterirdisch, und die Pumpen wurden zertrümmert. Sie können den Bergwerksminister fragen; es ist die Buffalo Mine.«

Es wurde immer viel gefeiert, am Wochenende, oben im Haus des Direktors. Am Montagmorgen machte sich einer vom Küchen- und Hauspersonal, der dafür zuständig war, auf den Weg, um mit der Bestellung des Herrn zu Fuß fünfzig Meilen zum Spirituosengeschäft in der Stadt zu gehen. Eine Kiste Scotch. Mit zwölf Flaschen Whisky auf dem Kopf ging der Mann wieder zurück und kam am Freitag an. Jeden Freitag. Der Kraftakt war eine berühmte Dinnerparty-Geschichte, jedes Wochenende: Das ist mein Mann – was für Köpfe sie haben, was, dick wie ein Holzklotz!

Ein Halt im letzten Ort, um Vorräte zu kaufen, die der Fahrer-Leibwächter einlud. I. SARETSKY EST. 1921. Eine Kiste Scotch. Zwölf Flaschen auf dem Kopf. Das ist mein Mann. Dick wie ein Holzklotz. Das ist mein Mann.

Buffalo Mine.

Der Name ist ein Angelhaken, die Anekdote taucht mit ihm auf. (Der Fahrer-Leibwächter hat als Reaktion auf ihre Bewegung – aufrecht im Sitz, auf das Bergwerk zurückblickend – das Tempo verringert.)

Das erste Mal in Afrika? Das erste Mal ja, Indien Bangladesch Afghanistan nicht hier.

Nicht nur eine Dinnerparty-Geschichte längst Verstorbener. *Ein alter Gauner, aber Stil hatte er! Von so was kann man heutzutage nur noch träumen. Heute ist Steuerflucht so ungefähr das letzte Revier für Abenteurer.* Ein Kind, das halb zuhörte, ein junges Mädchen, angeödet von der Tradition der Familienlegenden, den nachfolgenden Generationen, an anderen Tischen

weitererzählt; von den Fabeln über diesen außergewöhnlichen Charakter, den Großvater.
Doch schon hier gewesen.
Nicht in eigener Person. Aber in ihrer Abstammungslinie. Der Familiengeschichte, in die sie gehört. Da war – ist – sie, die Buffalo Mine. Eines der Häuser dort oben auf der Anhöhe, auf die sie blickt, war der Ort, an dem die Partygäste die berühmte Geschichte hörten, den freitags eintreffenden Whisky tranken. Jeden Freitag, ein Kopf so dick wie ein Holzklotz.

»Kennen Sie den Minister? Ich mache Sie mit ihm bekannt.« Gladwell ist in der Position, jedes Privileg erwirken zu können, das ein neugieriger Besucher sich wünscht. »Enos kann Ihnen alles über diese alten Minen erzählen.«
Sie sank in den Sitz zurück, als ließe sie ein flüchtiges Interesse fallen.
In der Nähe war ihr Ziel, ihrer beider Ziel, die Farm des Stellvertretenden Staatssekretärs. Sie hatte mit einem soliden Landhaus mit Kolonialveranda gerechnet, einem übernommenen Hof: Hier aber, mit Blick auf flechtwerkumzäunte Rinderkrals, auf Lehmhütten, eine Schaf- und Ziegenherde, Hühner, die sich unter verwilderten Rosen im Staub suhlten, eine Schar Kinder, die alte Autoreifen vor sich herrollten, stand ein Haus, das aus dem Himmel hier abgesetzt worden war, komplett aus Kalifornien. Die weite Glasfläche hinter der Terrasse brüstete sich in gespiegelter Sonnenpracht, eine Satellitenschüssel reckte ihr großes Ohr in die Welt. Daneben stand ein Ungetüm, das sie als mächtigen Stromgenerator erkannte. Aus der Hintertür des Hauses kamen Männer und Frauen zur Doppelgarage, deren edle Holztüren zur Seite glitten, als der Fahrer-Leibwächter den elektronischen Apparat in seiner Hand berührte. Die Leute waren Dienstboten oder vielleicht Verwandte (sie hatte beobachtet, dass ärmere Familienmitglieder eines Amtsinhabers häufig in beiden Eigenschaften auftraten), manche beeilten

sich, den Wagen zu entladen, eine Frau in geblümtem, volantbesetztem Kittel, der nicht unbedingt bedeutete, dass sie kochte oder putzte, sondern der eher ein Statusmerkmal war, umarmte den Hausherrn und legte zur Begrüßung seines Gastes die Handflächen aneinander. Roberta war darauf gefasst, die Hausherrin kennen zu lernen, vielleicht auch das eine oder andere erwachsene Kind des Paars – selbstverständlich würde die Gattin Englisch sprechen –, ohnedies hatte sie die gesellschaftlichen Reflexe, in denen sie geschult war, automatisch für alle Begegnungen dieser Art parat.

In Räumen, in denen nur Dienstboten bei ihren täglichen Verrichtungen aus und ein gegangen sind, herrscht eine unverkennbare Atmosphäre von Abwesenheit; hier ist nichts zu spüren von jemandem, der diese Räume ausfüllt. Vielleicht ist die Ankunft unerwartet, und die Gattin hält sich in einem anderen Flügel des Hauses auf. Er befolgte die Gastfreundschaftsregeln, die sonst sie einhielt, wenn *er ihr* Gast war, nahm aus einem Wandschränkchen, in dem Gläser kopfüber hingen wie in einer eleganten Bar, eine Whiskyflasche heraus; er hatte niemanden kommen lassen.

»Ich würde gern erst Ihre Frau begrüßen.« Das Protokolllächeln, während sie ihr Glas entgegennahm.

»Sie zieht die Stadt vor.«

»Oh, das ist aber schade.«

»Die Kinder kommen manchmal.«

»Dann müssen wir sie in der Stadt treffen.« Es war ein Versuch, Freundschaft der Art herzustellen, die sie gewöhnt war, die Junggesellin, die in den familiären Rahmen aufgenommen wird.

Eine Nachmittagsmahlzeit wurde ihnen serviert – die Frau in dem geblümten Gewand hatte offenbar doch im Voraus Bescheid gewusst. Die Whiskyflasche kam auf den eisbahnblanken Tisch, an dem sie in einem vom Wohnzimmer abzweigenden Zimmer saßen, zur Gesellschaft nichts als gerahmte

Fotografien von Hochzeiten, Sportmannschaften und offiziellen Anlässen, auf denen er unter den versammelten Teilnehmern zu sehen war. Lebhafte Stimmen ließen vermuten, dass der Fahrer-Leibwächter in dieser Küche ebenso ungezwungen zu Hause war wie bei Tomasi.

Sie bediente sich von Schmortopf und wildem Spinat, nahm sich auf die einladende Handbewegung ihres Gastgebers hin von dem Berg aus festem Maisbrei, von dem Dampf aufstieg wie aus einem schlafenden Vulkan. Auf einem Glasteller lagen Räder von Tomatenscheiben, arrangiert wie ein Stillleben. Er war beherrscht verärgert, als er feststellte, dass es keinen Kaffee geben würde (beim Einkauf im Supermarkt offensichtlich vergessen); dabei fiel ihr an ihm etwas auf, was schon die ganze Zeit da gewesen sein musste, der anziehende Schwung seiner Brauen, die sich am inneren Ende fragend hoben, wenn er nicht – wie jetzt – irritiert war. Eine Hieroglyphe der Verletzlichkeit in der verschlossenen Selbstbeherrschung dieses Funktionärs, die zu entziffern war, wenn man genügend Interesse aufbrachte.

»Kann ich auf Ihrer Farm herumlaufen?« Sie unterbrach sich noch rechtzeitig und fügte die Annahme: Keine Minen? nicht hinzu. Das war ein ungeeignetes Thema für eine von vollem Magen und Whisky zu ungewohnter Tageszeit verursachte Leichtigkeit.

»Wollen Sie keinen Tee?« Zum Ausgleich für den fehlenden Kaffee. »Ich führe Sie. Wissen Sie, dass ich Pferde habe – natürlich, Sie sind aus England, alle Engländer lieben Pferde.«

So gingen sie gemeinsam an den Rinderställen und an der Steinmauer des alten Schafgeheges entlang (einst musste auf diesem Land ein Bauer ganz anderer Art gelebt haben, mit seinen Erinnerungen an die Cotswold Hills und einem Landhaus mit weißer Veranda, wie es ihr vorgeschwebt hatte). Sauber aufgeschichtete Pyramiden aus getrocknetem und zu quaderförmigen Briketts geformtem Kuhmist waren Meilensteine, an denen kleine Hunde einer eigenen namenlosen Rasse kurz das

Bein hoben, ehe sie weiterhechelten. Er deutete auf das Feld erntereifer Chilischoten; sie war neugierig: »Das sind ja rote Ohrgehänge!« Eine weite Armbewegung umfasste seine Rinder, die in der Ferne grasten; unabsehbar zog sich der Mais dahin wie ein Wald auf Kopfhöhe. »Dreitausend Säcke dieses Jahr, das ist nicht schlecht ... aber es sind viele Hektar Anbaufläche, das Land muss man erst mal haben, um so eine kommerzielle Ernte zu erzielen ... Die Gegend hier war nichts wert. Unkraut und Schutt. Wie diese andere.«

Das war der Augenblick für ihre Anekdote. *Mein Großvater hat diese Mine besessen, er hat dort gelebt* – und der gegenwärtige Augenblick würde zuverlässig, organisch über die Vergangenheit wachsen, so wie der Mais und die blutroten Chilischoten und die rostbraun und weiß gefleckten Kühe in der Ferne das Land, das eine koloniale Beute gewesen war, wieder in Besitz nahmen. Aber der Augenblick war vorbei; sie kamen zu einer Koppel, auf der drei Pferde zu warten schienen, wie alle Pferde, wenn man sich ihnen nähert. Sie sagte (natürlich): »Wunderschön sind sie.« Und fügte hinzu: »Vor allem der Fuchs.«

Er saugte die Lippen rund um die Zunge ein, gewohnt, für andere zu entscheiden. »Würden Sie gern reiten. Sie ist ein gutes Tier. Sehr ruhig.«

»Oh, und wie gern! Auch ein weniger ruhiges! Früher bin ich viel geritten, jetzt komme ich gar nicht mehr dazu.«

»Sehen Sie. Ich kenne die Engländer.«

»Reiten Sie?«

Er rief etwas, und ein Junge erschien und erhielt eine Anweisung.

»Früher ja, als Kind, auf dem alten Pferd, das den Karren meines Vaters gezogen hat. Aber jetzt nicht mehr, diese Pferde habe ich für meinen Sohn gekauft. Er ist in den Staaten. Das ist sein Sattel.«

Der Junge sattelte den Fuchs, und ihr Gastgeber half ihr auf den Rücken des großen Pferds. Das vergessene Gefühl gemeinsamer Kraft, vereint mit dem Geschöpf, das sie trug, war auf der Stelle wieder da, als sie losritt, das alte Vergnügen an der Luft, die an ihrem Gesicht vorbeistrich. Überraschenderweise nannte er keine Richtung, gab keine Anweisung, wohin sie reiten sollte; frei galoppierte sie die Maisfelder entlang und störte winzige Vögel, die wie Insektenschwärme aufstoben, ritt über das offene Gelände auf die Rinder zu, winkte dem Hirten, der bei ihnen auf dem Boden hockte, kehrte um und hielt auf das feine Stadthaus zu, schlug dann aber einen Haken dorthin, wo sie ihn zu erkennen meinte, obwohl etwas an der Gestalt anders war, nicht nur anders als der Mann im Parlamentarieranzug, sondern auch als der Zivilist in Sporthemd und -hose. Es war ein zweiter Mann bei ihm, und als sie näher kam, erkannte sie, dass die beiden sich über eine Pumpanlage beugten. Jetzt war sie neben ihnen, hoch zu Pferd. Er war anders; er hatte sein Hemd ausgezogen, die Hände waren mit Öl und Erde verschmiert, als er sich mit nackter Brust aufrichtete. Nichts Besonderes an einem Mann, der bis zur Taille nackt ist, nicht wie eine Barbusige auf dem Cover einer Zeitschrift, das den Blick anziehen soll. Aber vielleicht weil dieser Mann immer so *vollständig zugeknöpft* war, im abstrakten wie im materiellen Sinn, war das, was nun entblößt war, unmöglich zu erahnen gewesen. Er schien jemand anderem zu gehören, dieser Oberkörper in seiner schimmernden Schönheit, schweißbemalt, aus vollendet geformten Muskeln, der doppelte Pfad unter den Brustmuskeln, links und rechts, aus glatten Rippen unter geschmeidiger Haut. Schwarz. Einfach schwarz. Kein Mal, keine Behaarung. Wer ist dieser Mann?

»Jedes Mal, wenn ich hier bin, gibt's irgendein Problem. Die Pumpe ist im Eimer.«

Sie lachte. (Die Probleme der *maison secondaire*.) Auch sie schwitzte, ihre Stirn glühte heiß und rosig.

»War's schön?«

Großartig, großartig.

Er ging duschen. Sie wurde in ein Bad gewiesen, das offenbar der Frau gehörte; ein rosafarbener Kamm und eine leere Flasche Badeöl auf dem Regal, ein Kleid, in Falten herabhängend wie ein niedergeschlagenes Gesicht.

Es gab einen Abschiedswhisky auf der Terrasse – er gehört zu den Verwöhnungen dieses Tages –, dann waren sie bereit zum Aufbruch, der Rückweg war weit. In dem Moment stürzte die für das Haus verantwortliche Frau aufgeregt heraus, und es setzte ein Wortwechsel in ansteigender Geschwindigkeit zwischen ihr und dem Gastgeber ein; er folgte ihr mit einer Geste des Ärgers ins Haus. Aber als er in den Hof zurückkehrte, war er wieder beherrscht wie stets, distanziert von welchem Problem auch immer.

»Der Mann hat getrunken. Mein Fahrer. Sie haben da drin eine große Party, schon die ganze Zeit.«

»Betrunken?«

»Er kann nicht fahren.«

Nicht weiter tragisch. Sie breitete die Hände aus und neigte den Kopf zur Seite, gut gelaunt. Von den Dienstreisen mit ihrem Direktor war sie an alle möglichen unvermeidlichen Änderungen im geplanten Ablauf gewöhnt. »Wir können doch fahren – Sie und ich.«

»In der Dunkelheit, nachts. Es ist nicht sicher.«

»Oh, mir macht das nichts aus, das geht schon, wir wechseln uns ab, ich war oft nachts auf dem Land unterwegs.«

»Es geht nicht ums Fahren. Es geht um die Sicherheit.«

Die Sicherheit. Ach ja, der Betrunkene ist nicht nur Fahrer, er ist Leibwächter.

»Morgen früh ist er wieder nüchtern. Wir können sehr früh aufbrechen. Ist das in Ordnung, für Sie? Morgen ist Sonntag – Sie haben keine Verabredung? Es tut mir Leid.«

»Na ja, gut ... es bleibt uns ja nichts anderes übrig. Ich meine, wenn es riskant ist für Sie. Nein, ich habe morgen nichts Besonderes vor ... Niemand erwartet mich. Niemand bleibt meinetwegen auf.« Sie lächelte, um seine Besorgnis zu beschwichtigen. »Das ist Freiheit.«

»Das ist die richtige Haltung. Viele Frauen …«

Die für das Haus verantwortliche Frau brachte ein Tablett mit kaltem Fleisch und Brot, und sie tranken Whisky, redeten über den »Entwicklungskram«, waren indiskret, kritisierten, analysierten diesen und jenen, wie sie es nie getan hätten (er hätte es sich nie gestattet?), wenn sie keinen Whisky getrunken hätten, wenn sie woanders gewesen wären als hier, sicher versteckt in dem Haus, das wie eine hell erleuchtete Fantasie in der uralten, vollkommenen Finsternis ringsum stand. Nicht nur der Fahrer-Leibwächter war in dieser Nacht aus den Zwängen offizieller Pflichten geflohen.

Als sie beide unkontrollierbar zu gähnen anfingen, hielt er es für angemessen (jede Situation hat ihr Protokoll), sich von dem leopardengemusterten Samtbezug des Sofas zu erheben und eine Entscheidung zu treffen: »Ich zeige Ihnen, wo Sie schlafen.«

Im Rhythmus ihrer Schritte durch einen Flur sagte sie: »Es war ein wunderschöner Tag, und der Ritt«, und er legte ihr einen Arm um die Schulter, eher die Geste eines Mannes gegenüber einem Freund.

Es war nicht zu erraten, in wessen Zimmer sie untergebracht wurde: im Charakter dieses deplatzierten kalifornischen Hauses lag es, dass es Zimmer für Zwecke gab, die nicht zu den Erfordernissen des Ortes passten, an dem es abgesetzt worden war. Anscheinend war der Raum als eine Art geräumiges Ankleidezimmer geplant, direkt neben einer anderen Unterkunft hinter einer zweiten Tür, die ein Bett verstellte. Es gab Decken und Kissen, keine Bettwäsche. Aber sie hatte sich ja auch nicht vorsorglich mit Schlafanzug, Nachtsachen ausgerüstet; einen Moment lang saß sie auf dem Bett und bedachte diesen Umstand, die Tür zum Flur noch offen, als er hereinschaute und wissen wollte, ob sie etwas brauchte. Sie stand auf und ver-

sicherte: Nein, nein, alles in Ordnung, ging ein paar Schritte auf ihn zu, um ihre Autarkie zu beweisen. Er ging ihr entgegen, und ob sie sich zuerst darbot oder ob sich seine Arme zuerst um sie legten, war nicht klar; die Umarmung wurde lang, als füllte sie eine seiner Pausen des Schweigens. Sein Mund glitt von ihrem über ihr Gesicht, ihren Hals, seine Hände umfassten ihre Brüste. Als sie beide nackt waren, verließ er sie kurz, ohne ein Wort von einem von ihnen, und kehrte ins Zimmer zurück, das Kondom in der Hand verborgen, so wie er bei einem parlamentarischen Verfahren einen Stimmzettel tragen mochte. Auf dem Bett, das niemandem zu gehören schien, senkte sich der Oberkörper, der an der defekten Bewässerungspumpe enthüllt worden war, auf sie herab und erfüllte alle seine Verheißungen. Irgendwann in einer Pause der Lust sprach dieser Mann weniger Worte, in seiner neuen Gestalt, ihren Namen aus wie ein Liebhaber. »Roberta ... Das ist fast ein Jungenname, warum haben sie dich so genannt ...« – »Weil sie einen Jungen wollten.« Und nach einem Augenblick, ein halbes Lachen an seinem Hals: »Und warum haben sie dich Gladwell genannt. Aus demselben Grund? Wollten sie etwas anderes aus dir machen. Einen weißen Engländer.«
Um sechs Uhr morgens hatte der Fahrer-Leibwächter schon den Wagen vorgefahren und war bereit zur Abfahrt. Von den Ausschweifungen seiner Nacht war ihm nichts anzumerken. Noch eine ganze Weile danach fragte sie sich, ob er wirklich betrunken gewesen war. Oder ob er die Anweisung erhalten hatte, betrunken zu sein; aber wer konnte den unausgesprochenen Willen ermessen, den ihren ebenso wie den ihres Gastgebers, der zu dem Vorwand bereit gewesen war.

Menschen in offiziellen Positionen, Männer und Frauen mit einer öffentlichen Präsenz, wissen sich auf offiziell unschickliche private Umstände so einzustellen, dass innerhalb dieser Positionen und öffentlichen Rolle eine Form von Anstand gewahrt bleibt. Das weiß selbst jemand, der auf so niedriger Stufe offizieller und öffentlicher Präsenz steht wie die Assistentin des Direktors einer internationalen Hilfsorganisation; zusammen mit Computerkompetenz und den Regeln des Takts und der Diplomatie in den Beziehungen zum Empfängerland; ein weiteres unausgesprochenes Gesetz. Entwicklungshelfern ist es nicht gestattet, private Beziehungen zu einheimischen Personen einzugehen, weil die Entscheidungen der Hilfsorganisation davon beeinflusst werden könnten; gehen sie dennoch solche Beziehungen ein – und das tun sie –, vertraut man darauf, dass sie die objektive Integrität der Organisation respektieren, indem sie sich an die Regeln der Diskretion auf beiden Seiten halten – Diskretion des Einzelnen im Austausch dagegen, dass die Organisation ein Auge zudrückt. Bei Regierungsmitgliedern allerdings ist das anders; da wird so etwas als selbstverständlich vorausgesetzt – von einem Mann, einer Frau in hohem Amt erwartet man, dass er oder sie außer Luxuswagen und Leibwächtern auch eine Frau, einen Mann für die Freizeit hat; Gesichter, die auf den offiziellen Porträts mit der Familie fehlen.

Der Dienstwagen des Stellvertretenden Staatssekretärs für Landangelegenheiten stand häufig im Hof hinter dem Haus, das die Organisation der Assistentin des Direktors zugewiesen hatte. Fahrer und Leibwächter saßen als Stammgäste in Tomasis Küche, unauffällig wie seine sonstigen Freunde. Hin und wieder wurden sie herausgerufen und von ihrem Vorgesetzten, dem Stellvertretenden Staatssekretär, entlassen; sie sollten den Wagen stehen lassen, zu Fuß nach Hause gehen und am Morgen wiederkommen. Aus irgendeinem Grund, obwohl weder er noch sie in ihrer neu gefundenen Beziehung ein Wort darüber verlieren musste, wäre es ihnen nicht eingefallen, miteinander zu schlafen, während die Männer lachend und plaudernd in der Küche saßen.

Sie hatte nur einmal zuvor während eines Auslandseinsatzes

eine kurze Affäre gehabt. Es war in Europa und sie gingen in ein Hotel, wo der Mann ein Zimmer unter fremdem Namen nahm (was wohl bekannt war, wie der Blick der Rezeptionistin verriet). Die Frau des Mannes war verreist, und anscheinend gehörte es zu seinem ehelichen Ehrenkodex, während ihrer Abwesenheit keine fremde Frau ins Haus zu bringen. Hier aber setzte der Stellvertretende Staatssekretär offenbar voraus, dass keine Veranlassung zu besonderen Vorkehrungen bestand – schließlich ist da seine Farm, und es gibt das Haus der Organisation, der Frau selbst, ihr allein, zur Verfügung gestellt. Die Wächter und der Fahrer, der Diener Tomasi: Sie sind dazu da, Bedürfnisse zu erfüllen, nicht sie zu hinterfragen, was immer sie sein mögen; der Begriff Sicherheit schließt alles Mögliche mit ein. Sollen sie nur in der Küche sitzen und tratschen und lachen, wer weiß worüber; die Geschichten, die sie auf ihrer gesellschaftlichen Ebene möglicherweise weitererzählen, wird niemand zur Kenntnis nehmen.

Der Direktor und seine Frau Flora kamen selten in das Junggesellinnenhaus seiner Assistentin; es war so viel netter, wenn sie zu ihnen kam und das Haus, das Flora vielen offen hielt, ein Haushalt mit Essen und Trinken und uneingeschränkt freundlicher Aufnahme, während der jugendliche Sohn an der Gitarre zupfte, als eine Art zweites Heim nutzte. Aber sie mussten erraten haben, dass ein neues Element in Roberta Blaynes Dienst getreten war, noch ehe dies an gewissen Anzeichen im Benehmen des Stellvertretenden Staatssekretärs Gladwell Shadrack Chabruma stillschweigend erkannt und allgemein akzeptiert wurde. Auch wenn Flora mit ihrem verständnisvollen, aber ziemlich fixierten Bild der Menschen ihrer Umgebung bei der ersten Begegnung nichts bemerkte, steht außer Frage, dass Alan Henderson, der Tag für Tag mit Roberta zusammenarbeitete und auf ihre Ansichten über die Menschen in ihrem Tätigkeitsfeld angewiesen war, die Veränderung sah. Er empfand – wie es wahrscheinlich nur ein Mann empfinden kann –, dass Roberta weiblicher geworden war, dass sie eine bis dahin nicht sichtbare Wärme ausstrahlte, die Wärme einer Frau, die ein erfülltes Liebesleben hat. Er sagte nichts zu seiner Frau, sondern ordnete seine private Beobachtung unter den Organisationsangelegenheiten der Kategorie »Entwicklungskram« ein, der sie, laut eigener Verfügung, nichts anging ... Doch als die Monate vergingen und der Stellvertretende Staatssekretär offensichtlich zunehmend darauf vertraute, dass seine Affäre akzeptiert wurde (vielleicht hielten seine Kollegen in der Regierungshierarchie sie sogar für nützlich: eine Frau von der Hilfsorganisation, an die sie beträchtliche finanzielle Erwartungen hatten), begann er mit Roberta Blayne in der Öffentlichkeit zu erscheinen. Wie andere, begriff auch Flora allmählich, dass ihre Junggesellin, von zurückhaltendem Wesen und nicht-mehr-ganz-jung, eine Affäre mit einem Mitglied der Regierung hatte. Ihr Mann legte ihr nahe, das Thema nicht anzuschneiden. »Aber wenn Roberta mit mir reden will? Das kommt doch aus heiterem Himmel! Wer hätte je gedacht, er würde ... dieser unterkühlte Mensch ... und wenn, dann höchstens mit einer der jungen Praktikantinnen in seinem Büro oder mit einer Fernsehsprecherin, wie es die anderen machen, das wäre das Einzige, was für ihn in Frage käme, wenn überhaupt.«

Roberta »redete« nicht mit ihr, doch im Lauf der Zeit stellte Flora mit harmlosen Bemerkungen klar (natürlich nehme ich nicht an, dass du kommst, du hast am Wochenende sicher was Besseres vor), dass sie über die Affäre Bescheid wusste und sich darüber freute, um ihrer Freundin, der Junggesellin willen. Bald war Roberta in der Lage, ganz natürlich zu antworten, ja, ich fahre mit Gladwell zur Farm hinaus, falls er nicht am Samstag an irgendeiner Sonderkonferenz teilnehmen muss. Auf beiden Seiten galt als ausgemacht, dass er, obwohl es den Hendersons sehr gefallen hätte und Roberta sicher ebenso, nicht mit ihr zusammen zu ihnen nach Hause zum Essen im vertrauten Kreis eingeladen würde – es wäre ein zu provozierendes Signal für die übrigen Anwesenden gewesen, dass diese Beziehung eine besondere war. Wenn er zu den formellen Partys kam, begegneten ihm sowohl Roberta als auch die Gastgeber auf derselben Ebene unpersönlicher Freundlichkeit wie allen anderen Gästen. Es gibt ein Protokoll für jede Situation.

Beim Empfang des Präsidenten, der zum Jahrestag der Unabhängigkeit im Parlamentsgebäude stattfand, hatte sie aus dem Augenwinkel, ohne es zu registrieren, Flora im Zwiegespräch mit jemandem in der Menge bemerkt, einer Frau. Flora kam später auf sie zu, mit der halb komischen, toleranten Miene der erfolgreich Entflohenen: »Eine gute Seele, ganz sicher, aber worüber soll man mit ihr reden – wenn man auf den Notbehelf zurückgreift und nach ihren Interessen fragt, erzählt sie einem von ihrer Lieblings-Soap im Fernsehen. Ein Mauerblümchen der neuen Sorte, die Stadtbäuerin – du kennst sie ja, die armen, lieben Menschen.« Flora unterbrach sich, sagte dann leise: »Das ist Gladwells Frau. Muss sie sehr jung geheiratet haben, und abgesehen von der Erzeugung des Nachwuchses … ist sie sicher keine große Hilfe bei seiner Karriere.«

Sie sah durch den Raum zu der Frau hinüber wie auf einen Eindringling in ihre Privatsphäre; nein: beobachtete sich selbst als die Geliebte des Ehemanns dieser Frau, etwas prüde; alte Konventionen drohten ihr mit dem Finger. Es war das einzige Mal, dass sie einander begegneten – vielmehr einander nicht begegneten. Manchmal erwähnte er seine Frau, in Zusammenhängen, in denen es natürlich und unvermeidbar war: ein Autounfall, bei dem sie beide leicht verletzt worden waren; das Thema kam zur Sprache, als der Fahrer-Leibwächter bei einer der Wochenendfahrten zur Farm seine Passagiere beinahe in den Graben gesetzt hätte (diesmal hatte er mit Sicherheit einen Kater).

Anscheinend bestand eine Übereinkunft mit seiner Frau; jeder, der, wie Roberta Blayne, einmal verheiratet war, weiß, dass es auf der geheimen Landkarte einer Ehe viele anerkannte Nebenstraßen gibt. Manchmal trafen sie sich in einem Restaurant, wo er von anderen in Parlamentarieranzügen gesehen werden konnte, wie er mit einer Mitarbeiterin der Organisation beim Essen saß. Seine Freundin, kein Zweifel. Viele hatten Freundinnen, auch wenn sie sie zu dieser Gelegenheit nicht dabeihatten. Es war die Sorte Restaurant.

Eines Tages, als sie ein von ihm ausgesuchtes Restaurant betrat, saß eine junge Frau bei ihm am Tisch. Sie zögerte einen Moment, unschlüssig, ob sie näher treten sollte, aber er sah sie, hob die Hand, sie kam an den Tisch. Bei der Vorstellung nannte er ihren Namen zuerst. »Roberta Blayne. Sie ist die Assistentin von Mr. Henderson, der jetzt hier die Hilfsorganisation leitet.« Das Mädchen erhob sich halb, mit der beiläufigen Anerkennung ihrer Generation und lächelnd, und streckte der vor ihr stehenden Frau die Hand hin. Die Hand war lang, geschmeidig, an Fingern und Daumen beringt, die Nägel in einem phosphoreszierenden Schmetterlingsblau lackiert; ein Attribut. Sie war eine selbstbewusst attraktive junge Frau, ihre Schönheit nach bester zeitgenössischer Mode gestylt – das Haar glatt gezogen und hoch auf dem Kopf mit einem tanzenden Büschel glänzender Locken befestigt, die es im Laden zu kaufen gab, der feuchte, flüchtige Blick aus schrägen Augen, kühne Lippen, in Purpurrot gemeißelt. »Phila, meine jüngere Tochter, sie macht gerade Ferien von ihrem Jurastudium in Nottingham. Deiner Heimat.« Also sprachen die beiden Frauen, seine Frauen, über England, die Eindrücke des Mädchens, über das, was sie an »den Brits«, wie sie sagte, liebenswert fand und was ärgerlich, was sie an ihrer Art zum Lachen brachte. »Vermissen Sie England? Sie sind doch Engländerin, oder?«

Ja, wahrscheinlich. Aber auch etwas aus all den Ländern, in denen sie stationiert gewesen war.

»Wie finden Sie Afrika? Erst seitdem ich anderswo lebe, merke ich, wie es hier wirklich ist! Mein Heimatland, meine Heimatstadt. Komisch! Wirklich komisch. Mein Vater hört das nicht gern, er sagt, ich vergesse, wer ich bin. Da ist allerdings keine

Gefahr – das machen mir die Engländer schon immer wieder klar. Aber im Ernst – oder eher nicht im Ernst, ich hab jede Menge Spaß.« Sie griff nach der Hand ihres Vaters, sich flirtend vergewissernd, dass in seinem Schweigen keine Missbilligung lag. Einem Schweigen, das ansonsten mühelos war; seine gelegentlichen Bemerkungen zu dem Mädchen während des Essens, keine Andeutung, dass die Situation der drei Anwesenden Verdacht und eine andere Form der Missbilligung erregen könnte: bei der Tochter.

Sie wollte fragen – irgendwann –, warum er Wert darauf gelegt hatte, seine Tochter mit ihr bekannt zu machen, sie seiner Familie, seinem *wahren Leben* sozusagen, zu offenbaren – so sah sie es. Während sie nicht sicher war, was ihre Rolle war, was sie in seinem Leben war. Der richtige Zeitpunkt für die Frage kam nie. Vielleicht hatte er das Trio nicht so gesehen wie sie; vielleicht hatte er sich lediglich als Vater verpflichtet gefühlt, seine zu Besuch weilende Tochter zum Essen auszuführen.

Wenn sie ihre Anwesenheit am Tisch hätte rechtfertigen – entschuldigen – müssen, dann indem sie akzeptierte, dass sie nicht die erste Affäre des Stellvertretenden Staatssekretärs war und nicht seine letzte. Außerhalb seines wahren Lebens.

Was sie wusste, war, dass sie und dieser Mann einander gaben, was sie beide brauchten. Liebe, ja, in einer ihrer vielen komplexen Formen; einer der einfachsten. Nicht-mehr-ganz-jung; was sie ursprünglich zusammengebracht hatte, war das, was man als den intellektuellen Aspekt an ihr bezeichnen konnte (sie wusste, dass sie kein herausragender Geist war, aber sie besaß eine gut trainierte Intelligenz und Einsicht in die Mechanismen der modernen Welt); er erwartete ernsthafte Diskussionen, wollte ihr andere Meinungen entlocken als die, mit denen er offiziell abgespeist wurde, unterschiedliche Auffassungen austauschen: von Beweggründen, von den Vorgängen hier in diesem Land aus der Sicht eines Neuankömmlings und von der Welt, die sie ziemlich umfassend kennen gelernt hatte.

Während der Liebe entstand eine Beredsamkeit jenseits der Sprache. Und die Beredtsamkeit der Lust brachte sie in Gefahr, sich ihm anzuvertrauen – ein Teil der Befreiung beim Orgasmus –, etwas preiszugeben, was gegen einen verwendet werden kann. In so einem Augenblick, in der Privatheit, die wie keine andere ist: »Die Buffalo Mine. Weißt du, der Tag, an dem ich gefragt habe, damals. Sie hat meinem Großvater gehört, und er leitete sie wie eine Sklavenplantage. Um 1920. Er schickte einen Mann zum Spirituosenladen in der Stadt, den es immer noch gibt, du hast dort angehalten, den ganzen Weg zu Fuß, damit er für das Saufgelage am Wochenende eine Kiste Whisky holte, und der Mann ging den ganzen Weg wieder zurück mit einer Kiste Whiskyflaschen auf dem Kopf. Ging am Montag los und war am Freitag wieder da. Jeden Montag, jeden Freitag. Mein Großvater machte einen berühmten Witz daraus, mein Mann, was für Köpfe sie haben, dick wie ein Holzklotz.«
Er sagte nichts. Auf einmal kamen ihr Tränen der Scham, alter Scham, unvergossen, *was für Köpfe sie haben*, sie tropften auf seine Schulter. Er löste einen Arm aus ihrer Umarmung und wischte sich über die Schulter, als hätte sich dort etwas niedergelassen; die Finger entdeckten Nässe.
»Was ist los.«
»Was wir hier getan haben. Meine Familie. Und alle anderen. Was für Lügner wir sind, kommen in diese Länder, als wären wir nie hier gewesen, staunen über das *Primitive* – o ja, es ist ein mieses, herablassendes, rassistisches Wort, wir benutzen es nie, aber sein Sinn ist da, sogar in unseren Empfehlungen, unseren Berichten, unserem Lob –, sagen es nie, *naive Beschränktheit, begriffsstutzig* – ach, die Fähigkeit der Leute, Lasten auszuhalten, die *Nützlichkeit* dieser Fähigkeit, solide Grundlage für Entwicklung, hart wie ein Holzklotz, darauf die Macht des Geldes, das ist mein Mann.« Sie konnte ihr wirres Flüstern hören.
Seine Stimme in der Dunkelheit, ein Vibrieren in seiner Brust. »Solche Dinge sind vor langer Zeit passiert. Hat nichts mit dir

zu tun. So waren die damals. So war es bei ihnen. Diesen Leuten. Solche Dinge … Es war Tradition.«
Sie schliefen noch einmal miteinander, und sie spürte an ihm, dass sie dem Bedürfnis widerstehen musste, seinen Kopf zu streicheln, mit der Hand wieder und wieder die Form des Kopfes nachzufahren, um zu verbannen, was sich nicht ändern lässt, eine Vergangenheit. Auch nicht durch Entwicklungshilfe. Sie gehört, er gehört in die Gegenwart.

Bei jedem Auslandsdienst, der gut läuft, taucht irgendwann drohend eine Frustration auf: die Abberufung, die Versetzung, ein anderes Land, gerade dann, wenn mehr Zeit nötig wäre, um die Verwirklichung von Projekten mitzuerleben.
»Was meinst du – soll ich eine Verlängerung beantragen? Würdest du bleiben?«
Es lag keine versteckte Anspielung in Alan Hendersons Frage; er dachte nur an ihre Effizienz als Arbeitsteam. Und sie antwortete auf derselben praktischen Ebene, benutzte den Organisationsjargon. »Wenn du meinst, wir können diese fünf Landwirtschaftsprojekte wirklich bis zu dem Stadium bringen, dass sie aus eigener Kraft weitermachen können, wenn wir dann doch gehen. Ist es den Versuch wert, in New York?«
Der Stellvertretende Staatssekretär für Landangelegenheiten wusste – musste wissen, dass ihre Zeit in ein paar Monaten um war. Schließlich musste die Regierung auf einen Wechsel des Entwicklungshilfeteams gefasst sein. Sie sagte ihm nicht, dass ihr Direktor eine Verlängerung beantragt hatte. In ihren Augen hätte dies der Antwort, die sie Alan Henderson gegeben hatte, die Integrität genommen; hätte einen inakzeptablen Faktor in ihren Kodex eingeführt, dem Engagement für ihre Aufgabe in diesem Land. Wenn sie aus den falschen Gründen auf die Verlängerung hoffte, würde sie zur Lügnerin, sie, der Abkömmling von Lügnern. Und es war auch gut, dass sie ihm nichts gesagt hatte. Denn der Antrag des Direktors wurde abgelehnt; er war

bereits für einen anderen Posten, ein anderes Land vorgesehen. Sie war zweifellos zu unbedeutend, als dass eine Entscheidung über ihren nächsten Einsatz schon vor ihrer Rückkehr in die Zentrale getroffen worden wäre. Sie und Alan Henderson legten sich doppelt ins Zeug, um ein Ergebnis entsprechend ihren Maßstäben von Nachhaltigkeit zu hinterlassen, und die Stunden und Tage der Arbeit ohne Zeitgefühl wechselten intensiv mit Nächten, in denen ein Dienstwagen bei der Assistentin des Direktors versteckt im Hof stand, und den Sonntagen, an denen sie auf der Farm des Stellvertretenden Staatssekretärs für Landangelegenheiten ausritt. Das kalifornische Haus war in seiner fremdartigen Schale zum Leben erwacht, da nun zwei Menschen darin redeten, aßen und tranken, miteinander schliefen. Im Bad stand ihr Shampoo. Es gab keine vorwurfsvollen Geister, denen man begegnen konnte, wenn sie in dem großen Bett schliefen, einem Ehebett. Die Ehefrau zieht die Stadt vor. Das einzig Verstörende für Roberta Blayne war, dass ihr die Farm immer mehr ans Herz wuchs. Es war, als hätte niemand sie je besessen, denn Anhänglichkeit, Liebe zu einem Ort ist wie Liebe zu einem Menschen, sie erhebt den Ort, den Menschen zu intensiverem Leben. Die Liebesgeschichte würde enden (die Nicht-mehr-ganz-Jungen wissen das), Gladwell Shadrack Chabruma würde sie vergessen, sie würde anderswo leben und ihn vergessen, sie würden sich Weihnachtskarten schreiben, bis einer von ihnen den Wohnort wechselte, aber die Farm, die einsamen Ritte in Sonne und Wind, während die knochendürren Hunde neben ihr herrannten, die Kinder winkten, herumhüpften, sich aufspielten, die roten Ohrgehänge der Chilischoten, die sie beim ersten Mal gesehen hatte; die Farm würde ihr bleiben als eine der in die Hülle ihres Lebens eingeknüpften Erfahrungen. Im Entwicklungsjargon nannte man das, ja, nachhaltig.

Ach, es gab Zeiten – Zeiten, in denen sie genau wusste, dass sie sich nach diesem Mann verzehren würde, eine schreckliche

Qual der Vorahnung, dass dies geschehen würde. Die Reserve, die ihn kennzeichnete – zugeknöpft, zurückhaltend –, war genau das: eine Reserve. Eine Reserve an sinnlicher Energie, Zärtlichkeit und erregenden Kräften des Körpers. Unter dem Panzer des Parlamentarieranzugs lag die leidenschaftliche Versicherung, für sie, dass sie begehrt wurde, und in ihr war – das ist eine andere Form von Befähigung – die Erwiderung des Begehrens, das in ihr wieder auflebte, sich im Abstand von zehn, zwanzig Jahren als immer noch vorhanden erwies. Aber dieser bevorstehende Abschied war etwas anderes als der erwartete Abschied von der Lust. Ein Land zu verlassen, in dem sie *schon gewesen* war und in dem sie, vielleicht – ein Gedanke, den sie sich eigentlich nicht leisten durfte – in gewissem Maß durch ihre Arbeit etwas von der Vergangenheit gutgemacht hatte. Sie wird einen Mann verlassen, aber die Farm ist, was sie von hier mitnehmen wird.

Drei Monate, zwei Monate bis zum Ende der Dienstzeit. Unterdessen passierte dem Stellvertretenden Staatssekretär etwas Befriedigendes; der Staatssekretär für Landangelegenheiten war in einen Korruptionsskandal verwickelt, und Gladwell Shadrack Chabruma rückte an seine Stelle. Sie empfand einen glücklichen, uneigennützigen stellvertretenden Stolz, eine andere Art von Lust; der wahre Anteil an dieser Anerkennung seiner Leistungen gehörte seiner Familie.

Erfolg veränderte jetzt die öffentliche Deutung seiner Wortkargheit, führte zu der Erkenntnis, dass sie für Integrität stand. Sie schützte hohe Intelligenz, Fähigkeit, Effizienz und *Ehrlichkeit*. Er war sauber aus der Untersuchung hervorgegangen, die das Ministerium ins Zwielicht gebracht und seinen Vorgesetzten überführt hatte, nicht gerade mit der Hand in der Kasse, aber doch nach Schmiergeldern greifend, die er für die Vergabe von Landbesitz an bestimmte Einzelpersonen und Unternehmen einstreichen wollte, einheimische und internationale.

Noch ein Monat bis zum Ende der Dienstzeit des Direktors und seiner Assistentin; ihre Nachfolger waren eingetroffen und vorläufig im Hotel einquartiert; Roberta Blayne begann die Sammlung zerbrechlicher Geschenke in Luftkissenfolie zu verpacken, die Tongefäße, bei denen die Gefahr sehr groß war, dass sie auf dem Transport in ihren Urzustand zurückkehrten, zerbröckelnde Erde des Landes. Er kam von einem parlamentarischen Unterausschuss, in dem er den Vorsitz geführt hatte, und erzählte ihr davon; durch das Fenster sah sie den Fahrer und die Leibwächter zu Fuß die Zufahrt entlanggehen, sich zum Hof hin verabschiedend: Er würde also über Nacht bei ihr bleiben, sie würden miteinander schlafen. Er hatte für sie beide einen Whisky eingeschenkt; er sah zu, wie sie mit ihren Gefäßen beschäftigt war.

Sie meinte seine Skepsis richtig zu deuten und lachte. »Wahrscheinlich werden sie sowieso von den Gepäckleuten rumgeworfen, aber ich kann's immerhin versuchen, vielleicht überlebt ja das eine oder andere.«

»Ich werde dich heiraten.«

Er sagte es.

Sie fuhr fort, das eingewickelte Gefäß mit Klebestreifen zu umwickeln. Der Klebestreifen wollte nicht halten, sondern heftete sich stattdessen an ihre Finger.

Das ist es, was er sagte.

Er setzte sich auf das Sofa, auf dem sie bei seinem ersten Besuch nebeneinander gesessen hatten. *Der Stellvertretende Staatssekretär ist auf dem Weg zu Ihnen.*

Sie legte das Paket ab und kam zu ihm, die Finger in Klebestreifen verstrickt, das Gesicht verzogen zu einer fremden Miene aus Ungläubigkeit, Staunen und Fassungslosigkeit, die als eine Art Gelächter herauskam.

Er sah sie offen an, nicht nötig, es zu wiederholen.

»Ich werde nie der Anlass zu einer Scheidung sein. Nie. Gladwell. Du verstehst das vielleicht nicht, weil, na ja, ich war mit dir zusammen, obwohl deine Frau doch die ganze Zeit da war.

Deine Familie. Aber wir haben es beide verstanden. Ich würde nie eine Ehe zerstören. Nie. Was wir hatten, war gut. Das brauch ich dir nicht zu sagen. Ich weiß nicht, es geht mich nichts an, welches … Arrangement … welche Vereinbarung zwischen dir und ihr besteht. In deinem Leben. Wahrscheinlich war es falsch, aber ich bin davon ausgegangen … wie soll ich sagen … dass wir ihr nichts zu Leide getan haben. Ach nein, so scheinheilig bin ich nicht, ich weiß sehr wohl, dass man einer Frau etwas antut, wenn man mit ihrem Mann schläft, ob sie es weiß oder nicht, es weiß und akzeptiert … Wir waren glücklich – hatten Glück – ich jedenfalls – ich hatte Glück.« Sie wandte sich ab und begann das Klebestreifengewirr von ihren Fingern zu zupfen, begann ihr Tongefäß für den Transport zu verschnüren; die Geste war unverkennbar: *In einem Monat reise ich ab. Ich wurde zurückgerufen. Du wirst zurückgerufen, mein Geliebter, nach Hause.* Die Geste war eine zärtliche und dankbare Mitteilung.

»Ich rede nicht von Scheidung. Sie ist meine Frau, natürlich. Roberta, du wirst ebenfalls meine Frau sein. Du achtest sie, ich weiß. Sie wird dich achten. Es ist durchaus üblich in unserer Gesellschaft. Legal. Das war immer so. Wir müssen nicht tun, was ihr tut, uns scheiden lassen, wieder heiraten, uns scheiden lassen, wieder heiraten, und so viel Kummer und Unglück, zerrüttete Familien, von denen man dauernd hört. Wir müssen nicht jedem Brauch des Westens folgen. Das weißt du. Das sagst du selber in deiner Arbeit. Mach dir keine Sorgen. Dieses Land, es ist jetzt deines, du machst hier eine wichtige Arbeit, die du dort drüben nicht tun kannst. Es ist gut. Ich weiß das, du weißt das, ja.«

Und jetzt redete sie doch. So unverblümt wie er.

Unter irgendeinem gewöhnlichen Vorwand ging sie zum Haus der Hendersons, und eine Zeit lang plauderten sie und Flora heiter und ziellos, wie es zwischen Leuten mit gemeinsamer Le-

bensweise üblich ist. Dann verstummte sie; als hätte sie jemand an den Schultern gepackt und zur Besinnung gebracht.
»Er hat gesagt, er wird mich heiraten.«
Nicht nötig, der Freundin den Namen des Geliebten zu nennen.
»Er hat dich gebeten, ihn zu heiraten? Roberta! Es ist also wirklich ernst geworden? Roberta!«
»Gebeten eigentlich nicht. Er sagte, er wird es tun.«
»Ach was, das ist auch eine Art zu fragen, bei einer Affäre … Was hast du gesagt?«
»Dass ich nie der Anlass zu einer Scheidung sein werde. Nie. Aber er hatte gar nicht die Absicht …« Um es mit förmlicher Distanz auszudrücken: »Es geht darum, eine Zweitfrau zu nehmen.«
Flora lächelte, gerührt über einen Antrag, der die Qualitäten einer heiratsfähigen Ersatztochter anerkannte. »Dich.«
Sie war sich bewusst, dass sie neu betrachtet wurde; möglich, dass Flora sie nie zuvor gesehen hatte. Wenn eine Liebesaffäre eine Frau verändert, wie Alan Henderson insgeheim bemerkt hatte, so führt auch die Idee einer Ehe, bei einer Junggesellin wie dieser, eine veränderte Wahrnehmung des Betrachters herbei.
»Ich kann es nicht glauben.« Ihre eigene Stimme, ausdruckslos leer.
Flora war gespannt und aufgeregt. »Wieso denn nicht. Der Minister für Umwelt und Fremdenverkehr hat zwei Frauen und Familien, ich meine, es ist heute weniger üblich, sie lassen sich heute eher scheiden, wenn sie's auf jemand anderen abgesehen haben, aber es wird nach wie vor akzeptiert. Bei manchen gehört es sogar zum Nationalstolz. Es heißt auch, dass der Präsident es nur zu gern so machen würde, weißt du – aber es ginge eben nicht, mit zwei Frauen im Schlepptau vor die englische Königin oder den amerikanischen Präsidenten hinzutreten! Warum sollte der Staatssekretär für Landangelegenheiten keine

zweite Frau wollen – eine andere Frau. Nicht unbedingt dich ... Wieso kannst du das nicht glauben!«
»Nicht bei ihm.«
»Du meinst, er ist zu kultiviert? Unsere Art. Aber es ist natürlich deshalb, weil er es ernst mit dir meint, egal, wie du's nimmst, es ist eine Anerkennung des Status, du bist nicht einfach ...«
Flora war geschmeichelt: ihretwegen. Zumindest war sie taktvoll genug, nicht zu fragen, was die Organisationsassistentin, Junggesellin, nun vorhatte. Sollte das die neueste Partygeschichte sein.
Alan, ihr Direktor, schloss die Tür seines Büros, und auch für ihn veränderte sich die Perspektive, noch einmal, nachdem sie früher schon gewechselt hatte. »Flora hat mir von Gladwell erzählt. Ich hoffe, es macht dir nichts aus.«
»Ich hätte es dir sowieso erzählt. Aber wir hatten so viel zu tun, seit ...« Die Organisation war mit der Vorbereitung einer internationalen Malaria-Konferenz in Zusammenarbeit mit dem Gesundheitsministerium beschäftigt.
»Mir macht es nichts aus, dir zu gestehen, dass Flora und ich lange darüber geredet haben. Sie hat den Eindruck, dass du dich von Gladwell irgendwie beleidigt fühlst.«
Mit ihm zu reden war leichter als mit seiner Frau, es war das Vertrauen ihrer gemeinsamen beruflichen Arbeit.
»Nein, nein, wie könnte ich von der Vorstellung, seine Frau zu werden, beleidigt sein – die Frau eines Schwarzen, ist es das, was Flora meint, wie die Leute darüber denken würden? –, nachdem wir all die Monate ein Liebespaar waren.«
»Was ist es dann, Roberta, bist du gekränkt von der Idee, Zweitfrau zu sein, siehst du es als Eintritt in eine Art archaischen Harem ...? Dann hat er dich damit beleidigt, ja?«
»Ich kann nicht glauben, dass er überhaupt auf die Idee gekommen ist. Dass die – Situation – ein normaler Bestandteil seines Lebens sein könnte. Jetzt.«
»Ich will offen zu dir sein. Ich bin sicher, dass er sehr an dir

hängt, aber es gibt noch einen anderen Aspekt an diesem – Antrag –, seine Frau ist eine schlichte Person, die sich um die Kinder kümmert, außer den Großen, die in der Welt ihren Weg machen, gibt es noch einen kleinen Jungen von ungefähr zehn – sie kauft für die offizielle Residenz ein, auf die sie so stolz ist, sieht fern und hat ihm nichts zu sagen, natürlich kann er mit ihr nicht über seine Arbeit reden, Innenpolitik und Regierungsprobleme, nicht mit ihr. Und wie du festgestellt hast, erscheint sie nicht mit ihm auf offiziellen Empfängen, Veranstaltungen der Art, auf denen von einer Ehefrau erwartet wird, dass sie anwesend ist und die Gattinnen der das Land besuchenden Größen unterhält. Dir erscheint seine Idee als eine Art Regression, nicht wahr. Aber im Grunde braucht er in dieser Phase seines Lebens eine Partnerin auf gleicher Wellenlänge, und offensichtlich hat er genau das in den letzten Monaten bei dir gefunden. Er hat gesehen, wie klug du dich auf Konferenzen behauptest, wie du mit allen möglichen Leuten eine – sachkundige – Diskussion führen kannst! Das ist es, was er von einer zweiten Ehefrau erwartet. Keine bequeme Bettgefährtin.«

»Alan, du redest, als hätte er dir das alles gesagt. Aber so gut kennst du ihn nicht …«

»Das brauche ich auch nicht, um zu wissen, was ich über seine Bedürfnisse gesagt habe – ich habe mein gespeichertes Profil (er berührte dabei seine Stirn) von Männern in hohen staatlichen Ämtern in Entwicklungsländern, in denen die Frauen schön und begehrenswert sein mögen, aber aufgrund von sozialer Benachteiligung, Zwängen aller Art – du kennst sie – von jeder Bildung fern gehalten wurden, von der Weltläufigkeit, wenn du so willst. Noch heute gibt es hier nicht genügend Frauen, die der Wohlfahrtsministerin das Wasser reichen können, dieser großartigen Frau, die eines der erfrischendsten Parlamentsmitglieder ist, von den Männern ganz zu schweigen … Und da ist noch was anderes – aber das ist streng vertraulich! –, was Gladwells Entscheidung beeinflusst haben könnte. Es spricht vieles dafür, dass er beim Kabinettsumbau des Präsidenten *Minister* wird. So – nur damit du seine Motive verstehst. Ihn aus der richtigen Perspektive siehst und vor dem entsprechenden Hintergrund, wie wir es immer tun, du und ich – jeder in der Entwicklungsarbeit. Respekt vor den Sitten der anderen – den Traditionen. Was natürlich nicht heißt, dass du – wir! – sie uns aneignen müssten.«

Was Alan Henderson nicht sagte, war, dass Flora zum Abschluss ihrer Diskussion das überraschende Angebot des künftigen Kabinettsmitglieds, Roberta Blayne zur Zweitfrau zu nehmen, noch aus einem anderen Blickwinkel betrachtet hatte. »Sie ist nicht der Typ Frau, der loszieht und sich einen Mann sucht, oder? Und das ist eine Chance mit einem Mann, der jemand ist, der einer Frau wie ihr eine Menge zu bieten hat, sie hätte eine hohe Stellung, sie liebt dieses Land, diese Farm, die er hat, mit seinem Einfluss könnte sie sich weiter in der Entwicklungsarbeit einsetzen ... So viele Chancen wird sie nicht mehr haben, New York, Genf ... Sie ist nicht mehr ganz jung.«

Ihr Kollege, der Direktor, begriff also stillschweigend die Absage an ihren Geliebten, die zu formulieren sie sich anschicken musste. Im Stillen probierte sie viele verschiedene, nutzlose Möglichkeiten aus, um ihm zu sagen, was sie ihm sagen musste: dass es ihr unfasslich schien, wie er, ein Mann, der so vollkommen sein eigener Herr war, ein Mensch der Gegenwart und frei, den Wunsch haben konnte, ein Überbleibsel aus der Vergangenheit in sein Leben heraufzuholen – wie konnte er nicht gesehen haben, dass es beleidigend war, für ihn gewiss ebenso wie für sie; wie die Abneigung verheimlichen.

Was war das Protokoll für so etwas.

Dann fiel es ihr ein – Buffalo Mine. Wie er ihre Scham aufgenommen hatte: wie sie von ihm die Befreiung des Orgasmus genommen, mit der Dinnerparty-Geschichte herausgeplatzt war, als wäre die Lust nicht etwas, das zu teilen ihr aufgrund ihrer

Abstammung untersagt war, gesetzeswidrig, ein erschlichener Orgasmus, gestohlen dem vergangenen Verrat an allem, was humane Gefühle zwischen Menschen ausmacht. Jeden Montag zu Fuß zu I. Saretsky und jeden Freitag zu Fuß zurück, mit der Kiste Whisky auf dem Kopf, so hart wie ein Holzklotz. Großvaters »mein Mann«; ihr Mann, der mit ihr schlief. Er hatte kein Entsetzen gezeigt; keinen Abscheu, während sie schluchzend die Scham hervorstieß. Er beruhigte sie sachlich, wie hatte er gesagt – »es war ihre Tradition«. Und jetzt bemühte sie sich, so streng zu verbergen, dass sie ihn verachtete, weil er von ihr erwartete, etwas zu akzeptieren, was er aus seiner Vergangenheit auswählte; eine Ehre; ihre hässliche Vergangenheit war nicht die seine. Er sprach sie von der Last der Abstammung frei – es hat nichts mit dir zu tun: während sie ihn wegen seiner anklagte. Es ist akzeptiert, sagte Flora. Ihre Tradition.

Ihr Direktor hatte wieder einmal die Tür seines Büros zugezogen. »Wie läuft es?«
»Ich hab noch keinen Weg gefunden.«
»Schau, ich kann es so einrichten, dass du vor mir abreist, Berichte – irgendwas von der Art –, die Zentrale soll sie mit dir durchsprechen, noch vor meinem Debriefing, du kannst das Terrain für mich vorbereiten, ihre Fragen beantworten et cetera … Du könntest sofort aufbrechen. Würde das helfen?«

Natürlich würde das helfen.
Der Dienstwagen fuhr vor. Er kam, um mit ihr zu schlafen, und es schien ihr das angemessene Ende für sie beide. Er hatte sich in seine frühere schweigsame Gesetztheit zurückgezogen und erwartete ihre Antwort, ohne das Thema noch einmal anzuschneiden. Als sie beieinander lagen, nachher, war der rechte Zeitpunkt; er kam aus dem angebotenen Trost heraus, dass sie ihn immer noch begehrte und empfing. »Übermorgen flieg ich nach New York zurück.«

Aus seinem Schweigen heraus. »Du wirst dort kündigen.«
»Nein. Ich werde anderswohin versetzt.«
Sie hatte nicht die richtigen Worte gefunden, um zu erklären, dass Liebesaffären eine Sackgasse auf der Landkarte der Ehe sind. Der blitzende Dienstwagen, im Hof versteckt, die königliche Kutsche, hatte sich in einen Kürbis verwandelt. Sie war wieder Teil des wechselnden Personals einer Hilfsorganisation, und sie ging barfuß davon.

BESUCH BEI GEORGE

Du erinnerst dich; wir kamen von einer Konferenz in jener Stadt, und mir war in dem Moment aufgefallen, dass wir in der Nähe der Straße, des Blocks waren, wo die alten Freunde wohnten. Ich dachte – war im Begriff, es zu sagen –, wir sollten hingehen, es ist ewig lang her, wir werden sie einfach überraschen, wieder einmal hier. Es gab so viele Menschen aus so vielen Zeiten; so viele Zeitalter, die uns auf dieser Londoner Straße entgegenkamen; in diesen alten europäischen Städten sind sie alle da, im Gang, in den Formen von Nasen und Augen und Kiefern, den eleganten Stiefeln und schlurfenden Sandalen, das Publikum Shakespeares, die Veteranen von Waterloo, die Manieren der Bowler-tragenden Vergangenheit, pantoffelbeschuhte Vorhut der orientalischen Gegeneinwanderung aus der Kolonialzeit, Köpfe mit Punk-purpurn-und-grün-gestreiften Haaren in Erinnerung an die Blumenkinder der Sechziger, androgyne Jugend, im Drogenrausch dahintrottend, Ikonen der Gegenwart; schwarze Gesichter, die das von unseren politischen Exilierten bei ihrer Rückkehr nach Afrika zurückgelassene, unauslöschliche Nachbild sein könnten. Sie alle, erkennbar, aber nicht bekannt; kommen uns entgegen, kommen uns entgegen. Und dann löste er sich aus der Menge, für mich, sie rempelten ihn auf dem Bürgersteig an, aber er steuerte geradewegs auf uns zu. Seine Papiertragetasche mit dem Namen eines Delikatessen-Ladens, seine weißen Locken wie Seifenschaum über dicken Ohrläppchen – genau so, wie er immer war, auf der Rückkehr von einer Pilgerfahrt, unternommen, um Mangos oder eine Flasche Wein vom richtigen Hügel eines kleinen französischen Weinguts zu kaufen. Ich sah ihn.

War es nicht wunderbar? Weil es *nicht stimmte*, dass alles sich ändert. Er sah aus wie immer: derselbe.

Wir begleiteten ihn doch zu dieser Wohnung in Kensington? Oder? Die Aquarelle von toskanischen Landschaften, Stiche vom frühen Kapstadt, kühne, dick aufgetragene Ölfarben in den Gemälden schwarzer südafrikanischer Maler, die er entdeckt hatte, verstreute Kassetten, die Zeitschriften und Bücher, die vom Sofa abgeräumt werden mussten, damit man sich setzen konnte. Gott!, sagte er, der alte Heide, wo zum Teufel wart ihr? Die Leute schreiben keine Briefe mehr. Wir hätten alle tot sein können, so wenig, wie wir voneinander gehört haben! Er wetterte gegen die momentane konservative Regierung (vielleicht noch Thatcher). Er, der nach einem Besuch in der alten Sowjetunion in den Fünfzigern, bei dem ihm kollektivierte Schweinefarmen vorgeführt worden waren, aus der Partei ausgetreten war. Aber ich dachte – vielleicht denke ich erst jetzt –, dass wir alle eine Toleranzgrenze in unserer politischen Loyalität haben, und der Gestank von Schweinen ist nicht schlechter als, sagen wir, die Desillusion der Korruption. Er hatte einmal gesessen, zu Hause im alten Südafrika, er hatte seine Schulden bezahlt, hatte sich sein Recht verdient, abtrünnig zu werden, nehme ich an, egal, was wir von dem Vorwand halten mochten.

Du erinnerst dich nicht, worüber wir sprachen? Ich auch nicht. Oder kaum. Da ist er noch, löst sich aus dem Gewoge der Menge; für uns. Die Wohnung: na ja, so wie wir sie kannten. Aber *sie* tauchte nicht auf. Nein. Nach so langer Zeit, darf man fragen …? Vielleicht schlief sie, sie sagte oft, sie sei eine Eule, keine Lerche, liege gern lang im Bett. Wenn sie fort ist – gestorben – oder geschieden? Sie hatten ihre Nebenlieben, das ist bekannt. Und nicht nur die Jungen haben sexuelle Freiheit, die Leute finden in überhaupt jedem Alter Sexualpartner. Wir müssen warten, bis er etwas sagt.

Aber nein, er sagte nichts. Es waren keine Blumen im Zimmer; sie hatte immer majestätische Vasen mit Blüten und Blättern. Wir brauchten also keinen anderen Beweis.

Nicht da.
Aber vielleicht war sie an dem Tag einfach nur zu beschäftigt, um Blumen zu kaufen, und er hatte ihre Bitte vergessen und war seine gewohnte Route gegangen, um den frischen Heilbutt oder die Mangos oder die wenigen Flaschen eines besonderen Weins zu ergattern?
Werden wir je die Bedeutung von augenscheinlich trivialer Vergesslichkeit kennen, dessen, was missachtet wird, in jedermanns Leben – der Schlüssel zu verschiedenen Stadien, die eine Beziehung durchläuft. Du wirst sie erfinden müssen. Ich kann dir nicht helfen. Weil ich ihn nicht fragen konnte. Ihr Name fiel kein einziges Mal, oder? Sie waren sich immer sehr nahe, politisch aktiv, Risiken eingehend, nie eine politische Meinungsverschiedenheit zwischen ihnen, das Zusammenstehen in totaler Solidarität über die Jahre hinweg. Bewundernswert, erinnere dich! Ein Engagement, ein Geist – er sagte immer: *wir* sind überzeugt, *wir* erklären uns – es war – beneidenswert. Ja. Sie musste das nicht bestätigen. Nein? Nie. Oder?
Er vergaß die Blumen, ging auf die Suche nach Fisch und Wein. Sie ist nicht hier, oder wenn sie hier ist –
So war es in Wirklichkeit eben immer. Er *machte* die Meinungen, schuf das »Wir«, setzte die Tagesordnung für politische Anliegen fest. Also spielte – spielt es keine Rolle, ob sie erwähnt wird oder nicht, oder? *Du bist, ich bin, weil wir beide unsere Meinungen haben. Wir existieren.* Große Gedanken, die mir da kommen, nicht wahr.
Oh, aber du weißt doch wenigstens noch, dass wir beschlossen, ihn aufzusuchen, nachdem wir ihn hatten kommen sehen, den bekannten, alten Freund inmitten der Prozession all der Unbekannten von überall her, die in London im Exil gelebt haben. Einfach eine Frage der Höflichkeit, alte Freunde vergisst man allzu leicht. Das Gebäude ist unberührt vom Niedergang des Stadtbezirks. Spiegel im Eingang und der alte Aufzug hinter dem Gitter aus schmiedeeisernen Schnörkeln. Nummer 23, es

war im zweiten Stock mit der taubengrauen Tür und dem Messingklopfer in Form einer anmutigen Hand. Sie schlug diskret auf das Holz. Seine Souvenirs aus Frankreich waren eher dekorativ als praktisch, und als niemand sich rührte, drückten wir auf die Klingel. Es läutete, läutete, hallte fragend durch die Zimmer, die wir kannten. Eine Frau öffnete die Tür; irgendeine Frau; nicht sie. Die Frau hörte seinen Namen. Sie sagte: Mr. S—— ist vor vier Jahren gestorben, dann hat mein Mann die Wohnung gekauft.

Wenn ich das alles geträumt habe, während ich ging und ging, durch die Londoner Straßen, während das Unbewusste jedes einzelnen anderen Lebens, vergangenen und gegenwärtigen, mich im Vorübergehen streifte, was macht es real?
Es aufzuschreiben.

DIE GENERATIONSLÜCKE

Er war derjenige, der es zuerst erfuhr: James, der jüngste von ihnen. Der Vater sagte es dem Sohn – ausgerechnet Jamie, mit dem er sich nie verstanden hatte, seit Jamie ein Kind gewesen war; Jamie, der als Jugendlicher ausriss, grollend zurückgeholt wurde, nichts weiter zwischen ihnen als ein abgewandter Kopf (des Jungen) und der feste, tolerante Mund unterdrückter Missbilligung (des Vaters). Jamie, der beruflich – was war es noch mal? – ein Internetlokal mit einem Freund betreibt, das ist das Neueste, er hat so viel gemacht, aber nach einhelliger Überzeugung der Familie ist er derjenige, der aus seinem Leben nichts gemacht hat. Sein Bruder und seine Schwestern lieben ihn, halten das, was er macht, aber für eine Vergeudung: von Charme, von einem nicht näher definierten Talent, erahnt, aber nicht in eine der Bahnen gelenkt, die sie anerkennen.

Von Jamie also erhielten sie die *Nachricht*. Der Vater ließ sie ihnen über Jamie zukommen – Virginia, Barbara und Matthew, der zu irgendeiner unchristlichen Zeit in Australien angerufen wurde. Der Vater hat die Mutter verlassen.

Ein Mann verlässt seine Frau. Es ist eines der banalsten Vorkommnisse. Der Vater hat die Mutter verlassen: Das ist eine völlig andere Version, *ihre* Version.

Ein Mann verlässt seine Frau wegen einer anderen. Natürlich. Ihr Vater, ihr liebevoller, loyaler, aufmerksamer Vater, *benachrichtigt* sie, einfach so: dass er ihre Mutter wegen einer anderen verlassen hat. Unvorstellbar.

Und dass er sich ausgerechnet den jüngeren Bruder als Vertrauten, Beichtvater, Botschafter ausgesucht hat – was mag er sich dabei gedacht haben?

Sie telefonierten miteinander, Anrufe, die an diesen ersten paar Tagen frustrierend ins Leere liefen, weil Nummern gleichzeitig gewählt wurden und das Besetztzeichen nicht aufhören wollte. Matthew in Brisbane schickte eine E-Mail. Sie trafen sich alle in Barbaras Haus – seine Ba, sein Liebling. Sogar Jamie erschien, herbeizitiert – einer Erklärung wegen, die er nicht geben konnte.

Wieso sollte ich fragen, warum, wie?

Oder nicht geben wollte. Er muss doch außer dieser Nachricht noch etwas gesagt haben; aber nein. Und Jamie musste hinter seine Theke und an die Espressomaschine zurück, mit seinem archaischen Lächeln verantwortungsloser Heiterkeit in jeder Situation ließ er sie stehen.

Und plötzlich, von der Tür aus: Wir sind jetzt alle erwachsen. Sogar er.

Es stellte sich heraus, dass von der Mutter niemand ein Wort gehört hatte. Ginnie hatte sie angerufen und gewartet, ob sie etwas sagen wollte, aber sie plauderte über die Enkel und die fortschreitende Genesung einer Freundin, die sie im Krankenhaus besucht hatte. Kein Wort. Vielleicht weiß sie es nicht. Aber selbst wenn er die Affäre bis jetzt irgendwie vor ihr verheimlicht hatte, würde er doch kaum seine Kinder »informieren«, bevor er seiner Frau seinen Entschluss mitteilte, sie zu verlassen.

Vielleicht denkt sie, wir wissen es nicht.

Nein, verstehst du – sie will nicht, dass wir es wissen, weil sie denkt, er kommt wieder zurück, und wir brauchen es gar nicht zu erfahren. Eine Privatangelegenheit. Wie Jamie gesagt hat.

Das ist lächerlich, es ist ihr peinlich, sie schämt sich, fühlt sich, ich weiß nicht – gedemütigt, wenn sie denken müsste, dass wir …

Ginnie musste als Vorsitzende eingreifen, um das aufschäumende Durcheinander der Geschwisterstimmen wieder zu klären. Also, was tun wir? Worüber reden wir: Sollen wir versuchen, ihn umzustimmen? Ihn zur Räson zu bringen. Sollen wir zu ihr gehen?

Wir müssen. Als Erstes.
Dann soll Ba gehen.
Man hätte annehmen können, dass unter den vier Kindern Ba diejenige gewesen wäre, an die er sich wendete. Sie sagte nichts, setzte sich in ihrem Sessel zurecht, nahm einen Schluck Gin Tonic und presste über seinem Prickeln die Lippen zusammen. Es war überflüssig zu fragen, wieso ich, schließlich ist sie der Liebling ihres Daddys, sie steht ihm am nächsten, sie ist diejenige, die, wenn überhaupt jemand, noch am ehesten begreifen kann, was ihn dazu gebracht hat, zu tun, was er getan hat – sich selbst angetan, ihrer Mutter angetan.
Und die andere Frau? Die Stimmen steigen wie eine Raumtemperatur, was ist mit der anderen? Hat jemand eine Ahnung, wer sie sein könnte? Keine von diesen Ehefrauen in ihrem Freundeskreis – das gibt Alister, Ginnies Mann, zu bedenken –, ihr braucht sie euch ja nur anzusehen. Euer armer Dad.
Aber wo sind die Eltern denn je gewesen, dass er jemand Neues kennen lernen konnte?
Na, *sie* wird wissen, wer es ist. Ba wird es erfahren.
Das ist ganz und gar nicht sicher.
Wie der jüngste von ihnen sagte, sind sie jetzt alle erwachsen, zwei von den drei Anwesenden (den Sportkommentator Matthew in Brisbane nicht mitgezählt) wissen, wie man Affären verheimlicht; nur wenn sie an die Stelle der Ehe treten, müssen sie aufgedeckt werden.

Krank. Das ist es. Er ist krank.
Ba – sie gingen jetzt alle davon aus, dass Ba sich mit der Mutter auseinander setzen würde – rechnete damit, dass Tränen und Verzweiflung die Konventionen sprengen würden, die zum Schutz vor den Söhnen und Töchtern um die Intimität der elterlichen Ehe errichtet werden. Aber da sind keine Tränen.
Hohn und Verachtung von ihrer Mutter, die zur verschmähten Frau geworden ist. Sie weiß tatsächlich, wer die andere ist. Eine

Pause. Als wäre es die Tochter, nicht die Mutter, die sich wappnen muss.
Sie ist exakt so alt wie du, Ba.
Und die Wirkung ist so, wie von der Mutter zweifellos beabsichtigt, ein Teil des Triumphes, in den sie das Desaster zu verwandeln gewillt ist, indem sie es auf den Vater umlenkt. Die Frau hat ein Kind, war nie verheiratet. Beruf? Spielt Geige in einem Orchester. Wie und wo er sie gefunden hat, weiß Gott allein – du weißt, dass wir nie in Konzerte gehen, er hat seine CD-Sammlung hier in diesem Zimmer. Alles war wie immer, während die Sache schon lief – er sagt, sehr präzise, acht Monate. Als er dann endlich die Courage hatte, damit herauszurücken, sagte ich zu ihm, acht Monate nach zweiundvierzig Jahren, du hast deine Wahl getroffen. Hoffentlich überlebt er das.
Als ich sagte (Ba berichtet), das klingt aber nicht so, als wäre es für ihn was Dauerhaftes, es ist sicher nur eine Episode, etwas, das er nie ausprobiert, nie getan hat, eine Erfahrung, die ihm fehlt, er wird in sein Leben zurückkehren (natürlich musste Ba es so ausdrücken), sagte *sie*: Ich geb's ihm aber nicht zurück. – Ich kann euch nicht sagen, wie sie ist. Es ist, als wäre der Ort, an dem sie zusammen gelebt haben – nicht nur das Haus –, verbarrikadiert. Sie sitzt drinnen und hat die Gewehre im Anschlag.
Was können sie für sie tun, ihre Mutter, die kein Mitgefühl will, keine Versöhnung vermittelt haben will, selbst wenn das möglich wäre, die keine Heilung ihrer Liebe, jeder Art Liebe will, wenn die Liebe von zweiundvierzig Jahren nicht existiert.

Seine Ba bietet an, sie alle, die drei erreichbaren seiner Kinder und er, könnten sich noch einmal in ihrem Haus treffen, aber er sagt ihr, er möchte lieber »ein bisschen Zeit« mit jedem von ihnen einzeln verbringen. Sie ist die Letzte, zu der er kommt, und seine Anwesenheit ist seltsam, für ihn ebenso wie für sie.

Wie könnte es auch anders sein? Wenn er mit der Frau schläft, die seine Tochter hätte sein können. Es ist, als wäre zwischen ihm und seinem Lieblingskind etwas Verbotenes geschehen. Da ist etwas Unaussprechliches.

Ba hat alles – alles, was er preiszugeben bereit ist – schon von den anderen gehört. Dieselbe Geschichte für Ginnie, Jamie und, laut E-Mail aus Australien, weitgehend dieselbe in einem »absolut schrecklichen« Telefongespräch mit Matthew. Nein, sie ist nicht verheiratet, ja, sie spielt zweite Violine in einem Symphonieorchester, und ja – sie ist fünfunddreißig Jahre alt. Er blickt langsam auf und teilt seiner Tochter diese Tatsache mit, als müsste er ihren Blick aushalten und als dürfte sie den ihren nicht abwenden; ein Geheimnis zwischen ihnen. Deshalb fühlt sie sich im Stande, ihn zu fragen, was die anderen nicht gefragt haben, vielleicht weil die Nachfrage irgendwie auch mit einschließen könnte, dass bei der widersinnigen Entscheidung eines siebenundsechzigjährigen Mannes, sein Leben auf den Kopf zu stellen, der Zufall den Ausschlag gegeben hat. Wie hat er die Frau kennen gelernt?

Er presst die Lippen zusammen zu einem Ausdruck nicht der Missbilligung (dazu hat er unter diesen Umständen kein Recht), sondern der gekränkten Resignation angesichts dieser Nachfrage: in einem Flugzeug. In einem Flugzeug! Die Tochter kann ihre skeptische Überraschung nicht zeigen; wann war er denn je ohne die Mutter auf Reisen? Während er fortfährt, weil er sich dazu genötigt sieht: Er war auf dem Weg nach Kapstadt, zu Verhandlungen mit den Chefs des amerikanischen Unternehmens, die keine Zeit hatten, zu ihm nach Pretoria zu kommen. Das Orchester war unterwegs zum Eröffnungskonzert eines Musikfestivals an der Küste. Er saß zufällig neben ihr. Sie kamen ins Gespräch, und sie bot ihm freundlicherweise an, ihm für das hoffnungslos ausverkaufte Konzert eine Karte zu besorgen. Und dann? Und dann? Aber ihr armer Vater, sie konnte ihn nicht demütigen, sie konnte ihm nicht folgen, nackt, dem äußeren-

inneren Mann, den sie nie gesehen hatte, durch die Monate im Bett der Frau neben dem Geigenkasten.
Was wirst du tun, fragte sie.
Es ist schon getan.
Das sagte er (die Geschwister vergleichen Aufzeichnungen). Und er lieferte die Erklärungen, die ihm möglich waren. Praktisch. Ich bin ausgezogen – aber das wird euch Isabel schon gesagt haben. Ich habe eine möblierte Wohnung gemietet. Ich lass dir die Nummer da, mir wär es momentan lieber, wenn du nicht im Büro anrufst.
Und dann? Was wird aus dir, mein armer Vater – aber laut sagte sie nur: Du willst dieses Mädchen also heiraten. Denn im Vergleich mit seiner Frau, mit der er zweiundvierzig Jahre verheiratet war, im Vergleich mit seinen siebenundsechzig Jahren ist sie nicht mehr als ein Mädchen.
Ich werde nie wieder heiraten.
Ja, das hat er auch zu den anderen gesagt. Ist die Heftigkeit Vorsicht (der enorme Altersunterschied, um Himmels willen: Matthew, aus Australien), oder ist sie eine Aussage über die Ehe, aus der sie hervorgegangen sind, irgendein elterlicher Gram, von dem sie nichts ahnten, solange sie zu Hause waren, oder von dem sie keine Notiz nahmen, weil sie mit ihrem eigenen abgenabelten Leben, später, zu beschäftigt waren, um sich damit abzugeben.
Es ist nichts verkehrt zwischen Isabel und mir, aber sehr lange war auch nichts mehr richtig.
Ich wünsche euch alles Glück. Der Hochzeitsgeschenk-Grundsatz. Auseinander gelebt? In erster Linie falsch zusammengesetzt – sie sind der oberflächlichen Ehe, die zweifellos ihretwegen geschaffen wurde, zur Selbstverteidigung und zu *ihrem*, der Kinder, Schutz zu nahe, als dass sie Spekulationen anstellen könnten.
Und was wird aus unserer Mutter, deiner Isabel?

Und dann. Und dann. Dieses Konzert, nach der Unverdaulichkeit eines dreistündigen Mittagessens und weiteren drei Stunden Geschwafel und Gezanke mit diesen fröhlichen Haien aus Seattle. Mahlers Symphonie Nr. 1 nach Respighi. Ich habe vergessen, dass sich aufgezeichnete Musik, die du in einem Zimmer hörst, umgeben von den immer gleichen Dingen – den Fotografien, dem Glas, der Kaffeetasse in deiner Hand, dem Sessel, der sich dir maßgenau anpasst –, in keiner Weise mit der Musik vergleichen lässt, die du hörst, während sie entsteht. Und die du auch siehst, das ist der Unterschied, denn die akustische Wiedergabe ist heutzutage ja perfekt – ich weiß, ich habe immer behauptet, das wäre besser als der Aufwand, ins Konzert zu fahren. Wenn du den Musikern zusiehst, wie sie die Töne erschaffen, die du hörst, ihre Bewegungen, ihr Atmen, die konzentrierten Gesichter, sogar die Art, wie sie sitzen, sich vorbeugen je nach den Anweisungen des Dirigenten, er ist ein Magier, der ihre Körper in Klang verwandelt. Ich glaube nicht, dass ich besondere Notiz von ihr genommen habe. Vielleicht habe ich es getan, ohne es zu wissen, so etwas ist ein menschliches Geheimnis, das ist mir klar geworden. Und das wäre auch schon alles gewesen – sie hatte mir ihren Namen gesagt, aber ich wusste nicht, wo sie wohnte, und hätte nicht einmal gewusst, wie ich ihr für die Konzertkarte danken sollte –, wenn sie nicht am nächsten Tag, auf dem Rückflug nach Hause, wieder im Flugzeug gewesen wäre. Wir saßen in derselben Reihe, beide zum Gang hin, diesmal nur durch diesen schmalen Zwischenraum getrennt, über den hinweg wir uns leicht unterhalten konnten. Über das Konzert, wie es ist, Musikerin zu sein, Leute wie ich sind immer neugierig auf Künstler – sie zog mich auf, sagte, wir sähen ihr Leben als frei und zwanglos im Vergleich zu dem – meinem – eines Geschäftsmanns, aber es sei ein viel disziplinierteres Leben, als unsereins führe – die Proben, die Auftritte, die »Nachtarbeit mit müden Augen, die endlosen Überstunden«, so drückte sie es aus, während Leute wie wir eine geregelte Arbeits- und Freizeit hätten. Wir tranken miteinander das Getränk, das an Bord serviert wird, und hatten eine Art Pseudostreit über Stress, den ihren, wenn sie auf der Bühne saß und wusste, dass sie eins aufs Dach kriegen würde, falls sie einen falschen Ton spielte, und den meinen, mit dem Beispiel der Leute aus Seattle am Tag zuvor. Die Art von Unterhaltung, die man bei Fremden im Flugzeug oft hören kann und die ich sonst immer vermeide.

Jetzt vermeide ich es, mit meinen Kindern über sie zu sprechen – meinen Kindern: Wie soll man Söhne und Töchter nennen, die vom Kindsein weit entfernt sind. Ich weiß, sie halten das für lächerlich – für sie ist es vollkommen lächerlich –, aber ich will nicht, dass irgendwer herumrennt und »Erkundigungen« über sie anstellt, über ihr Leben, als wäre die Frage, ob sie »zu mir passt« oder nicht, ein Thema, das irgendetwas mit ihnen zu tun hat. Aber natürlich hat alles an dieser »Affäre«, wie man sie wahrscheinlich nennen muss, sehr wohl mit ihnen zu tun, denn es geht um ihre Mutter, jemand, den sie ihr Leben lang als meine andere Hälfte betrachtet haben – betrachten werden. Sie werden mich wieder zusammensetzen wollen.

Die Kinder (er hat Recht, wie nennt man die erwachsenen Kinder eines Paars) hatten oft erlebt, dass Wochen vergingen, ohne dass sie einander trafen oder Kontakt aufnahmen. Ginnie ist Dozentin im Fachbereich Mathematik an der Universität, ihr Mann ist Anwalt, ihre Freunde sind Akademikerkollegen und Anwälte. Das Ehepaar ist sich auch geistig nahe – beide sind davon überzeugt, dass eine kraftvolle Zivilgesellschaft den Schutz der Menschenrechte garantiert. Ihr älterer Sohn und die Töchter sind fast erwachsen, und sie haben noch einen Nachzügler, einen vierjährigen Jungen. Ba kann keine Kinder bekommen, sie hat Ginnie das Geheimnis ihrer Unfruchtbarkeit anvertraut. Ba und ihr Mann verbringen die Werktage in der Stadt, im Exil: fern vom Busch. Carl war Leiter eines Wildreservats, als sie sich in ihn verliebte, jetzt leitet er die Filiale einer Textilkette, und sie ist Sekretärin eines Börsenmaklers; jedes Wochenende sind sie unterwegs, zelten und wandern, von der Menschenwelt abgeschnitten, beobachten Tiere, beobachten Vögel, beobachten Insekten, identifizieren Pflanzen, sind den liebenden Armen des Veld zurückgegeben. Wie Ginnie und Alister – wenn auch voller Zuneigung – bemerkten, sind Schwester und Schwager mehr an Böcken und Käfern interessiert als an irgendeiner gefährdeten menschlichen Spezies. Jamie – unmöglich, ihn zu erwischen, außer zu Weihnachten! Er war immer anderswo, als man ihn erwartet hätte. Und Matthew: Von ihm gab es im elterlichen Haus aufgestellte Kindheits- und Jugendfotos und eine Stimme aus dem australischen Rundfunk, die einen internationalen Kricket-Vergleich kommentierte und in der erkennbare Eigenarten heimischer Aussprache aufwallten und verklangen wie das Kommen und Gehen eines unklaren Senders.

Jetzt sind sie wieder miteinander in Kontakt wie schon seit einer ganzen Zeit nicht mehr, Zeiten, an die sie sich nicht erinnern oder sich jeweils unterschiedlich erinnern würden, je nach dem individuellen Bedürfnis, die Gesellschaft bestimmter Geschwister zu suchen und den anderen aus dem Weg zu gehen.

Ginnie und Ba verabreden sich sogar zum Mittagessen. Sie treffen sich in einem Lokal, das zugleich Pianobar und Bistro ist: tiefe Armsessel und Stehlampen, die ein gefächertes Sonnenuntergangslicht an die Decke werfen, unter der man an niedrigen Tischen auf Kniehöhe isst. Ein ganz untypisches Lokal für Ba, die in den pikanten Oliven und Peri-Peri-Cashewnüssen herumstochert, als kostete sie irgendwelche unbekannten, in der Wildnis gefundenen Samen; dabei hat sie das Lokal vorgeschlagen. Sie und Carl gehen nicht in Restaurants. Dies ist das Einzige, das sie kennt, weil sich ihr Börsenmakler dort häufig einen Tisch von ihr reservieren lässt. Als die Schwestern sich treffen, wissen sie nicht, wo sie anfangen sollen. Die Wochen verstreichen, und wenn das Telefon läutet und (ziemlich regelmäßig, pflichtschuldig) der Vater dran ist oder (selten, sie ist in einer Stimmung, in der Pflicht als Farce empfunden wird) die Mutter, halten die Geschwister für einen Augenblick den Atem an, denn es könnte ja eine weitere Nachricht sein – dass es vorbei ist, dass *er* zurück ist, *sie* ihm sein Leben zurückgegeben hat, die zweiundvierzig Jahre. Aber nein, nein.

Hoffentlich überlebt er das. Das ist das Axiom, das die Töchter und Söhne ironischerweise von ihr übernommen haben. Wer ist die Frau, die sein Überleben bedroht?

Sie heißt Alicia (eine etwas affektierte Wahl ihrer unbekannten Erzeuger?), Nachname Parks (ziemlich gewöhnlich, was vielleicht ein Hinweis auf ein gewisses Herkunftsmilieu ist?). Bis zum Ende der Kindheit war sie eine Art Wunderkind, hat die Erwartungen aber nicht erfüllt und hat es nicht weiter gebracht als bis zur zweiten Geige in einem zweitrangigen Symphonieorchester – das ist das Urteil von Leuten, die sich in der Musik wirklich auskennen. Was man vom Vater nicht behaupten kann, dem Armen, der nur sein CD-Regal im Wohnzimmer hat, zur Entspannung mit seiner Frau an den Abenden zu Hause. Der Beruf der Frau wird ihn beeindruckt haben; wer es kann, spielt; wer es nicht kann, hört zu: er und Isabel.

Was ist aus dem Mann geworden, dem Vater des Kindes? Hat ihr Vater etwa einen Rivalen? Ist das ein hoffnungsvolles Zeichen? Oder ist es – im Gegenteil – eine Gefahr, eine zusätzliche Komplikation des Risikos, das der geliebte, verrückte Siebenundsechzigjährige eingeht – am Ende wird er noch in ein *crime passionnel* verwickelt –, aber Jamie, zu einem Umtrunk in Ginnies Haus eingefangen, lacht: Mann, das ist doch gut für den Alten. Er hat immer noch Appeal! Und es ist Jamie, der das tut, was sie als Kinder »Kippenaufklauben« genannt haben – er sammelt Bruckstücke von Information und Klatsch. Der Vater des Kindes lebt in London, er ist Journalist und soll ein Farbiger sein. Der kleine Junge, für den *er* anscheinend jetzt den Ersatzvater spielt, ist also ein Mischlingskind, zwei- bis dreimal verwässert, denn der Vater kann ja wer weiß was für ein Gebräu menschlicher Varietät sein.

Das zeigt zumindest, dass die Sache einen gewissen Fortschritt gebracht hat. Ginnie kehrt insgeheim zu einem Erlebnis in ihrer Jugend zurück, von dem nur eines der Geschwister (Matthew) zufällig weiß. Die Eltern haben stets versichert, sie seien keine Rassisten, und ihre Kinder entsprechend erzogen. Soweit sie das Gefühl hatten, dass sie es tun konnten, ohne mit den damaligen Gesetzen in Konflikt zu geraten. Ginnie hatte als Studentin eine lange Beziehung mit einem jungen Inder, der als Quotenstudent an der weißen Universität zugelassen war. Sie konnte es ihren Eltern nie sagen. Wenn es um die eigenen Kinder ging …

Ihm macht die Tatsache dieses Kindes jetzt offensichtlich nichts aus. Natürlich, die Mutter, in ihrer momentanen Stimmung, wenn sie das erfährt …

Ginnie stand vor einer Tür der Vergangenheit, die sich in die Gegenwart öffnete. In solchen Dingen kann man nie wissen. Prinzipien. Seht mich an. Ich trage die Schleife gegen die Diskriminierung von Aids-Opfern, aber was wäre, wenn ich erführe, dass die Frau, die mein Kind hütet, HIV-positiv ist – würde ich ihr kündigen?

Alister, nur angeheiratet unter den Geschwistern, hatte ihnen etwas zu sagen. Die Sache mit dem Kind könnte ein zusätzlicher Reiz für ihn sein. Das Regenbogenkind. Viele früher wohlmeinende Leute suchen jetzt nach einer Möglichkeit, um die abstrakten Positionen, hinter denen sie sich damals versteckt haben, in der Praxis zu beweisen. Natürlich kenne ich euren Vater nicht so gut wie ihr.

Seine Frau hatte etwas hinzuzufügen.

Oder wie wir uns einbilden, ihn zu kennen.

Ba sagte nichts bei diesen Familientreffen.

Sie ist in einem Haus mit ihrem Vater. Das Haus ist ihr halbwegs vertraut, aber es ist weder das elterliche Haus noch ihr eigenes. Oder vielleicht ist es beides – in Träumen kommt so etwas vor. Nur sie und ihr Vater; sie fragt sich, warum er mitten am Tag hier ist. Er sagt, er warte auf das Dienstmädchen. Es ertönt das *tring-ring* einer altmodischen Fahrradklingel, die Sorte, die sie als Kinder an ihren Rädern hatten. Sie blickt aus dem Fenster, er steht hinter ihr, und sie sieht – beide sehen: sie ist sich bewusst, dass er weiß, dass sie hinsieht – eine hübsche junge Frau, rothaarig/blond, die lächelnd vom Fahrrad steigt. Aber in diesem Land gibt es keine Weißen, die als Hausangestellte arbeiten.

Ginnie und Ba besuchen, ohne den anderen etwas zu sagen, ein Konzert. Die Plätze sind so gewählt, dass sie weder zu nah noch zu weit von der Bühne sitzen. Ja, da ist sie, die Geige zwischen Kinn und Schulter geklemmt. Sie beobachten weiße Hände, die verschiedene komplexe Dinge tun, manche Finger drücken Saiten nieder, die der anderen Hand sind um den Bogen gelegt. Sie trägt ein zwangloses Abendkleid von der Art, wie es auch die anderen Musikerinnen im Orchester tragen, nicht ganz eine Uniform; das Gegenstück zu der nicht ganz strikten Kleidung, die sich die Musiker erlauben – Rollkragen und farbiger Kummerbund. Von dem Bogenarm ist ein fransenbestückter Schal herabgeglitten. Anscheinend ist das Kleid ziemlich sexy dekolletiert; das werden sie überprüfen, sobald das Orchester sich zur Pause erhebt. Sicherlich ist sie sehr schlank – das linke Bein hat sie anmutig ausgestreckt, und auf dem Kopf türmt sich eine Menge Haar. Nicht blond, nicht rot. Es ist die Farbe, die derzeit jede zweite Frau trägt, ein undefinierbares Braun, überlagert von einem ins Purpurne spielenden Hennaschimmer. Sie lässt den Bogen sinken, spielt, wenn der Dirigent den Einsatz gibt, und die Schwestern empfinden so etwas wie den Einsatz, ihr zu lauschen. Sie haben das Gefühl, dass sie um ihre Anwesenheit weiß, obwohl sie einander nicht kennen. Sie blickt sie an, obwohl die Bühnenscheinwerfer sie blenden. Sie spielt für *sie*.

Die Handfläche.
Was dir alles im Leben widerfährt (siebenundsechzig Jahre, wie lang das ist), ohne dass du es weißt. In den meisten Fällen ahnst du nicht einmal, dass es dir fehlt, und es ist reiner Zufall, wenn du darauf stößt. Ein gewöhnlicher Kurzstreckenflug zwischen einer wohl bekannten Stadt und einer anderen, zu einer Tages-, Jahreszeit. Die Fläche einer Hand: dass sie so erotisch sein kann. In Hügeln und Tälern und Linien, die man nachzeichnen und küssen kann; sie lacht mich an und sagt, es sind Glückslinien, deshalb bin ich hier bei ihr. Die Handfläche, die den Frosch des Bogens hält, umschließt, und er singt. Umschließt, hält mich.

Matthew soll sich bloß nicht einbilden, dass er sich raushalten kann! Sie schicken ihm Briefe per E-Mail, von Ginnie versandt, aber von einem kollektiven »wir« verfasst – den Schwestern und ihren Männern, dem jüngeren Bruder – die erwarten, dass er mit entscheidet: was auch immer zu tun ist. Matthew schreibt: Ich denke, wir haben ihnen die übliche Menge Scherereien gemacht, wie es Söhne und Töchter eben tun. Den Eltern, meint er. Und was soll das heißen? Was hat das damit zu tun, was möglicherweise getan werden kann? Worauf will er hinaus? Soll das heißen, dass jetzt die Eltern an der Reihe sind – um Gottes willen, in ihrem, in *seinem* Alter! Oder soll es heißen, dass die Söhne und Töchter angesichts ihrer zurückliegenden Jugend die Eltern eigentlich besser verstehen sollten? All diese Unerheblichkeiten – Erheblichkeiten, wer weiß –, wieder heraufgeholt, zur Sprache gebracht von dem einen, der da nett und weit weg zwischen Kricket-Schlägern und Kängurus sitzt.

Welchen Grund hat Matthew, Dinge auszugraben; er war immer so unkompliziert – soweit sie das beurteilen können, sie, die in enger Nähe mit ihm in den Verflechtungen einer Familie aufgewachsen sind; lief nie vor irgendetwas davon – es sei denn, man rechnet Australien dazu, wo er sich ein weithin als erfolgreich anerkanntes Leben eingerichtet hat.

Die übliche Menge Scherereien. Jamie. Und von den Eltern wird er wahrscheinlich nie anders gesehen werden als einer, der Kummer macht. *Solange sie glücklich damit sind*, sagen Eltern über ihren erwachsenen Nachwuchs und behalten Bestürzung und Enttäuschung für sich. Wie viel von dem, was ihre Kinder damals erlebten, wussten die Eltern wirklich. Ginnies Inder; die Ironie, das sieht sie jetzt, dass es *seine* Eltern waren, die ihnen auf die Schliche kamen und der Affäre ein Ende machten. Ob verliebt oder nicht, diese Art Liebe hieß damals Rassenmischung, war von Gesetzes wegen strafbar und hätte sein Studium gefährdet; seine Eltern hatten ihn zum Arzt bestimmt, nicht zum Liebhaber – im Gefängnis. Bas Abtreibung. Welche Qualen hätte *er* um seine Lieblingstochter ausgestanden, wenn er das gewusst hätte. Nur Ginnie weiß, dass diese verpfuschte Hinterzimmer-Prozedur der Grund für Bas Kinderlosigkeit ist. Niemand sonst; auch nicht Carl. Das gehört in ein Leben, bevor Ba ihn fand, ihren großartigen und einzig erwählten Partner, auf den sie im Busch stieß. Es ist unwahrscheinlich, dass Jamie (bei der Erinnerung an die übliche Menge Scherereien, die sie verursacht haben) auch nur einen flüchtigen Gedanken daran verschwendet, was er für seine verzweifelte Schwester arrangiert hat, damals; schon als Teenager hatte er die Sorte Freunde, die es gewöhnt sind, viel Mühe auf sich zu nehmen, um sich gegenseitig aus jugendlichen Scherereien aller Art herauszuhelfen. Ja, es war Jamie – ausgerechnet Jamie –, an den Ba sich wandte; so wie es Jamie war – ausgerechnet er –, an den ihr Vater sich wandte, als er selbst in Schwierigkeiten war.

Es wurde möglich, *ihn* in dem einen oder anderen Haus zum

Essen einzuladen, ohne die Mutter. Als wäre das normal. Und es war nicht einfach, ihm stillschweigend zu verstehen zu geben, dass es nicht normal war; dass er als Liebhaber seinen Platz nicht an diesem Tisch hatte, er hatte hier seinen Platz als Ehemann mit seiner Frau, Mutter-und-Vater. Diese Verschiebung galt nicht für ihre Mutter, denn sie war, wie sie es sahen, das Opfer der in den Familienkreis eingebrochenen Geliebten. Sie war bereit, zu ihnen zu kommen, selbstständig (sozusagen), hin und wieder, wobei ihre sorgfältig aufrechterhaltene Fassung bei Tisch jede Diskussion über die Lage verbot, und nun war sie verreist, zu einem Urlaub bei ihrem Cousin, einem Konsularbeamten auf Mauritius.

Nach dem Essen mit ihr, zu Hause bei Ginnie oder Ba, bestanden die Töchter oder deren Ehemänner auf einem gewissen Realitätssinn, indem sie das Thema zur Sprache brachten; das einzige Thema. Wie war der Stand der Dinge? Fand zwischen *ihm* und ihr irgendein Meinungsaustausch statt, beispielsweise über die Zukunft?

Ihr Anwalt hatte sich mit ihm getroffen, und sie hatten die Summe für ihren Unterhalt ausgehandelt; es waren noch weitere Angelegenheiten zu klären. Besitztümer. Sie waren nicht näher aufgeführt, als wäre niemand anderes davon betroffen als die verlassene Frau. Carl war es, der in seiner privilegierten, den organischen Wandlungs- und Erneuerungszyklen der Natur nahe stehenden Unschuld sagen konnte: Vielleicht ist deine Abwesenheit nur gut. Für euch beide. Wenn du zurückkommst, fühlt ihr euch vielleicht im Stande, die Sache gemeinsam zu klären.

Sie sah ihn an, halb mitleidig wegen seiner Anteilnahme.

Es hat sich schon geklärt. Das hat er getan.

Und sie wandte sich, dazu hatte sie jedes Recht, der großmütterlichen Plauderei mit Ginnies kleinem Jungen zu, dem sie einen Modelljeep mitgebracht hatte, und dann einem halblauten Gespräch in vertraulichem Ton mit ihrem Liebling, der älteren der beiden halbwüchsigen Töchter, die an dem Abend zufällig zu Hause war. Heute keine Jungs hier? Wenn ich sonst am Wochenende komme, höre ich von oben jede Menge Musik und Gelächter. Helens Freunde, sagt das Mädchen. Und nicht deine, nicht dein Typ – verstehe. Was ist dann dein Typ … richtig, der *Eine* also – ich kann mir ziemlich gut vorstellen, was dich interessieren würde, weißt du.

Und das Mädchen lügt, beschreibt den nicht existenten Einen so, wie er ihrer Vorstellung nach sein müsste, um bei einer Erwachsenen auf Zustimmung zu stoßen.

Als die Mutter/Großmutter fort war, sagte Ginnies Mann Alister zu ihnen: Isabel denkt, wir wären auf *seiner* Seite, das ist das Problem.

Warum sollten wir. – Niemand geht auf Bas Bemerkung ein.

Hoffentlich überlebt er das.

Das Beste von allem. An manchen Tagen frühmorgens vom Geräusch des Schlüssels aufwachen, der sich im Schloss dreht; ihr Schlüssel. Ihn hören, aber nicht wach genug sein, um die Augen zu öffnen; und eine kalte, frische Wange legt sich an die unrasierte. Sie ist vor sieben aus dem Haus gegangen, um das Kind im Kindergarten abzuliefern, und dann ist sie auf einmal hier. Gestern. Hörte ihre Schuhe fallen und schlug die Augen auf, um ihre Kleidungsstücke zu Boden fallen zu sehen. Sie schlüpft ins Bett, die Wange ist immer noch kalt, und der Rest von ihr ist ihre besondere Wärme. Heute nicht, kein Warten darauf, dass der Schlüssel sich dreht. Morgen. Morgen dreht er sich wieder. Wieder und wieder.

Sie besprechen miteinander die Pflicht – die Zweckmäßigkeit vielleicht –, ihn irgendwann einmal mit ihr zusammen einzuladen. Zum Mittagessen am Sonntag? Nein, zu familiär, außerdem wären Ba und Carl nicht da, und warum sollte man Ginnie und Alister damit allein lassen, auf Jamie kann man nicht zählen. Kommt doch am frühen Abend auf ein Glas vorbei, das ginge. Wie ist sie – sieht sie aus? Die beiden Männer wollen es im Voraus wissen – schließlich sind sie so männlich wie der Vater –, wollen wissen, womit sie zu rechnen haben, um sich an seine Stelle zu versetzen. Aber das grelle Licht der Bühnenbeleuchtung lässt eine Maske auf alle Gesichter fallen, da waren tief eingesunkene Höhlen statt Augen, weiße Wangen, ein heller Mund. Es waren die Hände in Bewegung, aus denen eine Identität sprach.

Der Mann, der sie in Ginnies Haus bringt, ist eine andere Person: ihr Vater? Er, der immer zugehört hat, redet. Obwohl er hier nicht zu Hause, nicht der Gastgeber ist, steht er auf, um Gläser nachzufüllen und Snacks anzubieten. Er macht ihr den Hof, vor aller Augen, sie sehen es! Ihre Mutter sieht viel besser aus; immer noch schön; diese hier hat ein langes, dünnes, gieriges Gesicht, die Beleuchtung hat die Vertiefungen nicht übertrieben, und ihre intelligent verengten Augen – haselnussbraun? grünlich? egal – sind von einem Make-up im Stil ägyptischer Statuen ikonenartig umrahmt. Sie hat eine lose, aber anschmiegsame Tunika gewählt, und die Schwestern sehen, dass sie feste Brüste hat. Als sie hinterher ihre Eindrücke austauschen, scheint es, dass dieser Umstand nur den Frauen aufgefallen ist und nicht, wie sie gedacht hätten, den Männern. Ihre Hände sind schmucklos (die Mutter hatte im Lauf der Jahre von *ihm* viele schöne Ringe bekommen) und liegen halb gewölbt, die Handflächen halb offen, auf der Sessellehne oder im Schoß; es ist, als hätte die Spannungslosigkeit der Hände den Zweck, sie alle zu besänftigen; diese Hände, die Musik machen. Und ihrem Vater Lust bereiten. Sie hat eine – wie die Frauen argwöhnen: künstliche – Heiserkeit in der Stimme, die auf Männer, glauben sie, anziehend wirkt. Es erweist sich, dass keiner der Männer – Jamie war anwesend – das so empfunden hat, für sie war die Stimme weder affektiert noch aufreizend, nichts, worauf *er* reagiert haben könnte.

Die Unterhaltung war recht angeregt und vollkommen künstlich; sie waren *alle* andere Menschen; plauderten über nichts, was ihnen in irgendeiner Form wichtig war. Es gibt so viele unverfängliche Themen, man kann tatsächlich in jeder beliebigen Situation zurechtkommen, indem man sich an die Berichte in Zeitungen oder im Fernsehen hält: über Hochwasser/Dürre, die tunlichst zu vermeidenden Tageszeiten mit den schlimmsten Verkehrsstaus (Kriege und Politik auf lokaler wie internationaler Ebene werden gemieden, das sind intime Themen) und, natürlich, über Musik. Es ist der Liebhaber, der die Musik anspricht; Ginnie und Ba hätten sich auch davon lieber fern gehalten; sie könnte irgendwie spüren, dass die Augen der Schwestern auf ihr geruht hatten, während sie spielte … *Er* prahlt sogar mit ihr: Alicia fährt im Winter mit dem Orchester zu einem internationalen Musikfestival nach Montreal, und das wird besonders schön für sie, weil Alicia auch fließend Französisch spricht. Genauso gut könnte – sollte – er jemanden mit den Leistungen seiner siebzehnjährigen Enkelin, Ginnies ältestem Kind, langweilen. Ginnies biologischer Nachgedanke, der vierjährige Shaun, hatte mit seinem Jeep rund um sämtliche Füße gespielt. Als der Vater und seine Geliebte aufbrachen, beugte sie sich zu dem Kind hinunter: Ich habe auch einen kleinen Jungen wie du, weißt du. Er hat eine ganze Sammlung von Autos, aber so einen Jeep hat er nicht, glaube ich, der ist Klasse.
Denen ist überhaupt nichts peinlich, diesen Verliebten.
Der neue Vater fremden Nachwuchses macht ein Versprechen für das Regenbogenkind. Wir müssen ihm auch so einen besorgen. Woher habt ihr ihn?
Shaun verteidigt die unsichtbare Gegenwart, die bei dem Umtrunk nicht zugelassen ist. Meine Großmutter hat ihn mir mitgebracht.

Ein sonderbarer – beinahe beschämender – Moment kommt für die Geschwister und ihre Partner, als sie über die ganze Geschichte – Mutter, Vater, die Frau – plötzlich zu lachen beginnen. Es passiert, als sie einander treffen – immer seltener – und pflichtbewusst wieder einmal zu entscheiden versuchen, wie sie sich unter den Umständen verhalten sollen. Das Gelächter ist mit dem hysterischen Kichern verwandt, das bisweilen eine Frustration am Rand der Tränen begleitet. Was soll man denn tun, wenn Papa in diesem verwirrten Zustand ist, und du lieber Himmel, als Nächstes wird er sie schwängern und als Daddy noch einmal von vorn anfangen. Nein, nein, nein – bitte nicht! Wieso denn nicht – wahrscheinlich geht es hier überhaupt nur darum: um den Stolz auf die unverminderte Manneskraft eines alten Mannes! Und Alister, beiseite zu Jamie: Anscheinend kriegt er immer noch einen hoch – gut für ihn, wie du sagen würdest –, und wieder können sie sich nicht halten vor Lachen. Was soll man denn tun mit einer unansprechbaren Mutter, die in Ruhe gelassen werden will wie ein beleidigter Teenager, und einem Vater, der ausgebrochen ist wie ein junger Hengst, den der Hafer sticht? Wer könnte mit Leuten in diesem Zustand überhaupt etwas anfangen? Ach – aber es sind doch reife Menschen! Weiß also niemand, was Reife eigentlich ist? Ist es das? Jetzt nicht mehr; nicht mehr, seitdem die Mutter und der Vater ihren Söhnen und Töchtern diese Gewissheit genommen haben. Matthew ruft an und schickt Mails aus seinem sicheren Abstand, vorwurfsvoll. Was ist denn los mit euch allen? Wieso könnt ihr sie nicht halbwegs in die Wirklichkeit zurückholen, sie wieder zusammenbringen – es ist doch noch etwas übrig nach ihren zweiundvierzig Jahren? Wie soll denn das sonst enden?

Nun, die Mutter macht anscheinend einen ausgedehnten Urlaub-des-Lebens aus der Situation, und *er*, er tanzt zur Fiedel, für jeden unerreichbar (ausgeklinkt, sagt Jamie). Sie schütteln die Köpfe vor Lachen, das in Verzweiflung stirbt. Es gibt *nichts*, was man tun kann, bei diesen Eltern.

Außer Angst um sie haben. Bas Tränen kommen nicht vom Lachen.

Jugendliche werden wenigstens erwachsen; man konnte sich darauf verlassen, dass darin die Lösung für die meisten der üblichen Scherereien lag, die sie damals angerichtet hatten. In der Lage von Eltern gibt es offenbar nichts, worauf man sich verlassen kann, am wenigsten die viel gepriesene Altersweisheit. Die Mutter verfasste einen langen Rundbrief (eine Kopie an alle Geschwister, nur unterschieden durch den Namen nach der Anrede »Liebste/r«), in dem sie verkündete, sie werde zu Matthew nach Australien gehen. Mauritius war also auf halbem Weg gewesen, die ganze Zeit, in der Mitte zwischen ihrem rechtmäßigen Heim und Australien, nicht nur hinsichtlich seiner geografischen Position im Indischen Ozean zwischen Afrika und Australien. Sie würde in Matthews Junggesellenwohnung »den Haushalt führen«, bis sie eine eigene Wohnung gefunden hätte, die Platz genug bot, damit alle kommen und sie besuchen, die Enkel schicken konnten.
Alicia Parks, zweite Geige, kam aus Montreal nicht zurück. *Er* fuhr fort, mit ihr zu korrespondieren und zu telefonieren, viele Monate lang. Das reimte die Familie sich zusammen, wenn er von ihren Erfolgen mit dem Orchester auf Tournee berichtete, als müssten sie, ob es ihnen recht war und sie interessierte oder nicht, Alicia als Erweiterung seines Lebens anerkennen – und deshalb auch ihres eigenen Lebens. Das konnten sie selbst entscheiden, sollte das offensichtlich heißen.
Was er ihnen nicht sagte, war, dass sie das Symphonieorchester verlassen hatte, um das Angebot eines Kammerorchesters in Montreal anzunehmen. Als erste Geige: ein Ehrgeiz, von dem er wusste und dessen Erfüllung er ihr gönnte. Aber Kanada. Sie hatte dabei berücksichtigt (das war ihre Formulierung), dass es zu Hause in Afrika nicht viele Möglichkeiten für sie gab.

Mit ihm. In seinen langen spätabendlichen Anrufen bei ihr ergänzte er für sich, was sie verschwieg.
Sie ließ ihr Kind nachkommen; sagte es ihm erst, nachdem das Kind schon außer Landes war. Dann sagte sie ihm nicht, dass sie mit jemand anderem als ihrem Kind zusammen war, einem neuen Mann, aber das erriet er aus ihrem Ton.
Ginnie sprach es dem Vater gegenüber aus. Kommt sie zurück? Wenn sie ein angemessenes Engagement hier bekommt, natürlich. Sie hat sich in der Welt der Musik einen Namen gemacht. Also wartet er auf sie, dachten sie, der Arme. Warum kann er nicht akzeptieren, dass es vorbei ist, zwangsläufig, die ganze Sache hinter sich lassen, wieder als *Vater* alt werden, es gibt eine würdige Alternative zu diesem verheerenden Rückfall in die Jugend.
Hoffentlich überlebt er das.
Gemeinsam und einzeln sind sie ihm entschlossen auf den Fersen.

Das Beste war die kalte Wange. Genau das. Welche Alternative gäbe es dazu.
Im Badezimmerspiegel war ihr Körper, wenn sie sich vom gemeinsamen Liebes-Bad abtrocknete, sich zwischen den gespreizten Beinen und dann quer über den Nacken rieb, so anmutig, wie sie sich über die Violine beugte, und vom Dampf kleine Rinnsale aus dem Haar über ihre Stirn liefen. Ein Spiegel voll von ihr. Für mich, den alten Liebhaber, den sie so gut, so gut zu lieben verstand, ihren alten, siebenundsechzigjährigen Liebhaber. Welche Alternative.
Der Tod ist ein leerer Spiegel, alles, was er gesehen und gezeigt hat, ist gelöscht.
Der Tod wartet, wartete schon, aber ich nahm stattdessen das Flugzeug nach Kapstadt.

L, U, C, I, E

Ich heiße Lucie – nein, nicht mit y. Das habe ich mein Leben lang korrigiert, von dem Zeitpunkt an, als mein Name keine Vokabel mehr war, die ich hörte und auf die ich reagierte wie ein kleines Haustier (*hierher, Miez, Miez*), und ich lernte, diese Töne und Halbtöne als eine Aufeinanderfolge von Umrissen zu zeichnen: L, U, C, I, E. Mit Identität hat diese Beharrlichkeit nichts zu tun. Die so genannte Suche nach Identität ödet mich an. Ich weiß, wer ich bin. Jeder weiß ziemlich genau, wer er ist: Jede Rille in einem Zehennagel, jeder Gedanke, den du für dich behältst, jede Meinung, die du äußerst, ist deine Lebensform und deine Verantwortung. Ich korrigiere die Schreibweise, weil ich Anwältin bin und gewöhnt, auf sprachliche Genauigkeit zu achten; in juristischen Dokumenten kann die Verschiebung eines Kommas die Intention eines Satzes verändern und zu neuen Auseinandersetzungen führen. Es ist eine Gewohnheit, meine Pedanterie; Tatsache ist allerdings, dass sie nur eine andere orthografische Ungenauigkeit aufrechterhält: Ich bin nach der italienischen Großmutter meines Vaters benannt, und die korrekte italienische Form des Namens lautet Lucia. Das hatte für mich keine Bedeutung, bis ich ihren Namen auf ihrem Grab sah: LUCIE.

Ich bin soeben von einem Italienurlaub mit meinem Vater zurückgekehrt. Meine Mutter ist vor ein paar Monaten gestorben; es war eine dieser Reisen, unternommen nach dem Tod der Gattin, wenn der zurückgebliebene Mann die Tochter als die Klonfrau sieht, die, aus ihrer Zeit und ihrem Raum in die Vergangenheit und in ein anderes Land versetzt, ihn vor dem nahen Tod beschützen und ins Reich des Lebens zurückholen soll. (Ich hoffe nur, mein Vater hat begriffen, dass dies etwas Einmaliges, Vorübergehendes war, ein Geschenk von mir.) Ich ließ ihn in dem Glauben, es wäre umgekehrt: dass er mir etwas zurückgab, indem er mir das Dorf zeigte, wo seiner Ansicht nach meine Wurzeln lagen. Er hatte die ersten fünf Jahre seines Lebens, von armen Eltern abgeschoben, in der Obhut ebenjener Großmutter verbracht, und obwohl er später mit ihnen nach Afrika auswanderte und nie zurückkehrte, scheint er seine Gefühle für sie nie auf jemand anderes übertragen zu haben, weder auf seine Mutter noch auf sonst jemanden; viele Jahre später war sie diejenige, nach der er seine Tochter benannte.

Er war so oft in Europa – mit meiner Mutter fast jedes Jahr. »Warum warst du denn früher nie hier?«, fragte ich. Wir saßen auf einer abschüssigen Wiese, die zum Hof seiner Großmutter und ihrer unverheirateten Schwestern gehört hatte. Das alte Bauernhaus, in dem er die nach Auffassung der Jesuiten prägenden Jahre verbracht hatte, war verkauft und renoviert worden, mit rosaroten und grünen Terrassenfliesen, verschnörkelten Geländern aus Schmiedeeisen und Terrakottagefäßen mit roten Geranien, die bei erfolgreichen Handwerkern aus dem neuen Gewerbegebiet in der Nähe des Dorfes sehr beliebt waren. Das Haus stand hinter uns; wir konnten es vergessen, er konnte seine widerrechtliche Aneignung vergessen. Ein Maulbeerbaum überschattete die Wiese wie ein Strohhut. Mit der weiterziehenden Sonne wanderte auch der Schatten seiner Krempe. Mein Vater gab keine Antwort; eine plötzliche Maschinengewehrsalve kam ihm zuvor – stotterte in knallenden Echos zwischen den Hügeln hin und her und brach in den Frieden ein, in dem meine Frage mit der verdunstenden Feuchtigkeit der Wiese schwebte.

Die Armee hatte einen Schießplatz dort oben, verborgen in den Kastanienwäldern, das war alles; wie ein vorüberfliegendes Flugzeug das Gewebe vollendeter Stille verwirft, zogen die Schüsse all das nach sich, was die Kontinuität im Leben zerbricht, die Gewalt der Gefühle, die Ansprüche und Willensäußerungen, die aufeinander prallen. Meine Mutter wollte

Museen und Theater in europäischen Großstädten besuchen, ihn erfüllte es mit Stolz, dass er als Sprecher zu Konferenzen in Hongkong und Toronto eingeladen wurde. Es gab Kriege und die privaten Kriege der Kartelle und, soweit ich weiß, Liebesaffären – das alles hielt ihn fern. Er verbarg sein Ich vor mir, wie die meisten Eltern es tun, um vor ihren Kindern das aufrechtzuerhalten, was sie als angemessene Fassade betrachten. Jetzt wollte er mich in sein Leben einlassen, ich sollte es für ihn bestätigen, als wäre ich die ganze Zeit eine Vertraute gewesen.

Wir wohnten im einzigen Albergo des Dorfs und aßen in einer dunklen Bar unter den ausgestopften Köpfen von Hirschen und Bergziegen. Die Mutter des Wirts wurde geholt, damit sie sich meinen Vater ansah, den sie, wie sie behauptete, als kleines Kind in Erinnerung hatte. Sie heulte natürlich, als sie an die drei Schwestern zurückdachte, die Letzten einer Familie, die so lange zum Dorf gehört hatten, dass – dass was? Mein Vater dolmetschte für mich, stockend, denn von seinem Italienisch ist nicht mehr viel übrig. So lange, dass die Mutter seiner Großmutter noch Seidenraupen gezüchtet, mit den Blättern ihrer Maulbeerbäume gefüttert und Seide gesponnen hatte, als Teil der Heimindustrie, die in der Region existiert hatte, bis die Seide aus dem Orient den Markt überschwemmte. Den Kirchplatz, an den er sich deutlich erinnerte, weil er hier gespielt hatte, gab es immer noch, und die Nonnen leiteten immer noch die Grundschule, die er wohl ein paar Monate besucht hatte, glaubte er. Vielleicht war er dort unglücklich gewesen und konnte sich deshalb jetzt nicht mehr vorstellen, wie er durch diese blaue Tür vor uns das Schulhaus betreten hatte. Wir saßen auf einer Bank neben der Kirche. Die Energie röhrender Motorräder, die junge Arbeiter in blitzend beschlagenen und nietenbesetzten Lederjacken zu den Schuh- und Autoteilefabriken brachten, riss seine Stimme fort, während er mir von Spielen erzählte, die mit einem Stock in den Staub gezeichnet wurden, von der kalten Seligkeit des Schneeballwerfens und dem heißen Fladenbrot, das die Kinder mit Öl beträufelt und mit Salz bestreut als morgendliche Mahlzeit aßen. Irgendwo in ihm vergraben war das perlblaue, durchscheinende Licht von Kerzen, das »wie Wasser« Gestalten verzerrte, die keine wirklichen Menschen waren. In der Kirche, deren Glocken zittrig von Hügel zu Hügel die Stunden schlugen, gab es nur noch die eingekratzten Entwürfe verblasster Wandgemälde; er glaubte, das Bild müsse von irgendeinem großen Ereignis in seiner frühen Kindheit herstammen, wahrscheinlich dem Besuch eines Reliquienschreins in einem Nachbarort am Namenstag des lokalen Heiligen.

Wir fuhren hin und betraten die Seitenkapellen neben dem Hauptschiff einer Basilika, die riesig war wie eine Flughafenhalle – meine Mutter war nicht katholisch, und der Vergleich drängt sich mir auf, weil meine Erfahrung sich auf weltliche Räume beschränkt. Hinter dem klumpigen Getröpfel von Votivkerzen hingen grausame und trauervolle Ölgemälde; er ließ ein paar Münzen in den aufgestellten Kasten fallen, nahm aber keine Kerze. Ich weiß nicht, ob die schäbige Erscheinung der Gegenwart das strahlende Bild auslöschte, das er in sich trug, oder ob dies Bild sie im Gegenteil verklärte. In einem Laubengang gegenüber, in dem sich köstlich duftende Cafés aneinander reihten, tranken wir starken Kaffee und aßen Kuchen, der nach dem Schrein benannt war. Diesen Kuchen hatte er achtundfünfzig Jahre nicht mehr gegessen, damals hatte ihn Lucie damit verwöhnt; wir hatten den richtigen Kontext für die Kerzen gefunden, die all die Zeit hindurch in ihm weitergebrannt hatten. Die Cafés waren voller redseliger alter Männer, die mit sichtlichem Vergnügen stritten und gestikulierten. Sie hatten dunkle Bartschatten auf den Wangen und trugen schmissige Hüte. Ich sagte: »Wenn du geblieben wärst, wärst du jetzt einer von ihnen«, und ich wusste nicht, ob ich es boshaft gemeint hatte oder weil mich der Vanille- und Kaffeeduft in die Faszina-

tion jener gelockt hatte, die eine Vergangenheit zu entdecken haben.
Abends trank er Grappa in der Bar mit dem Wirt und sog alles auf, was er von den Unterhaltungen zwischen den Alten des Dorfs und den Jugendlichen über die Meriten von Fußballmannschaften verstehen konnte, während der Fernseher unbeachtet vor sich hin plapperte. Diese Enkel der Patriarchen fegten auf einem prächtigen Windstoß herein, erzeugt von der mit dem Abstellen ihrer Maschinen jäh gestoppten Geschwindigkeit. Sie entledigten sich ihres Zubehörs, schwangen schimmernd lackierte oder purpurn leuchtende Motorradhelme zur Seite, schüttelten Heiligenscheine aus steifem Kraushaar und Mähnen blond gesträhnter Locken. Sie zogen die alten Männer auf, die es hinzunehmen schienen, nachsichtig, grinsend, als eine nostalgische Auferstehung ihrer eigenen, wenngleich anderen, wilden Jugend.
Frauen kamen nicht in die Bar. Oben in meinem Zimmer lehnte ich mich jeden Abend, bevor ich ins Bett ging, aus dem Fenster; ich weiß nicht, wie lange ich so dastand, glitzernd gebadet von dem endlosen Nebel, der das gesamte Tal zwischen dem Fenster und der dunklen Kette der Alpenausläufer, an der er aufgespannt war, ertränkte, bis die Kirchturmuhr – ein Gongschlag – sich fortpflanzende Wellen durch den Nebel schickte, die ich zu sehen meinte, silbrig wabernd, in Wirklichkeit aber in meinem Brustkorb nachhallen spürte. Es war nichts zu sehen, nichts. Und doch war da die prickelnde Wahrnehmung, weder akustisch noch optisch, die einen übermannt, bevor die Sinne schwinden, wenn eine Narkose das Bewusstsein fortreißt. In der Nacht, bevor wir zum Friedhof gingen, war ich ganz berauscht davon. Der Widerschein des Mondes drang durch die unbegrenzte, körperlose Oberfläche, Stille überflutete den Ort, an den er mich gebracht hatte; das Dorf dort draußen existierte nicht mehr, so wenig, wie es für mich existiert hatte, als ich noch nie auf seinem Kirchplatz gesessen, nie unter den Glas-

augen scheuer Tiere, die in seinen Kastanienwäldern und Bergen erlegt worden waren, gegessen oder im Schatten seines überlebenden Maulbeerbaums gerastet hatte.

Wir waren vier Tage dort. An unserem letzten Nachmittag sagte er: »Lass uns zum alten Friedhof raufgehen.« Meine Mutter war eingeäschert worden – es bestand also keine Gefahr einer schmerzhaften Rückkehr zu einer ähnlichen Szene wie unserem Abschied von ihr; trotzdem hätte ich gedacht, dass ihm der Tod in seiner momentanen Stimmung zu nahe war, als dass es ihm leicht gefallen wäre, sich irgendeinem seiner Territorien zu nähern. Aber anscheinend war es nur eine der Richtungen, die wir noch nicht eingeschlagen hatten, wenn wir spazieren gingen und er mir zeigte, was seiner Meinung nach mir gehörte, mir mit meinem Namen gegeben war.

Wir wanderten zu dieser Sehenswürdigkeit hinauf wie zu den anderen. Er bog einmal falsch ab, in einen Weg, wo auf einer Terrasse Gipszwerge und eine Miniatur-Windmühle standen und Kanarienvögel um ihr vergittertes Leben sangen, schrill wie Zikaden. Aber er machte kehrt und fand die richtigen kartografischen Signale der Erinnerung. Da war ein eisernes Tor wie von einem Schlosspark, überragt von einem Kreuz, und hinter den salpeterschwitzenden, moosfleckigen Mauern ragten die schwarzen Zeigefinger von Zypressen auf. Drinnen: ein Vakuum, kein Atem, Blumen in grünem Wasser, verwelkt.

Ich hatte noch nie so einen Friedhof gesehen; Gräber, ja, und kunstvolle Engelsszenen über den Grabsteinen – doch außer dem Gräberlabyrinth gab es hier Reihen von Nischen, verschlossen mit steinernen Platten, die sich wie Fächer an den Innenseiten der Mauern entlangzogen; an jeder hing eine Tafel.

Wurden die Toten verstaut, abgelegt?

»Das ist hier so üblich, ja, wenn für Gräber kein Platz mehr ist. Vielleicht ist es auch einfach billiger.« Aber er suchte etwas.

»Sie sind alle hier«, sagte er. Wir schritten vorsichtig über kies-

bestreute Gänge zwischen Grabsteinen, und da waren sie, Onkel und Tanten und Söhne und Töchter, Vettern und Basen, die nicht über das Säuglingsalter hinausgekommen waren, und andere entfernte Verwandte, die fast ein Jahrhundert gelebt hatten, den Zusammenbruch der Seidenraupenindustrie erlebt hatten und den Fortgang ihrer erwachsenen Kinder auf der Suche nach einem unbekannten, so genannten besseren Leben in anderen Ländern, dann auch noch die Besatzung während des Krieges und schließlich die Entstehung der Schuh- und Autoteilefabriken erlebt hatten – sie alle blickten aus gerahmten Fotografien unter konvexem Glas, die an den Grabsteinen befestigt waren. Kein Gesicht war alt oder krank oder ausgelaugt. In welchem Alter auch immer sie gestorben waren, hier stimmten sie mit dem Aussehen überein, das sie gehabt hatten, als sie jung oder in der Blüte ihrer Jahre gewesen waren.
Es gab viele Albertos und Giovannis und Marias und Clementinas, die am häufigsten durch Weitergabe geehrten Namen aber waren Carlo und Lucia, anscheinend die der ersten überlieferten Vorfahren. Fünf oder sechs Lucias, vom ringellockigen Kind bis hin zu dicken Matronen, die den Kopf zum neben ihnen ruhenden Gatten neigten; und dann kamen wir zu – er kam zu – ihrem Grab. Ihre Schwestern lagen rechts und links neben ihr. Den Rest der Inschrift konnte ich nicht lesen, aber in den eisglatten schwarzen Marmor war LUCIE eingemeißelt. Ich beugte mich vor, um sie zu betrachten. Nur zu, sagte er, ging mir mit seinem Beispiel voran und stützte den Fuß auf die Grabplatte, die sie bedeckte. Unter ihrer ovalen Glasblase war das Gesicht ruhig, umrahmt von glattem Haar. Sie hatte den pupillenlosen Blick schwarzer Augen, die leicht geblähten Nasenflügel, den geraden Mund mit den eingekerbten Winkeln eines starken Willens und den langen, von tränenförmigen Ohrringen betonten Hals italienischer Schönheiten. Die Augenbrauen waren zu dick; in einer anderen Generation hätte sie sich die Brauen gezupft und ihr Aussehen verdorben. Er

legte mir den Arm um die Schulter. »Eine Ähnlichkeit ist da.« Zusammen mit seiner Hand schüttelte ich das ab. Wenn dein Name auf deinem Grabstein steht, ist es definitiv, dann ist es kein versehentlicher Schreibfehler. Warum hieß sie nicht Lucia wie die anderen?

»Das weiß ich eigentlich nicht – nur, was mein Vater mir erzählt hat, und er sagte nicht viel … die Eltern damals … Die Schwestern hielten den Mund, nehme ich an, und ohnehin war er mit achtzehn schon fort, er war Hafenarbeiter in Nizza … Anscheinend hat sie ebenfalls in Frankreich gearbeitet, als sie sehr jung war – die Familie war arm, hier gab es nichts zu tun. Sie war Zimmermädchen in einem Hotel, und sie soll eine Liebesaffäre mit einem Franzosen gehabt haben, der die französische Version ihres Namens benutzte … also hat sie ihn behalten, auch als sie dann meinen Großvater heiratete.«

Während er sprach, hatte sich ein staubiger Wind erhoben, der mit seinem Besen über die Gräber fegte und etwas aufwirbelte, bei dem sich mir die Nasenflügel zusammenzogen. Den Geruch von modrigem Wasser in den Vasen mit verwelkten Blumen und die sonderbar abgestandene Atmosphäre eines von Mauern umgebenen, überfüllten Raums, in dem kein lebender Mensch atmet – was ich beim Betreten des Friedhofs aufgenommen hatte, verstärkte jetzt eine sonderbare Süße. Den linken Fuß auf ihrem Grab aufgestützt, so vertraulich wie ein Kind, das sich ans Bein eines geliebten Erwachsenen schmiegt, redete er immer noch: »Es gibt noch die andere Version – sie betrifft *ihre* Mutter: nämlich dass *ihre Mutter* Dienstmädchen in Nizza war und meine Großmutter ihr uneheliches Kind.« Ich betrachtete seinen Fuß in dem Laufschuh mit dicker Sohle, er hatte die Schuhe auf unserem Weg ins Dorf auf dem Markt von Cuneo gekauft. »Sie kam mit dem Baby nach Hause, und alles, was von der Affäre blieb, war die Schreibweise des Namens.« Staub fuhr mir in die Augen, die widerliche Süße setzte sich in meiner Kehle fest und verursachte einen Belag auf der Zunge. Ich wollte ausspucken. »… wie die unverheirateten Schwestern darüber dachten, wie sie sich gegen sie behauptete? Gott weiß es … Ich erinnere mich an keinen Mann im Haus, und ich hätte mich doch erinnert …«

Der süßliche Geruch war widerwärtig, er schwoll an, als erfüllte ein zähflüssiger Likör die Luft. Wir atmeten ihn beide ein, das zeigte die kontrollierte Grimasse, die sich um seine Augen und seinen Mund legte, und ich spürte, wie dieselbe Reaktion an meinen Gesichtsmuskeln zog. Aber er sprach weiter, mit Pausen dazwischen, in denen keiner von uns den Geruch erwähnte, den Geruch, den Geruch wie von verdorbenem Huhn hinten im Kühlschrank, einer vergifteten Ratte hinter der Wandtäfelung, einem überfahrenen Hund, der aufgedunsen am Straßenrand liegt, den Gestank, Gestank von verrottendem Fleisch, und von sämtlichen Düften des lebendigen Körpers, die sauberen, salzigen Tränen und der Speichel, die berauschenden Flüssigkeiten der Liebe, der Geruch von warmem Haar, die in Verwesungsdünste umkippen. Die unerträgliche Verrottung aller Lebenssüße. Es konnte nicht sie gewesen sein. Es konnte nichts sein, was von ihr zu ihm kam, sie war schon so lange tot, aber er blieb stehen, den Fuß auf ihrer Grabplatte, als müsste er mir beweisen, dass kein Gestank in unseren Nasen war, als müsste er mich überzeugen, dass es nicht ihr Vermächtnis war.

Wir machten uns gemächlich auf den Weg, ignorierten den Fäulnisgeruch, der uns schwallweise anfiel, atmeten beide verstohlen so flach wie möglich, voller Ekel vor der Vergangenheit. Am Tor trafen wir eine Frau mit den offenen Pantoffeln und dem geblümten Kittel, wie sie alle einheimischen Frauen überall trugen, außer in der Kirche. Sie sah in unseren Gesichtern, was ihre eigene Miene ausdrückte, aber bei ihr war es vermischt mit einer Art um Entschuldigung bittender Scham und Sorge. Sie sprach mit ihm, und er sagte etwas Beschwichtigendes, wobei er die Hände zu Hilfe nahm und den Kopf schüttelte. Sie wiederholte, was sie gesagt hatte, und begann es auszuweiten; ich stand daneben und hielt die Luft an, solange ich konnte. Es war recht mühsam, ihr zu entkommen, hinaus, jenseits der Friedhofsmauern, wo wir weit ausschreiten und atmen konnten.

»Ein junger Mann hatte letzte Woche einen tödlichen Motorradunfall.«

Was sollte man dazu sagen?

»Ich habe gar kein frisches Grab gesehen.«

»Nein – er liegt in einem der Fächer – deswegen … Sie sagt, es dauert eine ganze Weile, da drin.«

Also waren es nicht die Geheimnisse der verrottenden Vergangenheit, Lucies Geheimnisse, es war das Geheimnis der Gegenwart, stets gegenwärtig; die Gegenwart war hier, in dieser ummauerten Stätte der Toten, ebenso gegenwärtig wie dort, wo die jungen Männer, wie dieser, in der Bar ihre bunten Helme abwarfen, dem Tod entgegenrasten, wie dieser, und bewundernde Kinder auf dem Kirchplatz in alle Richtungen davonstieben ließen.

Wenn ich jetzt meinen Namen schreibe, dann ist es das, was ich darunter verstehe.

DOPPELGÄNGER

Zuerst war es kaum der Aufmerksamkeit wert; ein Arbeitsloser, der unter einem Busch lag, einem der wenigen einheimischen Sträucher, die am Institut für Botanik auf dem Campus kultiviert wurden. Manche von uns erinnerten sich, danach, dass sie an ihm vorbeigegangen waren. Außerdem wurde er – oder einer wie er – gesehen, wie er hinter dem Gemeinschaftsgebäude in den Abfalltonnen wühlte; jemand aus unserer Gruppe (ein Mädchen natürlich) hielt ihm verlegen ein kurz zuvor in der Mensa gekauftes Pitta-Brot hin und errötete vor Scham, als er sich murmelnd abwandte. Als sie immer mehr wurden, kam die Leiterin der Mensa in Begleitung einer Küchenhilfe mit blutverschmierter Schürze heraus, um sie zu verscheuchen wie eine Bande plündernder Affen.

Wir waren ihren Anblick von der Innenstadt her gewöhnt, wo sie auf den Straßen in der Nähe der Universität die Passanten ansprachen und sich auf dem einen oder anderen unbebauten Grundstück versammelten, eine einzige geheime Mission im Sinn: genug zusammenzubetteln, um die nächste Flasche zu kaufen; und weiterzogen, wenn der Druidenkreis aus Schachteln und Pappkartonteilen, der sich um die Asche ihrer Abfallfeuer auf dem Boden ausbreitete, der Errichtung postmoderner Bürogebäude weichen musste. Wir alle kannten die eine, die Autos in freie Parkplätze einwies. Wir alle waren schon einmal, wenn wir die Straße überquerten oder an einer roten Ampel standen, die Gedanken im Leerlauf wie der Motor eines alten Wagens, von jenem anderen angesprochen worden, der ein Stück Pappe hochhielt, darauf eine Botschaft, der am Rand der Platz ausging: KEINE ARBEIT HAB HUNGER BRAUCH HILFE BItt.

Am Anfang, ja, da waren schon ein paar von ihnen da. Sie

müssen durch den unbenutzten alten Eingang unten bei den Tennisplätzen hereingekommen sein, wo der Sicherheitszaun noch eine Lücke hatte. Und wenn man ihnen nicht persönlich begegnete, sah man ihre Spuren: niedergetretene Stellen im Gebüsch, leere Flaschen, ein einzelner gespaltener Schuh, von dem sich die Sohle abspreizte wie eine herausgestreckte Zunge. Zweifellos waren sie von einem patrouillierenden Wachmann verscheucht worden. In dieser Phase wäre kein Student auf die Idee gekommen, etwas so Harmloses zu melden; wer von uns ein Auto hatte, achtete vielleicht sorgfältiger darauf, dass durch die geschlossenen Fenster keine Pullover oder Radios zu sehen waren. Wir folgten unseren gewohnten Trampelpfaden zu den Hörsälen und Labors, hin und zurück und rund um den Campus, zwischen Wohnheimen, Bibliotheken, Gemeinschaftsgebäude und Schwimmbad, durch Alleen aus Plakaten und Aushängen, die Diskussionsabende und Sportveranstaltungen, Discos und Rap-Sessions, Treffen von muslimischen, christlichen oder jüdischen Bruderschaften, schwulen oder feministischen Schwesternschaften ankündigten, mit demselben Desinteresse gegenüber allen außer denjenigen, die wir selber aufgehängt hatten.

Es war Sommer, als alles anfing. Im Sommer sind wir oft draußen auf dem Rasen, rund um das Schwimmbecken. Wir pauken dort unten, bekommen eine gute Vorschau aufeinander im mehr oder minder nackten Zustand geboten, Jungen und Mädchen, es findet eine Menge statt, was man Vorspiel nennen könnte – glückliches Geschmuse. Und da gibt es Wasser, um sich wieder abzukühlen. Die ernsthaften Schwimmer, die für Wettkämpfe trainieren, kommen frühmorgens, wenn sonst noch niemand auf den Beinen ist, und sie waren es, die sahen, wie diese Leute im Pool ihre Klamotten wuschen. Als die Schwimmer sie aufforderten zu verschwinden, lachten sie und riefen ihnen höhnische Bemerkungen zu. Einer ließ eine schmutzstarre Hose zurück, die ein Schwimmer zusammenknüllte und hinter ihm herwarf. Die Schwimmer waren sich nicht einig; einer fand, man müsse den Vorfall dem Wachdienst melden, die beiden anderen fanden das nicht richtig – schließlich legte die Universität Wert darauf, den Bewohnern der Stadt frei zugänglich zu sein. Offenbar konnten sie ihn davon überzeugen, dass er als »elitär« angeprangert würde, denn obwohl der Pool unter uns bald »Wischiwaschi« hieß, wurde anscheinend nichts unternommen.

Dann sah man sie überall. Manche grüßten einen kriecherisch (*my baas*, Sir, je nach Hautfarbe und Bildung) und wichen demütig ins Unterholz zurück, andere, kühn vom Wein oder berauscht von Pillen, sentimental vom Dope oder von allen dreien in wilder Selbstüberschätzung verwandelt, erhoben lautstarke Forderungen (Hey Mann, *Ja boetie*) und luden einen sogar zu sich ein, in einen ihrer Kreise, oder sie kuschelten sich in Zweisamkeit zusammen, mit dem instinktiven Bedürfnis nach Abgeschiedenheit, wie es, unter uns, nur bei Verliebten vorkommt, die miteinander schlafen wollen und auf der Suche nach einem Ort dafür sind. Die Lücke im Sicherheitszaun hinten bei den Tennisplätzen wurde geschlossen, der Zaun mit Stacheldraht und einem bemannten Wachhaus verstärkt, aber irgendwie kamen sie trotzdem herein. Die Wächter patrouillierten nachts mit ihren Schäferhunden über das Gelände, aber jeden Tag gab es mehr schlurfende Gestalten, die zwischen den Bäumen verschwanden, mehr massige, verwüstete Gesichter, die aus den Schächten zwischen Gebäuden heraufblickten, mehr Körper, die unter den Verstrebungen der Sporttribünen rücklings auf der Erde lagen, formlos wie Säcke voll Gras.

Und sie waren keine stumme Gegenwart mehr. Ihr Gelächter und ihr Gezanke übertönten alles, unsere studentischen Diskussionen, intimen Unterhaltungen, unser Liebesleben, sogar unser derbes Herumalbern. Sie hatten sich eine Art Lager eingerichtet, dort hinten bei den Sportplätzen, wo es ein Gelände gab, über dessen Verwendung die Universität noch nicht entschieden hatte: Es war für zukünftige Anbauten irgendeiner Art vorgesehen, und bis dahin wurde dort das Zubehör für die Instandhaltung des Campus aufbewahrt – Gegenstände, die nützlich sein konnten oder nicht, ein alter Traktor, Tröge für Zimmerpflanzen, wenn der Rektor Grünzeug zur Dekoration einer Halle für den Empfang illustrer Gäste haben wollte, und – natürlich – die Komposthaufen: Sie dienten nun als Lager für mehr als Gartenabfälle. Ohne den Kompost mit seinen Moderdünsten, verschärft durch die verrottungsfördernden Chemikalien, mit denen er behandelt wurde, wäre die dort unten hausende Versammlung wohl schon früher gewittert worden. Vielleicht zählte dies zu den Geheimnissen eines obdachlosen Lebens: Vielleicht waren sie sicher, dass die Nasen der Schäferhunde sich in die Irre führen ließen.

Wir wussten also von ihnen – jeder wusste von ihnen, Studenten, Lehrkörper, Verwaltungspersonal, Rektor –, und doch wusste keiner von ihnen. Nicht offiziell. Eindringlinge abzuwehren gehörte zu den Routinepflichten des Wachdienstes; aber obwohl der Wachdienst ein oder zwei Individuen, die entweder zu berauscht oder nicht gewitzt genug waren, um sich unsichtbar zu machen, aufspüren und vor die Tore eskortieren konnte, kehrten die Abgewiesenen zurück, oder es kamen andere an ihrer Stelle. Es gab eine Art Anpassung an die Campusordnung, die sie sich erarbeitet hatten, einen Plan der Lücken, den sie besaßen, die Universität aber nicht; wie die Uhrzeiten, zu denen mit Patrouillen zu rechnen war, muss es weitere Gewissheiten gegeben haben, die uns Studenten und unseren akademischen Lehrern seit jeher selbstverständlich waren, weshalb wir nicht merkten, dass sie auf einmal nutzlos geworden waren wie diese roten Feuerlöscher, zu denen man greift, wenn in einem Raum ein Brand ausbricht, nur um festzustellen, dass ihr Inhalt sich verflüchtigt hat, während sie an der Wand hingen.

Mit der Zeit erkannten wir manche der kühneren Gestalten wieder; vielleicht war es auch umgekehrt, und sie erkannten uns wieder – mit ihrer lebensgestählten Menschenkenntnis wussten sie, wen man angehen konnte. Um eine Zigarette. Nicht um Geld – natürlich bittet man Studenten nicht um etwas, was sie selbst nicht haben. Als Einleitung deuteten sie auf ein Handgelenk und wollten die Uhrzeit wissen. Und sie müssen auch noch etwas anderes erkannt haben; nämlich jene unter uns, die zur Universität gehen, weil sie der Deckmantel ist, unter dem sie sich vor der Überwachung und den Erwartungen anderer sicher fühlen können – Rückkehr in Kindergartenzeiten, nur dass der Sandkasten und das Fingerfarbenmalen durch andere Spiele ersetzt werden. Die Studienabbrecher, die sich nur noch die Zeit bis zum Ende des akademischen Jahrs vertrieben, schlossen sich manchmal der Gruppe dort hinten unter den Tribünen an, bekamen ab und zu einen Zug vom Joint und spendierten dafür vielleicht die eine oder andere Weinflasche. Wir, ihre Geschwister, erkannten sie natürlich. Aber mit den am Knie aufgeschlitzten Designerjeans, die Haare zu einem Restschopf geschoren, hätte sie ein vorbeigehender Professor in seiner Bestürzung über den Anblick eingedrungener Landstreicher und Faulenzer auf dem Campus nicht von den jüngeren Männern in der Gruppe der Obdachlosen unterscheiden können. (Eine interessante Anmerkung für den Fachbereich Englisch: In der umgangssprachlichen Terminologie werden die Weißen als *hobos* und die Schwarzen als *loafers* bezeichnet, als »Landstreicher« und »Faulenzer«.) Wenn die Solidarität der Studenten mit den sozial Benachteiligten sich darin äußerte, dass sie zerlumpte Kleider trugen, dann stellten die Eindringlinge ihren Anspruch, der Gesellschaft anzugehören, indem sie sich akzeptable Konventionsverstöße der aktuellen Mode aneigneten. (Ich nahm mir vor, diese Überlegung in meinen nächsten Aufsatz für Soziologie II einzubauen.) Haarschöpfe auf rasierten Köpfen und Einzelohrringe gab es auch unter den jüngeren Eindringlingen, Dreadlocks, und einer hatte lange verfilzte blonde Haarsträhnen, die sich über sein dunkel bartstoppeliges Gesicht schlängelten. Er hätte durchaus mit einem bestimmten Dozenten für Politikwissenschaft verwechselt werden können.

Es sagte also keiner ein Wort über die Rekruten aus der Studentenschaft, die sich dort unten aufhielten. Nicht einmal die Gesellschaft Christlicher Studenten, die für moralische Erneuerung auf dem Campus zu Felde zog. Unterdessen war »die allgemeine Situation der Universitätsverwaltung zur Kenntnis gelangt«. Die Folge war, dass die Eindringlinge – unter semantischer Umgehung von Begriffen wie »Hausfriedensbruch« und »Zwangsräumung« – zum Verschwinden aufgefordert wurden. SUJUS (Studenten für Gerechtigkeit) organisierte eine Versammlung, um gegen die erzwungene Ausweisung unter jedem Euphemismus zu protestieren. ASOCS (Vereinigung konservativer Studenten) entsandte eine Delegation zum Rektor und forderte die Vertreibung degenerierter Subjekte vom Universitätsgelände.

Dann stellte sich heraus, dass unter den Männern dort unten auch etliche Frauen waren. Die eine weiße Frau war die vertraute Gestalt, die sonst auf der Straße die Autos einwies und mit geschwollenen Füßen in Gummisandalen dahinschlurfte. Die Gesichter der beiden schwarzen Frauen waren vom Alkohol dunkel geworden, so wie weiße Gesichter sich vom Suff röten. Die drei Frauen wurden gesehen, wie sie sich, gemeinsam taumelnd, nach dem Prinzip des Dreibeins aufrecht hielten. Das Feministische Forum brachte ihnen Essen, Tampons und Kondome zum Schutz vor Schwangerschaft und Aids, obwohl sich schwer beurteilen ließ, welche noch jung genug war, um ein schutzbedürftiges Sexualobjekt zu sein; vielleicht wirkten sie alle auch nur vorzeitig gealtert, weil die Wassereinlagerung im Gewebe ihre Gesichter anschwellen ließ und ihre Haut von allen Wettern gegerbt war, so wie umgekehrt verwöhnte

Frauen dank Kosmetik und Schönheitschirurgie jünger aussehen, als sie sind.

Von ASOCS kam das Gerücht, einer aus der Gruppe habe sich einer Studentin auf obszöne Weise genähert – obwohl die Betroffene es unter Tränen abstritt: *Sie* habe *ihm* ihre Pitta angeboten, die er mit den Worten abgelehnt habe: »Ich esse keinen Dreck.« Der Rektor wurde von verschiedener Seite behelligt, von Eltern, die etwas dagegen hatten, dass ihre Söhne und Töchter mit unerwünschten Individuen in Berührung kamen, und von der Organisation *Hoffnung für Obdachlose*, die auf dem Territorium der Überprivilegierten Zelte für Obdachlose aufstellen wollte. Die städtischen Gesundheitsbehörden schickten Vertreter, die von SUJUS und dem Feministischen Forum wieder vom Campus verscheucht wurden, während der Jüdische Studentenkongress die Idee diskutierte, die Medizinische Fakultät zur Einrichtung einer Ambulanz unten bei den Tribünen zu veranlassen, der Islamische Studentenbund eine Kollekte für die Gruppe veranstaltete und gleichzeitig die besetzte Zone zum Sperrgebiet für Tschador tragende Studentinnen erklärte und die Gesellschaft Buddhistischer Studenten Meditationsschriften unter den Männern und Frauen verteilte, die friedlich in der Sonne schliefen und die bis zum Schraubverschluss diskret in braune Papiertüten verpackten Flachmänner an sich gedrückt hielten wie Wärmflaschen.

Man hätte diese Leute mit der Begründung der Landstreicherei oder Ähnlichem natürlich auch von der Polizei entfernen lassen können, aber der Rektor, der Universitätsbeirat und der Fakultätsverband hatten schon zu viele Erfahrungen mit Gewalt aufgrund polizeilicher Anwesenheit auf dem Gelände gemacht, um sich auf einen weiteren Versuch einzulassen. Die Angelegenheit wurde hin und her geschoben. Als wir Studenten aus den Osterferien zurückkamen, waren der blonde Mann, den wir an seinem haarigen Kopf erkannten, die Zahnlosen, die schwarze Frau, die ständig rief: *Hallo Schätzchen, wie geht's im-*

mer, und die Tunte, die jeden abfing, um ihm von seiner Studentenzeit in Dublin zu erzählen, *Ihr Jungs wisst überhaupt nicht, was 'ne echte Uni ist*, immer noch da. Genau wie die streunenden Katzen, zu denen sich manche (wiederum Mädchen) hinunterbeugten, um sie hinter den Ohren zu kraulen.

Und dann passierte wirklich etwas. Eines Nachmittags meinte ich in einer kleinen Gruppe von vier oder fünf Leuten, die gemütlich auf ihren Obstkisten unter einem Baum saßen, Professor Jepson zu sehen. Oder jemanden, der sein Ebenbild war; einer der älteren Männer, der sich nun schon seit ein paar Monaten auf dem Campus aufhielt, musste sich auf eine Art Mimesis verlegt haben, die besser zu ihm passte als das Jugendlichen-Outfit, das die jüngeren und die Studenten voneinander übernahmen. Dann sah ich ihn wieder, und da war auch Dr. Heimrath aus der Philosophie, der neben ihm saß und gerade einen Zug vom Joint nahm – wenn irgendeine soziale Randfigur ein Modell für einen Doppelgänger suchte, so käme es aus diesem Fachbereich. Und ich war auch nicht der Einzige; der Freund, mit dem ich an dem Tag zusammen war, sah genau dasselbe. Wir waren die Einzigen, die einem Kommilitonen glaubten, der behauptete, er sei beinahe über Bell gestolpert, den Mathematikdozenten, der mit einer der drei Frauen im Gebüsch lag; Bells kahler Kopf sandte noch beizeiten ein leuchtendes Warnsignal aus. Andere sagten, sie hätten Kort gesehen, der sich mit einem der Männer in den Haaren lag – es kam immer zu Raufereien, wenn den Gruppen der Wein ausging und sie auf Pillen umstiegen. Natürlich hatte Kort in seinem Reich, den naturwissenschaftlichen Labors, Zugang zu jeder Form von reinem Alkohol; alle sahen ihn da unten, immer wieder, es war ganz bestimmt Kort, bloße Ähnlichkeit ausgeschlossen, und während der nächsten Wochen nahm in der Freiluftclique die Euphorie, gefolgt von der Aggression, die ein Methadongebräu auslöst, spürbar zu. Die eingereichten Mathearbeiten wurden nicht fristgerecht zurückgegeben; Bells Sekretärin stellte keine Anrufe in sein Büro durch, sondern beschied die Anrufer Tag für Tag mit derselben Auskunft: Er sei im Moment nicht am Platz. Jepson, Professor Jepson, der nicht nur einen internationalen Ruf als Kernphysiker hatte, sondern von den Studenten als das eine Mitglied des Lehrkörpers verehrt wurde, auf das man sich immer verlassen konnte, wenn es darum ging, die Rechte der Studenten gegen Bevormundung und Entmündigung zu verteidigen, unser alter Prof, jedermanns aufgeklärter Großvater – er ging, mit offenen Knöpfen, die Jacke voller Flecke, einen Flur entlang, mit erweiterten Pupillen, die nichts und niemanden wahrnahmen, während die Studenten stumm zurückwichen, um ihm Platz zu machen.

Über die anderen Mitglieder des Lehrkörpers hatte es Gekicher und Witze gegeben, aber zu Professor Jepson fiel niemandem mehr etwas ein; nichts, nicht das Geringste. Wie um jeden Kommentar über ihn zu ersticken, wurden die Gerüchte über die anderen immer wilder; oder die Fakten wurden wilder. Es hieß, der Rektor selbst sei unten gesehen worden, an einem der Feuer aus Müll; es konnte natürlich auch sein, dass er dort war, um den Eindringlingen gut zuzureden, ihnen mit dem Respekt zu schmeicheln, den er ihnen bezeugte, indem er sich in ihre Gesellschaft begab, um über die Situation zu verhandeln. Heimrath soll bei ihm gewesen sein, auch Bester vom Institut für Religionsstudien und Franklin-Turner vom Fachbereich Englisch – aber Franklin-Turner trieb sich ohnehin häufig dort hinten herum, dieser versnobte Heimlichtrinker, der nun endlich Farbe bekannte, keine arroganten Äußerungen mehr, die Hautfarbe halte ihn von dieser gemischten Gesellschaft fern, wie?

Und es war kein Gerücht, dass auch Frau Professor Russo jetzt schon dorthin ging. Minerva Russo, Altphilologin, jung, unberührbar, eines dieser reizenden Geschöpfe, die für Männer unerreichbar sind, die nur von einem Stier davongetragen, nur vom schneeweißen Penishals eines Schwans penetriert werden können. Durch sie hatten wir Männer alle begriffen, was es bedeutet, die Augen zu weiden, aber wir stellten nie Vermutungen darüber an, was unter ihren Kleidern zu finden wäre; noch mehr Anlass zu sexueller Ehrfurcht vielleicht, ein Fischschwanz mit Schuppen aus Perlmutter. Russo wurde von ihnen angezogen. Sie saß dort auf dem Boden und setzte die schmutzige Flasche an den Mund, und die schwarz geränderten Fingernägel irgendeiner Hand streichelten ihren Hals. Russo hörte ihre schmeichlerischen, rauflustigen, schnapsschweren Stimmen und wurde zum Weibchen neben den drei anderen ungewaschenen Frauen. Wir sahen, wie sie sich kratzte, wenn sie doch noch einmal auftauchte – unregelmäßig –, um uns die griechische Lyrik nahe zu bringen. Teilte sie sich auch die Läuse mit ihnen?

Vielleicht war sie der Anlass, dass man die Leute dort hinten endgültig zur Kenntnis nahm. Der Abscheu und das Mitgefühl; die alte weiße Frau mit ihren leidenden Füßen, die sich mit den schwarzen verbündete, wenn die Männer aus paranoiden Verratsvorstellungen heraus über die Frauen herfielen – Verrat durch eine Mutter, eine Reihe von Ehefrauen oder Geliebten, halb ertränkt in den Flaschen der Vergangenheit –, ihre Schwestern aber verfluchte, wenn eine von ihnen sich die letzte Zigarettenkippe nahm oder sich an einen Mann klammerte, den die weiße Schwester bevorzugte; in Schutz genommen von den Schwestern oder eine von ihnen in Schutz nehmend, wenn der Entzug einsetzte und die Halluzinationen begannen oder ein Faustschlag kassiert wurde. Der Gestank der Komposthaufen, die sie benutzten, wehte durch die Bibliotheken und erinnerte daran, dass wir zu höheren Zwecken bestimmt sein mochten, aber die niedrigeren erfüllen mussten, genau wie die armen Teufel, in deren Nähe wir uns die Nasen zuhielten. Scheiße war kein inhaltsleerer Kraftausdruck, sondern gehörte zu den Gegebenheiten des Menschseins. Sie waren hässlich, die Leute dort unten bei den Tribünen und unter den Büschen, verkrustet und schuppig vor Krankheit und Zurückweisung, niemand weiß, wo man es sich holt, wie es übertragen wird, dieses Übel, das Schwarze grau werden lässt und weiße Gesichter in einem Glutofen des Sonnenbrands entzündet; das einem die Scham nimmt, bis man betteln geht, aber qualvollen Stolz übrig lässt, so dass man immer noch blaffen kann: *Ich esse keinen Dreck*; dessentwegen man auf Gewalt zurückgreift, weil Frieden ein Obdach braucht, aber an denen, die einen bedrohen, unentwegt festhält, weil es die letzte Bindung ist, die einem geblieben ist. Das Schaudern darüber und die Freiheit dieser Lage – Verzicht auf Aufgaben, Beurteilungen, Klausuren, Hoffnungen auf eine Anstellung, Freude und Elend der Verantwortung für geliebte Menschen und Kinder, Geld, Schulden. Keine Ziele und keine Fehlschläge. Es war beneidenswert und erschreckend, sie dort hinten zu sehen – Bester, Franklin-Turner, Heimrath und die anderen, Russo, die sich zusammenriss, um die Göttin zu spielen, wenn sie uns sah, aber zu verdreckt dafür war. Jepson, unser Jepson, das Letzte, woran wir in der Welt der Alten Garde noch glauben konnten, ging vorbei und erkannte uns nicht.

Und dann, eines Tages, waren sie einfach verschwunden. Fort. Der Hausmeister hatte die Flaschenscherben und abgelegten Lumpen zusammenfegen lassen. Der Kompost wurde mit Chemikalien übergossen und auf die Blumenbeete des Campus verteilt. Der Rektor hatte sich nie zu den über Joint und Flasche gekrümmten Rücken dort hinten gesellt und saß in seinem getäfelten Büro. Die Furchen, die Heimraths Mund in einen Käfig des Schweigens einsperrten, verwehrten ihm die Freiheit zu fragen, weshalb die Studenten ihn anstarrten. Minerva saß vor uns in ihrer besonderen Art, die blassen, schmalen Hände berührten sich so, dass die eine aussah wie das Abbild der anderen – als lege sie die Fingerspitzen an einen Spiegel. Jepsons altes borstiges Schweineohr neigte sich geduldig dem Vortrag des größten Angebers im Seminar zu.

Aus ihren Schlupfwinkeln im Gebüsch und hinter den Tribünen waren sie verschwunden, vielleicht hatte auch jemand eine Methode gefunden, sie über Nacht loszuwerden. Aber sie sind immer bei uns. Nur irgendwo anders.

DIE DIAMANTENMINE

Ich will sie Tilla nennen, aber du kannst sie bei jedem anderen Namen rufen. Du könntest dir vorstellen, dass du sie kanntest. Du könntest derjenige gewesen sein: er. Es ist nicht nur eine sprachliche Eigenheit, wenn wir jemanden »rufen«, statt ihn beim Namen zu nennen: Ruf sie herbei.

Es war im Krieg, deinem Krieg, in den Vierzigern, der so tief ins Jahrhundert zurückgesunken ist wie der 14/18er Krieg der Großväter. Er war blond, stämmig in Khaki, auf anziehende Weise kurzsichtig, so dass seine Augen, die in Wirklichkeit Mühe hatten, etwas scharf zu sehen, aufmerksam auf sie konzentriert schienen. Der Eindruck wird betont durch die Wimpern, blond und dicht wie sein Haar. Er ist vollkommen anders als die Männer, die sie aus Filmen kennt – außer ihrem Vater die einzigen ihr bekannten Männer – und denen sie eines nicht zu fernen Tages zu begegnen hofft, Robert Taylor oder sogar dem Ausländer, Charles Boyer. Er ist anders, weil er – endlich – real ist; sie ist sechzehn. Er ist weder Ausländer noch die Verkörperung eines Leinwandbilds aus Hollywood. Er ist der Sohn von Freunden einer Großmutter auf mütterlicher Seite, abkommandiert in ein militärisches Ausbildungslager in der Provinz, wo das Mädchen mit seinen Eltern lebt. Manche Leute nehmen sogar fremde Soldaten aus dem Lager für die Dauer eines Wochenendurlaubs auf; mit einer jungen Tochter im Haus wollte die Familie dieses Risiko nicht eingehen, aber wenn der Mann in der Familie für die Einberufung schon zu alt ist, kann man patriotische Pflichten auch dadurch erfüllen, dass man einem Mann Gastfreundschaft gewährt, für den verwandtschaftliche Beziehungen bürgen. Man kann ihn beinahe als Wahlenkel der alten Dame betrachten. Im Krieg, vergiss nicht, sind diese Fremden »unsere Jungs«.

Wenn er am Freitagabend kommt und bis Sonntag bleibt, ist seine Anwesenheit eine nette Abwechslung für die drei, Mutter, Vater und die junge Tochter, die ein ruhiges, wenig geselliges Leben führen. Diese Anwesenheit ist ein angenehmes Element in der Vertrautheit von Eltern und Tochter: Er ist alt genug, um mit ihnen Erwachsener zu sein, und nur acht Jahre älter als sie, jung genug, um zu ihrer Generation zu zählen. An den Sonntagen, wenn er da ist, kocht die Mutter ein üppiges Mittagessen; man kann sich ja vorstellen, wie das Essen in einem Militärlager ist. Der Vater schlägt zumindest eine Runde Golf vor – er könne sich gern Schläger von ihm ausleihen, aber es stellt sich heraus, dass der Soldat nicht spielt. Was macht er denn? Er fischt gern. Aber diese Gastfreundschaft ist vierhundert Meilen vom Meer entfernt; der Soldat lacht mit, das Zugeständnis des Gastes an die männliche Feststellung, dass irgendein Hobby sein muss. Für die Tochter ist, das könnte sie niemandem je erzählen, seine Wochenendanwesenheit etwas Frisches und Durchdringendes, alle vertrauten Gerüche des Hauses werden davon verdrängt: Er ist da. Es ist der Geruch von Khaki, das mit scharfer Lauge gewaschen wurde, fixiert mit dem Druck eines heißen Bügeleisens, wie die Blütenessenz im Parfum mit Alkohol fixiert ist.

Die Eltern sind keine begeisterten Kinogänger, weshalb es vom Gast der Familie sehr aufmerksam ist, dass er die Tochter des Hauses auffordert, einen Film auszusuchen, den sie Samstagabend gern sehen möchte. Sie hat noch keinen Führerschein (siebzehn ist damals das Mindestalter), und der Vater bietet dem Soldaten sein Auto nicht an. Also geht das Paar zu Fuß die Straße entlang, von Laterne zu Laterne, unter den Bäumen, es ist Herbst, bis ins Zentrum der kleinen Stadt, wo nur das Kino und die Hotelschenke noch belebt sind. Sie ist sich der Schaufensterpuppen in den geschlossenen Geschäften bewusst, wo die Freundinnen ihrer Mutter Stammkundinnen sind, und fühlt sich von ihnen beobachtet, während sie mit einem Mann vorbeigeht. Wenn sie auf die Party einer Schulfreundin eingeladen ist, muss sie Punkt elf zu Hause sein, meist holt ihr Vater sie ab. Jetzt aber ist sie mit einem zuverlässigen Freund unterwegs, einem Bekannten der Familie, nicht mit unbekannten Jugendlichen, denen nicht zu trauen ist; wenn der Film eine Neun-Uhr-Vorstellung ist, kommen die beiden nicht vor Mitternacht heim, und im Elternschlafzimmer brennt kein Licht mehr. Dann macht sie, schulmädchenhaft, weil sie nichts anderes anzubieten weiß, in der Küche Kakao, und er erzählt ihr vom Fischen. Die Küche ist für die Nacht verriegelt, die Fensterläden sind geschlossen, und es ist erstaunlich, wie stark diese Anwesenheit eines Mannes sein kann, diese steif-saubere, körperwarme Kleidung – nicht ein Geruch, nicht ein Atmen, sondern, während er anschaulich die Arme bewegt, um einen Fang zu beschreiben, aus seiner nackten Armbeuge heraus, wo die Sonne bei Manövern die geheime Falte nicht erreicht hat, aus dieser Wesensmitte, der beweglichen Mulde, die zwischen Schlüsselbeinen erzittert, während er spricht, der Wölbung der Brust, rosig bis dort hinab, wo ein paar bräunlich-blonde Haare im offenen Kragen des Khakihemds verschwinden –, er wird nie dunkel werden, seine Haut bewahrt die Sonne, glüht. Er.

Tilla ist nie Fischen gewesen. Ihr Vater fischt nicht. Vierhundert Meilen vom Meer entfernt treten und werfen die Jungen in der Schule Bälle herum – davon verstehen sie etwas, davon reden sie, Fußball und Kricket. Beim Vater ist es Golf, davon versteht er etwas, davon redet er. Fischen. Es breitet das Meer vor ihr aus, der salzige Wind fährt in die zusammengekniffenen Augen und überbringt ihr ganze Nächte allein auf den Felsen. Er geht von Landzunge zu Landzunge auf morgennassem Sand, es ist Ebbe – manchmal ist ein Stocken mitten im Satz, ein halbes Lächeln, halbes Atmen, weil er an etwas denkt, was dieses Kind unmöglich wissen kann, das ist seine Magie, die den Marsch vom bunten Exerzierplatz zum Töten aussperrt und die Zielvorrichtung ausblendet, die das Gewehr auf die sägemehlgefüllten Puppen richtet, in denen er das Gesicht des Feindes zu sehen hat, für den er selbst der Feind ist, mit Eingeweiden (er zieht die verschlungen perfekten Gedärme des gefangenen Fisches heraus, ein einfacher Handgriff für einen Fischer) anstelle von Sägemehl. Die schlafenden Eltern haben Recht; er wird ihrer Tochter nichts sagen, wird ihre Unschuld vor dem, was dieses Jahrhundert von ihm verlangt, ihm befiehlt, nicht berühren.

Auf dem Heimweg, wo sie früher mit dem Fahrrad unter denselben Bäumen hin und her gesaust ist, berühren sich die Stoffe ihrer Ärmel, das Khaki, der Pullover, den die Mutter ihr mitgegeben hat, als Bedingung für die Erlaubnis, in der kalten Nachtluft draußen zu sein, streifen einander, weil sie sich zu nahe kommen, nicht aus Absicht. Der Riemen ihrer Sandale löst sich, und als sie stehen bleibt, um ihn zu richten, auf einem Bein hüpfend, hält er sie am Unterarm fest, und dann gehen sie Hand in Hand weiter. Er gibt auf sie Acht. Am nächsten Wochenende küssen sie sich in einem der baumdunklen Abschnitte zwischen den Laternen. Jungen haben sie geküsst; es geschah nur ihrem Mund; am nächsten Samstag schlangen sich ihre Arme um ihn, seine um sie, ihr Gesicht näherte sich, wurde an ihn gedrückt, atmete ein und atmete gegen die Mulde im Hals, wo das Pendel des Herzschlags zu spüren ist, den lebendigen Ort über der Brust, aus dem der Weihrauch seiner Anwesenheit aufgestiegen war. Sie war da.

In der Küche waren sie still. Der Kakao stieg bis zum Rand des Topfes, war fertig. Alle Wärmequellen, nach denen ihre Handflächen sich ausgestreckt hatten, überall im Haus, wie ein Haustier die Wärme eines Feuers spürt und sucht, waren in diesem Körper, der sich an den ihren schmiegte, im Strom der Arme, dem Kontakt von Brust-, Bauchmuskeln, der tiefen, merkwürdigen Hitze zwischen seinen Schenkeln. Aber er gab auf sie Acht. Löste sie sanft, während sie entdeckte, dass auch ein Mann Brüste hat, wenn auch aus Muskeln bestehend, und dass

es ein dringend notwendiger Austausch war, ihre eigenen dagegen zu pressen. Sie lief mit dem Fischer über nassen Sand.
Der nächste Wochenendurlaub – aber der nächste Wochenendurlaub ist gestrichen. Stattdessen kommt ein Anruf vom öffentlichen Telefon an der Theke der Kantine. Zufällig war die Mutter am Apparat, und sie machte lebhafte und aufmunternde Bemerkungen des Bedauerns, aus denen die Tochter sich zusammenzusetzen versuchte, worauf sie sich bezogen. Die Familie saß beim Abendessen. Der Mund des Vaters zog sich stoisch zusammen – Marschbefehl. Einschiffung.
Die Mutter nickte ihnen beiden zu, bestätigend.
Sie – die ich Tilla rufe – stand auf, entsetzt über das, was sie in sich spürte: die Kraft, der Mutter den Hörer aus der Hand zu reißen, und die Unfähigkeit eines braven Mädchens, es zu tun. Dann sagte die Mutter: Aber natürlich werden wir Sonntag rausfahren, um dir auf Wiedersehen zu sagen und Glück zu wünschen. Großmama würde mir nie verzeihen, wenn sie dächte … Jetzt sag mir doch mal, wie man dort hinkommt, hinter Pretoria, das weiß ich … Das hab ich nicht mitgekriegt, welche Mine? Und nachdem wir von der Hauptstraße abgebogen sind? Ach, mach dir keine Mühe, wir können sicher an einer Tankstelle fragen, falls wir uns verfahren, es weiß doch bestimmt jeder, wo dieses Camp ist, gibt es irgendwas, das wir dir mitbringen können, brauchst du was …
Anscheinend soll daraus ein Ausflug werden. Aus ihrer Betäubung: Diese Essenz, gebügelter Khaki und Lauge, ist aus dem Haus, aus der Küche gefegt worden von etwas, das nichts mit einem Fischer zu tun hat, außer dass der Fischer ein Mann ist, und wie ihr Vater erklärt hat – Einschiffung –, ziehen Männer in den Krieg. Ihre Mutter trägt sich mit Picknickgedanken: Meinst du, ein Huhn oder gepökelte Ochsenzunge, harte Eier, weiß nicht, wo man in einem Militärlager sitzen und essen kann, es muss doch irgendwas für Besucher geben. Ihr Vater sucht aus seinem Stapel Reisebroschüren die Landkarte der

Gegend heraus, um sie ins Fach unter dem Armaturenbrett zu legen. Benzin ist rationiert, aber er war sparsam mit den Marken und hat genug, um voll zu tanken. Deshalb werden die Picknickpläne aufgegeben, kein Picknick, ihre Mutter findet, es wäre eine nette Geste, den Soldaten in der nächsten Stadt zum Essen ins Restaurant einzuladen. Für den jungen Mann auf seinem Weg zum Krieg in der nordafrikanischen Wüste wird es diesen Luxus nicht mehr oft geben.

Sie haben ihr die Mine, die Diamantenmine, nie gezeigt, obwohl sie ihrer Tochter schon von Kind an sehenswerte Dinge gezeigt haben, als Teil ihrer Erziehung. Sicher haben sie darüber gesprochen – ihr Vater ist selbst in einem Bergbauunternehmen beschäftigt, aber da geht es um Gold, nicht um Edelsteine – oder, wahrscheinlicher, sie hat in einem Lehrbuch in der Schule davon gelesen: Irgendein berühmter Diamant stammt von hier.

Das Ausbildungslager befindet sich auf einem von den Streitkräften requirierten Teil des weitläufigen Minengeländes, auf dem Veld stehen Zelte bis zum Horizont, angepflockt und vertäut, graubraun wie das niedergetretene, verdorrte Gras und die von Stiefeln fest gestampfte Erde – überall trampelnde Stiefel, überall Khaki, die Träger lauter Ebenbilder voneinander, von ihm; wie sollen sie ihn finden? Er hat eine Zeltnummer genannt. Die Nummern sind anscheinend nicht fortlaufend. Ihr Vater wird von einem langsam sprechenden, höflichen Ebenbild mit Gewehr aufgehalten. Der Wagen folgt dessen Richtungsangaben, die Mutter und Vater unterschiedlich behalten haben, der Wagen wendet, setzt zurück, mach doch langsam, um Gottes willen.

Sie ist diejenige: »Da. Da ist er.«

Natürlich, wenn man ihn findet, sieht man, dass keiner so ist wie er, keine Verwechslung möglich. Wie man es bei Begrüßungen macht, lachen alle, aber seine Augen konzentrieren ihre Aufmerksamkeit auf sie. Er grüßt die Abschnitte zwischen den

Straßenlaternen und die Küche. Dieses Wochenende, das die Wochenenden beschließt, scheint zugleich das erste des Winters zu sein; auf einmal ist es kalt, Wind bläht und peitscht das Zelt, in dem er geschlafen haben muss, weit fort, zwischen Wochenenden. Es ist ein Wetter für warmes Essen, ein Dach über dem Kopf. Im Restaurant sucht er sich für diese letzte Mahlzeit Curry mit Reis aus. Er streut geriebene Kokosnuss darüber, sie begegnet seinem Blick, und er lächelt ihr zu, während er Chutney auf seinen Teller löffelt. Das Lächeln ist das eines gefräßigen Jungen, der ertappt wird, und auch so, als wäre es eine unter dem Tisch gedrückte Hand. Kein Wein – der Vater muss fahren, und junge Männer sollen nicht zum Trinken ermutigt werden, genug davon in der Armee –, aber es gibt Eis mit Pfirsich aus der Dose, Kaffee wird serviert, und Pfefferminzbonbons mit besten Empfehlungen des Hauses.

Es war zu warm im Restaurant. Draußen bringen Höhenwinde den Hauch des ersten Schnees in den fernen, ungesehenen Bergen mit, wie diese Fahrt zum Lager zurück den Hauch des fernen, ungesehenen Krieges mitbringt, zu dem alle Ebenbilder in Khaki eingeschifft werden sollen. Keine Heizung im Familienauto damals, der Soldat hat nur sein dünnes, gut gebügeltes Khaki, und die Tochter, natürlich, hat wie alle jungen Mädchen keine Vorkehrungen gegen einen Wetterumschwung getroffen, sie trägt das dünne, volantbesetzte Baumwollkleid (heimlich ausgewählt, obwohl er, der älter ist und in die Geheimnisse des Meeres eingeweiht, es wahrscheinlich gar nicht bemerken wird), das sie getragen hat, als sie zum ersten Mal miteinander ins Kino gingen. Die Mutter, die ihren Ärger über die Unzuverlässigkeit der Jugend – als Nächstes wird sie Bronchitis bekommen und den Unterricht verpassen – für sich behält, wie sie glaubt, hat zum Glück eine Reisedecke dabei und besteht darauf, dass die Passagiere auf dem Rücksitz sie über die Knie legen.

Bei der Beschäftigung mit dem Essen, zum Wellensittichzwitschern der übrigen Restaurantgäste, war es leicht zu plaudern. Im Wagen, auf dem Rückweg zu diesem endgültigen Ort, dem Lager, ist der Ausflug vorbei. Der Vater verspürt eine Verpflichtung: Zumindest kann er etwas über die Diamantenmine sagen, das ist interessant, und bald werden sie ja wieder an der Anlage vorbeikommen, obwohl man von der Straße aus nicht viel sieht.

Die Decke ist wie das Fell eines staubigen Haustiers, das sich auf sie gelegt hat. Die Wärme der Mahlzeit in ihnen erweckt es zum Leben; ein Leben, das sie teilen, ein einziger Körper. Es ist angenehm, die Hand darunter zu stecken; die Hände, seine rechte, ihre linke, finden einander.

ihr wisst natürlich, was ein Diamant ist, obwohl er für euch was Hübsches ist, das eine Frau am Finger trägt, hm? na, in Wirklichkeit besteht er aus reinem kristallisiertem Kohlenstoff

Er lässt sich nicht gern unterbrechen, es ist also nicht nötig, eine Antwort zu geben, auch wenn man ihn noch hört. Die rechte und die linke Hand verklammern sich so fest ineinander, dass der Muskelballen unterhalb des Daumens gegen den Knochen flach gedrückt wird und die verschränkten Finger zwischen den Gelenken verkeilt sind. Es ist keine Umklammerung gegen die bevorstehende Trennung, sie hat gar nichts mit irgendeiner Zukunft zu tun, sie gehört in die dringende Reinheit dieser Gegenwart.

die Kristallisierung zu regelmäßigen Oktaedern, das heißt Achtkant-Diamanten, und verwandten Formen und die geschliffenen und polierten, wie sie in den Juwelierläden zu sehen sind, folgen mehr oder weniger

Die Hände lagen zusammen, das hatte sich einfach so ergeben, auf dem Rock über ihrem linken Schenkel, denn dorthin hatte sie ihre Hand unter der wolligen Behaglichkeit der Decke geschoben. Jetzt löste er sich langsam, erst die Finger, dann die Handfläche – sie wissen beide, dass die Decke ihre zärtliche Komplizin ist, es darf nicht auffallen, dass sich darunter etwas rührt –, er löste sich von ihr, und einen trauernden Augenblick lang dachte sie, er habe sie zurückgelassen, sein achtjähriger Vorsprung habe sich gegen eine Verschmelzung von Handflächen behauptet, wie schon früher, ganz sanft (aber ach, warum), als sie in der Dunkelheit zwischen Bäumen, als sie in der Küche waren.

farblos, gelegentlich aber auch gelb-rosa, sogar schwarz gefärbt

Die Hand war nicht unter der Decke hervorgekommen. Sie folgte ihrer Bewegung, als wären ihre Augen geschlossen oder sie selbst im Dunkeln, es war, als spielte die Hand, suchte nach einer kitzligen Stelle, wie Kinder es tun, um sich gegenseitig zum Lachen und Sichwinden zu bringen, glitt dorthin, wo ihr Rock am Knie endete, unter das Knie, ohne den Rock zu verschieben, und berührte die Sehnen und die Mulde der Kniekehle. Sie wollte nicht lachen (was würde ihr Vater von so einer Reaktion auf seinen kenntnisreichen Vortrag denken) und schob deshalb ihre Hand zu der seinen und nahm sie mit zurück, dorthin, wo sie zuvor gewesen war.

einer der größten Diamanten der Welt nach dem Koh-i-noor mit hundertneun Karat, aber der wurde in Indien gefunden

Die Hand, seine Hand, drückte durch das dünne Kleid Finger in ihren Schenkel, wie um zu prüfen, was an ihr wirklich war; und hielt inne, und dann, aus dem Zögern heraus, fuhr sie abwärts und, unter der Decke, aufwärts unter den Schleier des Rocks, bewegte sich über ihre Haut. Sie sah ihn nicht an, und er sah sie nicht an.

und dann gibt es Industriediamanten, mit denen man Glas schneiden kann, oder man macht Köpfe für bestimmte Bohrer daraus, die härteste natürliche Substanz, die es gibt

Am straff gespannten Saum ihres Schlüpfers zögerte er wieder, keine Hast, alles etwas, was sie lernte, er lehrte, das Vorgefühl in seinen Fingerspitzen, er strich eine der Adern dort drinnen entlang, auf der zarten, membrandünnen Haut in der Furche zwischen Bein und Körper (wie die Haut in seiner Armbeuge,

wo die Sonne bei Manövern nicht hinkam), unmittelbar bevor das Haar beginnt. Und dann glitt er unter den elastischen Saum, und seine Hand war weich auf weichem Haar, seine Finger wie Augen voller Aufmerksamkeit für sie.
seht euch dieses Veld an, nichts lässt vermuten, dass dort unten, in der Lagerstätte, die wir Blaue Erde nennen, eine der weltweit größten diamantführenden Schichten
Sie hat keine klare Vorstellung davon, wo seine Hand jetzt ist, was sie spürt, ist, dass sie sich küssen, einer ist im Mund des anderen, obwohl sie einander nicht ansehen können.
Schlaft ihr eigentlich da hinten? – die Mutter gibt zu verstehen, dass sie selbst von der Mine gelangweilt ist; er ist acht Jahre älter und im Stande zu sprechen: Wir hören nur zu. Sein Finger erforscht tief unten in der Dunkelheit den verborgenen Eingang zu einer Art Höhle mit glitschigen Wänden und glattem Stalagmiten; sie ist gefunden, er hat sie gefunden.
Der Wagen fährt an der Verarbeitungsanlage der Mine vorbei.
Produkt des Absterbens und Verrottens von Wäldern vor vielen Tausend Jahren, genauso wie Kohle, aber da unten findet ein Extrem an Alchimie statt, könnte man sagen
Diese anderen, die Eltern, sie können es unmöglich wissen. Es ist geschehen, es geschieht unter der alten Wolldecke, die alles war, was sie ihr geben können. Sie ist frei; von ihnen. Gefunden; und sie wissen nicht, wo sie ist.
Im Ausbildungslager schüttelt der Vater die Hand des Soldaten länger als sonst bei einem Händedruck. Die Mutter sieht einen Moment lang so aus, als wollte sie ihm einen raschen Kuss auf die Wange geben, viel Glück, aber Vertraulichkeiten sind nicht ihre Art.
Willst du nicht auf Wiedersehen sagen? Sie ist doch kein Kind, du lieber Himmel, eine Mutter sollte nicht an die guten Manieren erinnern müssen.
Er steht vor einem der Zelte, die Hände offen zu beiden Seiten herabhängend, während der Wagen sich entfernt und die Auf-

merksamkeit auf ihr ruht, bis er sie mit seiner verwischenden Kurzsichtigkeit nicht mehr erkennen kann, während sie ihn immer noch sieht, ihn sieht, bis er mit all den anderen in Khaki verschwimmt, lauter Ebenbilder, die durcheinander laufen und zusammenströmen, in Vorbereitung auf den Transport.

Wenn er gefallen wäre in diesem Krieg, sie hätten es erfahren, über die Bekannten der Großmutter.

Bist du es noch; irgendwo, alt?

REVERENZ

Lies mir von den Lippen ab.

Weil ich nicht rede. Du sitzt da, und wenn die U-Bahn ruckt, scheinst du dich vorzubeugen, um zu hören. Aber ich rede gar nicht.

Wenn ich sie finden könnte, würde ich die andere Hälfte des Geldes fordern, die ich kriegen sollte, wenn ich's erledigt hatte, aber sie sind verschwunden. Ich weiß nicht, wo ich suchen soll. Ich glaub nicht, dass sie noch hier sind, sie sind in irgendeinem anderen Land, sie sind ja dauernd unterwegs – so finden sie Männer wie mich. Wir gehen von zu Hause weg, weil die Regierung gestürzt wird, weil wir von der falschen Seite einberufen werden; keine Arbeit, kein Brot oder Öl in den Läden, und wenn wir eine Grenze überqueren, werden wir über eine zweite und eine dritte Grenze abgeschoben. Was ist das endgültige Ziel? Wir wissen es nicht; wir wissen nicht, wo wir abbleiben sollen, wo wir nicht wieder weitergeschickt werden, von einem Zeltlager zum nächsten in einem Land, in dem man keine Papiere kriegt.

Ich rede überhaupt nie.

Sie finden uns dort, an einem dieser Orte – sie haben mich gefunden und mich gerettet, ihnen ist alles möglich, sie haben mich hier eingeschleust, mit Papieren und einem Namen, den sie mir gaben; ich habe meinen Namen beerdigt, niemand wird ihn je aus mir herausgraben. Sie sagten mir, was sie erledigt haben wollten, und zahlten mir die Hälfte der Summe gleich aus. Ich hatte zu essen und Kleider am Leib und ein Zimmer in einem Hotel, in dem die Leute vor drei verschiedenen Restaurants die Speisekarten lesen, ehe sie sich entscheiden, wo sie essen wollen. Es gab kostenloses Shampoo im Bad und den

Schlüssel zu einem privaten Safe, in dem statt Geld Schnaps aufbewahrt wird.
Sie hatten alles für mich vorbereitet. Sie hatten ihn monatelang beschattet und wussten, wann er wohin ging, zu welcher Tageszeit – obwohl er ein so wichtiger Mann war, pflegte er privat mit seiner Frau auszugehen, ohne seine staatlichen Leibwächter, weil er gern so tat, als wär er ein gewöhnlicher Mensch, oder weil er ein gewöhnlicher Mensch sein wollte. Dass das für ihn unmöglich war, begriff er nicht; das wussten sie, und deshalb war es ihnen möglich, mich zu bezahlen, damit ich tat, wofür sie mich bezahlten.
Ich bin niemand; kein Land zählt mich bei einer Volkszählung, der Name, den sie mir gegeben haben, existiert nicht: Niemand hat getan, was getan wurde. Er gönnte sich ein paar freie Stunden, ging Arm in Arm mit seiner Frau in ein Restaurant, das Doppeltüren hatte, um die Kälte abzuhalten, dasselbe, das sie Woche für Woche besuchten, und danach, obwohl man mir gesagt hatte, sie kehrten sonst immer gleich nach Hause zurück, gingen sie noch in ein Kino. Ich wartete. Ich trank ein Bier in einer Bar, mehr nicht, und ging wieder hin. Die Leute, die aus dem Kino kamen, ließen sich nicht anmerken, dass sie ihn erkannten, denn in diesem Land lässt man die Machthaber gern gewöhnliche Menschen sein. Wie jeder gewöhnliche Bürger führte er seine Frau zum U-Bahn-Eingang an der Ecke, und als er zurücktrat, um ihr den Vortritt zu lassen, tat ich es. Ich machte es genauso, wie sie es mir beigebracht und wofür sie mich bezahlt hatten, direkt in den Hinterkopf. Als er fiel und da lag, machte ich es noch einmal, tat, wofür sie mich bezahlt hatten, um ganz sicherzugehen, dann lief ich weg.
Sie beging den Fehler, neben ihm auf die Knie zu fallen, bevor sie aufblickte, um zu sehen, wer es getan hatte. Alles, was sie der Polizei, der Presse und den Ermittlern sagen konnte, war, dass sie den Rücken eines Mannes in dunkler Kleidung, einer Lederjacke gesehen hatte, der die zu einer Nebenstraße füh-

rende Treppe hinaufsprang. Diese Stadt hat viele steile Anstiege und dunkle Gassen. Mein Gesicht sah sie nicht. Heute, Jahre später (lese ich in den Zeitungen), erzählt sie den Leuten immer noch, dass sie das Gesicht nicht sah, dass sie nie das Gesicht des Täters sah. Hätte sie nur Sekunden früher aufgeblickt – sie wären im Stande gewesen, mich aufzuspüren, aus dem Niemand, der es getan hat, wäre ich geworden. Sie denkt die ganze Zeit an meinen Hinterkopf unter der dunklen Mütze (sie war eigentlich nicht dunkel, sie war hellgrün und braun kariert, eine teure Mütze, die ich von dem Geld gekauft hatte, später warf ich sie mit einem Stein darin in den Kanal). Sie denkt an meinen Nacken, das Stück Nacken, das sie zwischen der Mütze und dem Kragen der Lederjacke hatte sehen können (die Jacke konnte ich nicht in den Kanal werfen, ich ließ sie färben). Sie denkt an den Schimmer der Lederjacke in der Lichtpfütze der Straßenlaterne oben an der Treppe und an meine Beine, die sich so schnell bewegen, dass ich verschwunden bin, während sie noch schreit.

Die Polizei verhaftete einen Drogenhändler, den sie in der Gasse am oberen Ende der Treppe aufgegriffen hatte. Sie konnte nicht sagen, ob er es war oder nicht, denn in ihrer Erinnerung gab es kein Gesicht. Genauso war es mit den anderen, die von der Polizei unter den Passanten, den Vorbestraften und den politischen Gegnern aufgelesen wurden; kein Gesicht. Ich hatte also nichts zu befürchten. Die ganze Zeit, während ich von einem Land in ein anderes abgeschoben worden war, hatte ich Angst gehabt, Angst, keine Papiere zu besitzen, Angst, ausgefragt zu werden, Angst, hungern zu müssen, aber jetzt gab es nichts mehr, wovor ich mich fürchten musste. Ich habe noch immer nichts zu befürchten. Ich rede nicht.

Ich durchforsche die Zeitungen nach jedem Hinweis, jeder Erwähnung der Tat; die Ermittlungen sind nicht eingestellt, die Polizei, das Volk, dieses ganze Land suchen weiter. Ich lese sämtliche Theorien; manchmal, wie jetzt in der U-Bahn, lese ich auf der Rückseite einer Zeitung, die jemand mir gegenüber hält, eine neue Hypothese. Eine iranische Verschwörung, wegen der feindlichen Haltung der Leute dort gegen ihre eigene Regierung. Die Südafrikaner, die sich für die Sanktionen dieses Landes gegen irgendeine rassistische Regierung dort, damals, rächen. Ich hätte sagen können, wer es war, aber nicht, warum. Als sie mir die erste Hälfte der Summe auszahlten – einfach so, auf der Stelle! –, sagten sie es mir nicht, und ich fragte nicht. Warum sollte ich fragen; welche Regierung, egal, wo und auf welcher Seite, würde mich in irgendwas einweihen. Sie waren die Einzigen, die mir überhaupt etwas anboten.

Und dann bekam ich nur die Hälfte dessen, was sie mir versprochen hatten. Und es ist nicht mehr viel davon übrig nach fünf Jahren – im nächsten Monat sind es fünf Jahre. Von Zeit zu Zeit nahm ich irgendeine Arbeit an, damit sich niemand fragte, woher ich das Geld hatte, um die Miete für mein Zimmer zu zahlen und so weiter. Ich hab an der Rennbahn gearbeitet und ein- oder zweimal in Nachtclubs. Jobs, bei denen man nicht auf irgendwelchen Arbeitsämtern registriert wird. Was hatte ich ursprünglich mit dem Geld vor, wenn ich die gesamte Summe bekommen hätte, wie versprochen? Fortgehen, irgendwo anders hin? Wenn ich mir vorstelle, in ein anderes Land zu reisen, wie sie es getan haben, an der Grenze meine Papiere hervorzuholen und den Namen von Niemand, den sie mir gegeben haben, mein Gesicht zu zeigen …

Ich rede nicht.

Ich lasse mich mit niemandem ein. Nicht einmal mit einer Frau. Bei meinen diversen Arbeitgebern bekam ich immer wieder Angebote für neue Jobs, sollte gestohlene Waren verschieben, Drogen vertreiben: Irgendwie schienen es die Leute riechen zu können, dass ich zu allem bereit war. Aber das stimmt nicht! Nicht hier in dieser Stadt. Diese Stadt hat nie mein Gesicht gesehen, nur den Rücken eines Mannes, der die Stufen zu der Gasse nahe der U-Bahn-Station hinaufsprang. Es heißt –

das weiß ich –, dass der Täter immer zum Tatort zurückkehrt. Ich nicht, nicht einmal in die Nähe, ich gehe nie an dieser U-Bahn-Station vorbei. Ich war nie mehr auf dieser Treppe. Als sie hinter mir herschrie, während ich verschwand, verschwand ich für immer.

Ich konnte es nicht glauben, als ich las, dass sie ihn nicht auf einem Friedhof beerdigen wollten. Sie bestatteten ihn in dem Stückchen öffentlichen Park vor der Kirche nahe der U-Bahn-Station. Es ist eine ziemlich gewöhnliche Umgebung mit ein paar alten Bäumen, von denen der Regen auf die Kieswege tropft, direkt an einer Hauptstraße. Dort ist ein Stein mit Inschrift, davor ein niedriges Geländer, weiter nichts. Und es kommen Leute während der Mittagspause, Leute auf Einkaufsbummel, Leute, die von dieser U-Bahn herauf-, aus diesem Kino herauskommen, und sie stapfen über den Kies, um zu der Stelle zu gehen, wo er liegt, und davor zu stehen. Sie legen Blumen nieder.

Ich bin dort gewesen. Ich habe es gesehen. Ich halte mich nicht fern. Für mich ist es ein Ort wie jeder andere. Jedes Mal, wenn ich hingeh, hinter den anderen her und begleitet vom Knirschen der Schuhe auf dem Pfad, sehe ich sogar junge Menschen weinen, sie legen ihre Blumen nieder und manchmal auch beschriebene Blätter, anscheinend mit Verszeilen darauf (ich kann diese Sprache nicht gut lesen), und ich sehe, dass die Ermittlung weitergeht, sie wird nicht eher enden, als bis sie das Gesicht gefunden haben, bis der Rücken von Niemand sich umdreht. Und das wird nie geschehen. Jetzt tu ich, was alle tun. So ist es sicher, absolut sicher. Heute habe ich einen billigen Strauß rote Rosen gekauft, zusammengehalten von einem Gummiband, das sich fest um die zerdrückten Blätter und nassen Dornen schnürt, und dort niedergelegt, vor der steinernen Inschrift, hinter dem niedrigen Geländer, wo mein Name mit ihm begraben ist.

EINE ABGESANDTE

»... wie wenige von uns im Westen die Verwüstungen der Malaria erfassen. Dies vorausgeschickt, müssen wir festhalten, dass die Zahl der weltweiten Opfer nach wie vor Schwindel erregend ist. In den letzten 20 Jahren sind fast zweimal so viele Menschen an Malaria gestorben wie an Aids ... Malariamücken können sich sogar bei internationalen Flügen mit an Bord schmuggeln – man frage nur die jüngsten ahnungslosen Opfer, die in Flughafennähe wohnen, in Deutschland, Paris, São Paulo.«

WIEDERGEBURT

Alle Unreinheit verschwimmt im Dunst, das mittlere Alter verflüchtigt sich, die hängenden Wangen und Päckchen unter den Augen kannst du im Dampf kaum noch erkennen, und dein eigenes Gesicht, wenn du es sehen könntest, wäre verwischt, alles, was du ihm angetan hast, das Geschlängel roter Adern entlang der Nase – ausgeblendet, verweht. Darunter bist du, wie du warst.

Die Einrichtung nennt sich Fredos Sauna- und Gesundheitsclub. Aber wenn du hier liegst, bist du ein Senator unter Senatoren und Edelleuten in einem römischen Bad. Es ist jetzt Winter – aber kein Grund zur Sorge, kein gefährliches Ultraviolett sucht dich heim, nichts Schädliches überlebt. Es ist Winter, aber hier gibt es kein Zittern und Schaudern! Hier ist nie Winter. In der Feuchtigkeit lebt der Sommer fort; und da ist etwas Winziges, das aus der dunstigen Hitze hervorschwebt – kann nicht sein – nein, das muss ein Fussel von irgendeinem Handtuch sein – aber es landet auf einem rundlichen Brustmuskel, knapp oberhalb des Haarwalds, es lebt – und ist tot, patsch! Ein

verunstaltetes Satzzeichen in Schwarz, ein Stückchen Flügel, auf Schweiß davongleitend.
Draußen ist Winter, aber hier ist Wasser und Abgeschiedenheit zum Brüten, Eier, die in aller Ruhe reifen können, wo niemand es vermutet, ein Ort, wo sie auftauchen kann mit schräg abfallendem Rücken, durchsichtigen Flügeln und dem Stechrüssel als besonderem Kennzeichen, in Fredos Sauna- und Gesundheitsclub.

HIMMLISCHER SPHÄRENCHOR

Die musikalische Unterhaltung des sich einstimmenden Orchesters, beinahe wie Athleten, die sich auf der Stelle tretend und schattenboxend vor dem Start in Schwung bringen; dazu gehört auch die Tonlage der Vorfreude im gedämpften Gemurmel menschlicher Stimmen. Ein Diminuendo vom Publikum, als die Musiker aus den Seitenkulissen hervorkommen, und ein Rallentando, als der Gastdirigent, ein berühmter junger Tscheche oder was er ist, erscheint, um sich zu verbeugen, sich umzudrehen, aufs Podium zu steigen und die Schultern zu senken, bereit, mit erhobenem Stab in die Symphonie einzutreten.
Es ist Winter, aber niemand hustet. Die Klangfülle von Holzbläsern, Streichern und Klaviatur besänftigt alle, der anschließende Sturm des Blechs fegt sämtliche Reaktionen außer der akustischen hinweg. Cello und Bratsche halten mit gregorianischer Intonation im Tempel beider Ohren Einzug, da ist das Fragen der Flöte, das doppelt gegriffene Kontrabassgrunzen, das Schelten der Trommeln und zur Antwort ein *ping* vom Triangel. Alle diese Geschöpfe erzeugen die Schönheit des unsichtbaren Lebens der Klänge. Sie tauchen ein, schießen empor, plätschern und gleiten davon fast außer Hörweite und kehren machtvoll anschwellend wieder zurück; manche überwältigen andere und werden ihrerseits unterworfen, aber sie sind alle immer da,

irgendwo in den Schichten des Empyreums, das sie betörend erfüllen und verwandeln. Sie winden sich hinein und heraus, schleichen hindurch, strömen in achthundert Paar Ohren – das Haus ist ausverkauft, wenn dieser Dirigent auf Tournee geht, dieser Mann aus einem der gefährlich umnachteten Balkanländer, die ständig abfallen und kämpfen und sich umbenennen.
Das Publikum wird mit künstlichen Mitteln und der angenehmen Wärme menschlichen Atems wohlig erhitzt gehalten. Ein winziges Lebewesen fliegt mit der Musik, ein hoher, lang gezogener Geigenton. Niemand hört, wie dieser Ariel sich über den Köpfen materialisiert.

GEFLÜGELTER WAGEN

Auf der anderen Hemisphäre – der südlichen – ist Sommer, keine Simulation, die das ganze Jahr zum Sommer macht.
Offiziell sind sie nicht hier, auf dieser tief gefurchten lehmigen Straße zwischen Baobabbäumen, wenn »offiziell« bedeutet, dass der eigene Aufenthaltsort nahe stehenden Menschen bekannt ist – Ehefrauen, Ehemännern, Geschäftspartnern. Ein unwiderstehlicher wechselseitiger Impuls – wie der ursprüngliche, unwahrscheinliche, der sie zusammengeführt hat –, sich mehr Zeit zu nehmen als einmal die Woche zwei Stunden unter falschen Namen in einem obskuren Hotel, hatte in beiden die Fähigkeit erweckt, unglaublich glaubhafte Abwesenheiten, unabweisliche berufliche Verpflichtungen zu ersinnen. Sie nahmen ein Flugzeug, sorgfältig darauf bedacht, nicht einmal in derselben Klasse zu fliegen (wie schlau die Leidenschaft selbst jene werden lässt, die zeit ihres Lebens offen und ehrlich waren). Sie suchten sich einen unwahrscheinlichen Zielort aus – hofften sie; in ihren Kreisen reisen die Leute viel und ziemlich abenteuerlich, solange die Camps einen gewissen Luxus zu bieten haben: Freiluftbars und Helikopterservice.

Die Baobabs sind mythische Tiere, die zu Stein verwandelt wurden.
Wann hätte er sich je an der Seite einer Frau gefunden, die mit derart köstlichen Fantasien aufwartete! Sie ist Schriftstellerin und sieht alles, was er nie gesehen hat; er ist Betriebswirt und kennt sich bestens aus in den Mechanismen der Welt, die ihr immer fremd geblieben sind, und hier ist er und lauscht voller Bewunderung ihrem trivialen Talent für Bilder.
Dieses Abenteuer, das sie sich gönnen, kann nur ein paar Tage dauern – mehr erlaubt die Glaubwürdigkeit der Alibis nicht –, und es ist für sie beide spät und vollkommen unerwartet eingetreten. Ehemann, Ehefrau, halb erwachsene Kinder, guter Ruf – nun eine letzte Chance: zu was? Etwas fehlte, das jetzt dringend eingefordert werden musste. Er liebt es, wenn sie ihm Gedichte aufsagt, während er fährt. Es sind ihre Gedichte, von ihr in Besitz genommen als Begleitung zu ihrem Leben, die Dichter wissen stets besser als sie, was ihr widerfährt; jetzt ihnen beiden. Was sie getan haben, ist verrückt, der Zielort ein böses Ende; die Erkenntnis überfällt sie beide lautlos, als der Wagen auf der gefurchten Straße einen jähen Satz macht. Dann sagt sie, für sie beide, als das Medium eines toten Dichters, die Verse fallen ihr nicht alle in der richtigen Reihenfolge ein: »Doch hör ich's sausen hinter mir: Die Zeit! Im Flügelwagen! Hier! … Lass uns die Kräfte ballen, tu die Süße in uns ganz hinzu … und unsere Wonnen mit grobem Streit durch die eisernen Tore des Lebens reißen … Das Grab, ein heimeliger Ort, doch unumschlungen schläft sich's dort.«
Er fährt an den Rand der menschenleeren Straße und schaltet den Motor ab. Sie starren einander an, und er bricht den Bann mit einem Lächeln und einem langsamen Kopfschütteln. Da ist nichts, niemand, der die Umschlingung beobachten könnte, ihren verzweifelten Versuch, nicht loszulassen. Dann befreit er sich plötzlich, steigt aus dem Wagen, öffnet die Beifahrertür und nimmt sie bei der Hand. Da sind alte Pfützen zu überstei-

gen, zähflüssig vor Abgestandenheit. Die umgestürzten Reste eines gebrochenen Zauns: wessen Land war das einst. Nichts, niemand. Die Sonne ruht auf ihrem Rücken wie eine gütige Hand, sie gehen ein kleines Stück über Stoppeln, klebrige Mulden, trüb von vergangenem Regen, und können nicht weiter, die Dringlichkeit hält sie auf. Und da steht ein Baum, der wirklich ein Baum ist, belaubt über einem niedrigen Hügel aus zartem Gras, das in seinem feuchten Schatten wächst.

Wie sie dort liegen, finden sie durch ihre Kleider hindurch den Weg zueinander, wie Teenager, die in jedem verfügbaren Versteck miteinander schlafen. Es spielt keine Rolle. Jetzt liegen sie da, atmen einander ein, Diastole und Systole, und nichts kommt ihnen nahe, da ist nur dieses undefinierbare Überschallsummen von organischem und Insektenleben, aufsteigendem Saft im Baum, sprießendem Gras, schwebenden Mückenschleiern, und ein lautloser Würger stürzt sich von einem Ast herab, um im Flug eine fliegende Beute zu fangen.

In Sorge um sie schreckt er auf, die Vergangenheit holt ihn ein – er erinnert sich an die Gefahren früherer Jagdausflüge: Hoffentlich gibt es hier keine Zecken. Sie bewegt den Kopf mit geschlossenen Augen: nein. Nichts. Sicher. Schlägt die Augen auf, um ihn zu sehen, nichts sonst. Einer der fliegenden Punkte ist auf seinem Ohrläppchen gelandet und klammert sich dort fest, während sie darauf bläst. Er zuckt mit einem leisen Ausruf zusammen, sie macht eine Hand frei und wischt es fort, was immer es ist, so winzig, nichts.

EINSTICH

Der Rave ist in einem dieser Gebäude aus vier Wänden plus Dach mit knarzenden Dielen, das schon allen möglichen Zwecken gedient hat – als Kirche oder Schulzimmer, wo es in dieser Gegend keine Kirche oder Schule mehr gibt, und die Toiletten sind auf der anderen Seite des Hofs, den tagsüber irgendwelche Leute nutzen, um Auspuffe zu reparieren. Zerlegte Autoteile und Gasflaschen müssen umschifft werden, um dorthin zu gelangen, wohin er gegangen ist. Da ist er, sitzt auf dem zerbrochenen Sitz, aber die Hose hat er an, aufs Klo musste er offensichtlich nicht, und sein Sweatshirt-Ärmel ist über dem bloßen weißen Arm aufgerollt, er hat einen Arm so bleich und haarlos wie ein Mädchen. Und sieh dir das an.

Ich dachte, du bist runter davon.

Er lacht. Brauchst du den Sitz?

Aber er lässt sie nach seinem Arm greifen.

Will nur deinen Arm sehen.

Was ist ein Stich mehr oder weniger? Du kannst sie sowieso nicht auseinander halten, so zugesoffen wie du bist.

Was ist das dann an deinem Arm?

Mückenstich.

Sehr witzig. Hahaha.

Sommer, Winter, nördliche Hemisphäre, südliche Hemisphäre. Nichts, wovor man sich fürchten müsste, gar nichts! Ein schwebender Punkt, landend, du kannst ihn mit der flachen Hand erschlagen. Es ist nicht der Schnitter mit der Sense.

Es ist seine Abgesandte, Anopheles.

KARMA

»Karma … 1. Die Summe und die Folgen des Handelns einer Person während der aufeinander folgenden Phasen ihrer Existenz, die als bestimmend für ihr Schicksal gelten. 2. Schicksal, Los. Sanskrit karman (*Nominativ* karma), *Handlung, Tat, Werk, von* karoti, *er macht, er tut.«*

– THE AMERICAN HERITAGE DICTIONARY OF THE ENGLISH LANGUAGE –

»… deshalb bevölkert der Mensch fortwährend seinen gegenwärtigen Raum mit einer eigenen Welt.«

Arthurs Frau Norma ist diejenige, die in der Zeitung auf den Gruppenfotos von Konferenzen zu sehen ist, sie wird im Rundfunk zitiert, und manchmal taucht sie in einem Fernsehbericht auf. Die beiden sind ein Paar mit einem öffentlichen Profil geworden, wie Meinungsumfragen zeigen würden. Er ist bei einer Versicherung, eine gute Stellung, hat schon nicht schlecht verdient, als sie das Haus kauften, an das sie ihr Herz gehängt hatte, ein bisschen über ihren Verhältnissen damals. Es sah so aus, als könnte er irgendwann, eines Tages, Generaldirektor werden – wer weiß, so dass sie es sich doch noch leisten könnten, in einem anderen Sinn, mit der Einrichtung eines standesgemäßen Heims zu beginnen.

Wenn man als junges Paar keinen Ehrgeiz hat, was ist man dann? Sie war zweifellos ehrgeizig, als sie als Klassenbeste die Schule abschloss. Sie hatte an die Universität gehen wollen, um Politikwissenschaft, Wirtschaft zu studieren, Fächer, von denen ihre gewerkschaftlich engagierten Eltern und deren Freunde gesprochen hatten, aber es war kein Geld da. Sie arbeitete in einer Fabrik, in der Verwaltung einer Restaurantkette, eignete sich Computerkenntnisse an, studierte in Fernkursen die Fächer ihrer Wahl und engagierte sich, als Weiße und Angehörige der Arbeiterklasse, in der Befreiungsbewegung. Ein widerstandsfähiger Faden in einem Netz, das im Untergrund operierte. Solange sie aufgrund eines Versehens der politischen Polizei noch einen Pass hatte, schickte die Bewegung sie außer Landes, auf eine Mission zu einem ihrer Übersee-Büros; als sie zurückkam, tauchte ihr Name auf einer Liste unter Bann stehender Personen auf: Ihre Bewegungsfreiheit und die Art der Arbeit, mit der sie sich ihren Lebensunterhalt verdienen konnte, waren fortan eingeschränkt.

Zu dem Zeitpunkt, als der linksliberal orientierte Direktor eines Versicherungsunternehmens das Tapferste tat, zu dem er sich durchringen konnte, und sie still und leise als Buchhalterin einstellte, lernte sie Arthur kennen. Bei dem Prozess, den man »sich verlieben« nennt, sind mindestens zwei magnetische Anziehungskräfte wirksam. (Man kann sich nach Belieben eine Reihe weiterer denken.) Das Gesicht, der Körper des Objekt-Individuums: Das kann schon ausreichen. Die Persönlichkeit: Sie kann Ersteres irrelevant werden lassen. Arthur hatte keine spezifische sexuell-ästhetische Vorliebe für das, was an einer Frau Schönheit war, Mädchen waren hübsch oder hässlich oder einfach irgendwo dazwischen. Norma, klein, mit einem praktischen Körper (charakterisiert durch dauernde Bewegung und Geschäftigkeit) und einem Gesicht aus der Kategorie Dazwischen, hätte den Prozess nicht durch die erste Anziehungskraft in Gang setzen können. Arthur verliebte sich, zutiefst empfänglich, in die Kraft ihrer Persönlichkeit. Sie war alles, was er nie gewesen war, hatte alles getan, was er nie getan hatte. Seine Familie stand eine Stufe oberhalb der Arbeiterklasse, aus der sie kam. Sein Vater besaß eine kleine Druckerei, in der seine Mutter als Empfangsdame und Buchhalterin amtierte, von der Politik hielten sie sich fern; die Garantie für ihre weiße Mittelstandssicherheit, die von den Formularbestellungen der Provinzregierung abhing, hätte ihnen genommen werden können. Arthur wurde dazu erzogen, in finanziellen Dingen ehrlich zu sein, freundlich, andere Leute zu respektieren, egal, wer oder was sie waren, ohne sich deshalb auf ihre Ideen oder Probleme einzulassen; seinen Weg zu machen, wie seine Eltern ihren Weg hatten machen müssen – auf eigene Faust. Die Versicherung war ein guter Anfang. Was immer geschah. Im Land. Versicherungen für das Eigentum von Leuten, gegen andere Leute, die es ihnen wegnahmen, würde es immer geben.

Das war das Leben, wie es sich für ihn abzeichnete. Allerdings las er die Zeitungen, erlebte Demonstrationen, die tanzende Empörung auf den Straßen, sah, wie die Menschen von der Polizei mit Hunden und Schusswaffen angegriffen wurden, und in seiner Arbeit bei der Versicherungsfirma sah er, wem alles im Land gehörte. Also verzichtete er darauf, sein Vorrecht als Weißer zu nutzen und zur Wahl zu gehen, während andere nicht einmal das Recht hatten, auf der Straße zu demonstrieren. Das war seine einzige politische Stellungnahme. Er sagte seinen Eltern nicht, dass sie im Unrecht waren, er war selbst im Unrecht, weil er das Privileg der Hautfarbe akzeptierte, nichts anderes unternahm, als die Wahlen zu boykottieren, und seinen Weg mit der heimlichen Rechtfertigung ging, er werde die bevorstehende große Wende, sobald sie tatsächlich eintrat, willkommen heißen und dann eine Selbstachtung beanspruchen können, die nicht zu finden war, solange man nur seinen Weg ging.

Er verliebte sich in Norma. Sie war ein Beweis gegen ihn, und dass er sie nahm, zur Frau nahm, sprach ihn frei von allem, worin er je versagt hatte.

Arthur sah gut aus, keine Zwischenstufe in punkto männlicher Schönheit, und das mag durchaus die magnetische Kraft gewesen sein, die Norma anzog, in die Liebe zu ihm zog. Schönheit hat eine Unschuld, sie kann nicht angestrebt, entworfen oder erkämpft werden wie Gerechtigkeit; sie ist eine Art Versicherung für jemanden, der mit der Verschlagenheit, den Intrigen der Selbsterhaltung gelebt hat, bespitzelt und gejagt unter dem Bann.

Arthur war für sie da, als alles vorbei war – der Bann, die Kopfjäger des alten Regimes entmachtet. Mit seinem Wissen in praktischen Dingen, den Signalen eines normalen Lebens privater Ambitionen und Befriedigungen, das sie nie kennen gelernt hatte, das jetzt jenen, die sich dafür aufgeopfert hatten, ganz legitim offen stand, konnten sie sich ein *neues* normales Leben unter den Bedingungen der Freiheit einrichten. Sie hatte mit Genossen mehr schlecht als recht in Quartieren genächtigt, die entweder völlig heruntergekommen waren oder sich hinter einer Fassade der Anständigkeit verbargen; er hatte noch mit über zwanzig bei seinen Eltern gewohnt und dann, um die Zeit, als er sie kennen lernte, in einem Einzimmerapartment, dessen Fenster ein unausweichlicher Beobachtungsposten für den Krach und den Trubel einer Straße aus Bars, ständig hupenden Taxis, Gelächter und Wut von Zuhältern und Prostituierten dreierlei Geschlechts war. Für sie hatte sich ein Job gefunden – die Genossen hielten einander über offene Stellen auf dem Laufenden –, sie arbeitete bei einer nichtstaatlichen Organisation, die sich um die Kinder und Jugendlichen kümmerte, deren Väter in den Befreiungskämpfen gefallen oder deren Eltern im Exil verschwunden waren. Er war, natürlich, im Versicherungswesen gut untergebracht, eine Notwendigkeit des alten normalen Lebens, die, wie von der elterlichen Weisheit vorausgesehen, auch im neuen eine Notwendigkeit blieb. Am Wochenende und fast jeden Tag nach der Arbeit sahen sie sich Häuser an. Ein eigenes Haus; das war immer und wird immer der Beginn eines normalen Lebens sein, zu dem sie entschlossen waren: Sie verdiente es. Immobilienmakler logen sie an; sie durchschauten rasch, was die wesentlichen Fragen waren, mit denen man kontern musste: Stand das hoch gelobte

Haus nicht zu dicht an einer Schnellstraße, war die nahe gelegene Grünfläche ein Ort, an dem sich Obdachlose häuslich niederließen, gab es eine Kinderkrippe in dem Vorort (Norma erwartete ihr erstes Kind), wie hoch war die Kriminalitätsrate in der Gegend?
Schließlich fanden sie ihr Haus selbst. Sie fuhren durch ein Viertel, auf das sie schwarze Freunde von Norma aufmerksam gemacht hatten, die jetzt aus den schwarzen Townships, dem Lebensraum ihrer Vorfahren, flohen. Norma sah den Kap-holländischen Giebel. Ein Haus mit Charakter! Er wunderte sich insgeheim über ihre Begeisterung für eine architektonische Verzierung, die der aus den Niederlanden importierte Stil der Vorväter derselben Leute war, die sie bespitzelt, verfolgt und ihrer Rechte beraubt, ihresgleichen ins Gefängnis gesperrt und gefoltert hatten. Aber es stimmt, dass so ein Giebel elegant ist; er hebt ein Haus neben den anderen in einer Straße der Art, die sie sich für ihren Anfang vorstellen, als einzigartig hervor. Jakarandabäume überall entlang beiden Seiten. Und da hing ein Zu-Verkaufen-Schild am Tor. Auf der Grundlage seines unausbleiblichen Aufrückens innerhalb des Versicherungsunternehmens nahmen sie einen Kredit auf und kauften den Kapholländischen Giebel mit allem, was dahinter war, wunderbar, mehr Zimmer, als sie brauchen würden, aber schließlich waren sie bald eine Familie, er hatte seinen Aufstieg aus trübsinnigem Junggesellendasein verdient und sie den ihren aus anonymen Verstecken.

Am Wochenende liegt Arthur morgens in aller Ruhe im Bett und lässt sein geistiges Auge durch Haus und Garten wandern. Er denkt nicht, da sind keine Worte. Er sieht die Decke im Wohnzimmer vor sich; Generationen dicker harter Farbe wurden entfernt, und hervor kamen goldbraune Paneele einer Holzverkleidung, von der abgedeckte Ecklampen weich herabscheinen. (Echter Stil; der Architekt, der mit Norma in der

Stadtplanungskommission saß, hatte unter der Farbe das ursprüngliche schöne Kiefernholz für sie entdeckt.) Die ansteigende rosafarbene Flut Bauhinia, die er gepflanzt hatte, überwuchert von blauvioletten Trichterwinden im Grenzbereich zu den alten Bäumen, die sonst ein zu düsterer Abschluss am Nordende des Gartens gewesen wären. Der Halbkreis aus hellem Rattan mit sauberen Gläsern auf der vom Sonnenlicht der Terrasse gestreiften Tischplatte – seine Gästebar. Das Grün des Rasens, sorgfältig gepflegt von dem schwarzen Gärtner, der einmal in der Woche kommt, und das Grün des Minibillardtisches im Fernsehzimmer, wie es jetzt heißt, denn die beiden Kinder sehen sich gern Sendungen an, für die den Erwachsenen die Geduld fehlt. Dieses flüchtige Bild, mit Norma und einem Glas Wein, nach dem Tag, wenn sie auf dem anderen Apparat im Wohnzimmer die Nachrichten sehen. Und Vorstellungen von dem, was noch nicht da ist. Noch kommen soll. Eine dieser Gartenstatuen, Betonguss, sieht aber aus wie echter Stein, sie soll einen von der Mitte des Rasens her anblicken, wenn man an den Glasschiebetüren steht, die er im Wohnzimmer hatte einsetzen lassen, sobald sie es sich leisten konnten, nicht lang nach dem Einzug. Unter den Ersten, die durch diese Türen kamen: das neugeborene Baby, in seinem Kinderwagen. Ein Swimming-Pool – wo im Garten? –, die meisten Leute in der Straße haben einen, aber Norma will nicht, weil das Kind von Freunden in deren Pool ertrunken ist.

Norma hat ihm den Minibillardtisch als Überraschung gekauft. Irgendeine Verbindung über eine Firma, die sich an der Ausschreibung der Kommission für Kanalbaumaßnahmen in illegalen Siedlungen beteiligt hatte (Norma war inzwischen zu den Staatlichen Bauprojekten gewechselt) und nebenbei eine Fabrik betrieb, in der so genannte Unterhaltungsgeräte hergestellt wurden. Er kam an seinem Geburtstag. »Aber er muss ein Heidengeld gekostet haben, Norma!«

»Na und? Warum sollst du nicht ein bisschen Spaß haben,

ich hab doch gesehen, wie gerne du bei Edward gespielt hast. Außerdem hab ich einen dicken Rabatt bekommen.«
Er brachte dem Erstgeborenen, damals sieben Jahre alt, Billard bei, und als die Arme der Kinder länger waren, wurde der Tisch mehr und mehr von Danny und seinen Schulfreunden genutzt. Danny war stolz darauf: Wenn Fußball in der Schule ins sprichwörtliche Wasser fiel: »Kommt mit zu mir, wir haben einen echten Billardtisch im Fernsehzimmer.«
Als sie fast neun Jahre hinter dem Kap-holländischen Giebel gelebt hatten (ihr könnt uns gar nicht verpassen, haltet einfach nach dem Giebel Ausschau, wenn ihr in die Straße einbiegt), war das Haus von den Mustern ihrer Anwesenheit ausgefüllt, ihren persönlichen Trampelpfaden, unsichtbaren internen Landkarten der Existenz von einem Zimmer zum anderen, Norma und Arthur, Danny und sein Bruder Brett. Beinahe vollständig ausgefüllt, aber nicht ganz. Es stand noch manches aus: Dinge, die zu erreichen waren. Die Statue, eine aus Beton gegossene weibliche Figur mit Faltenwurf über einer Schulter, stand schon, und an den Toren war ein mit dem Haus verbundenes elektronisches Rufsystem installiert – Norma verließ die Staatlichen Bauprojekte, um in den Privatsektor zu wechseln, wie es offiziell hieß: Ihre Zielgruppe waren nun Personen, deren wirtschaftlicher Status ein besonderes Risiko für Einbruch und sonstige Verletzungen der Privatsphäre ihrer Häuser mit sich brachte.
Der Privatsektor, in den sie eintrat, war die Baufirma, in der sie einen der Direktoren kennen gelernt hatte, als das Unternehmen sich um das Kanalisationsprojekt in illegalen Siedlungen bewarb. Sie wurde auf Anhieb Assistentin des Direktors. Ihr Gehalt und ihre Vergünstigungen übertrafen alles, was sie und Arthur sich am Anfang je erträumt hatten; aber man gewöhnt sich viel leichter daran, Geld zu haben, als daran, ohne Geld auszukommen. Norma besaß ein natürliches Geschick, das vielleicht schon offenkundig gewesen war, als sie den Kap-

holländischen Giebel entdeckt und seine auftrumpfenden Linien für sich beansprucht hatte. Es gab einen Urlaub in Europa, sie traf sich mit ein paar Zulieferern in einer englischen Industriestadt, und anschließend gingen sie und Arthur auf eine Kreuzfahrt im Mittelmeer. Norma war ordentlich; sie bewahrte jede Taxiquittung und Kreditkartenabrechnung aus Restaurants auf: Das ist schon in Ordnung, das sind ganz normale Spesen. Die Sekretärin des Direktors im Unternehmen besorgte die Flugtickets für andere, häufige Reisen, bei denen Arthur, wenn er sich von seinem Versicherungsbüro frei machen konnte, ihr Begleiter war. Durch Normas Beziehungen kam der ältere Sohn an der exklusivsten und teuersten Privatschule unter. Das schwarze Dienstmädchen, das im Haus sauber machte und sich um die Wäsche kümmerte, wurde der Aufsicht einer ebenfalls schwarzen Köchin und Haushälterin unterstellt; einer der Direktoren war verstorben, und Norma, zu seiner Nachfolgerin ernannt, war von den Anforderungen ihrer Position zu sehr in Anspruch genommen, als dass sie Zeit oder Lust gehabt hätte, auch noch das Einkaufen und Kochen zu besorgen.

Das gesellschaftliche Leben des Paars war lebhaft, umfassend; Arthurs selbst gebaute kleine Terrassenbar kam nicht viel zum Einsatz. Bei den Public-Relations-Essen und den Arbeitsfrühstücken des Unternehmens wurde in Restaurants gegessen und getrunken. Norma und ihr Mann wurden zu den Nationalfeiertagsempfängen ausländischer Botschaften und zu Regierungsbeamten nach Hause eingeladen, sogar zu einem Minister, an dessen Stadterneuerungsprojekten die Firma beteiligt war oder sich beteiligen sollte. Sie kaufte Arthur Seidenhemden und einen Smoking mit Brokat-Kummerbund für wichtige formelle Anlässe; durch das elektronische Sesam-öffne-dich ihres Tors kehrten sie heim und schliefen miteinander im Haus ihrer Erfüllung. Eifersucht war kein Thema; dass sie ihn brauchte, ließ Normas Erfolg auch zu seinem werden, genauso, wie sie damals, als sie sich kennen lernten, alles war, was er nie gewesen war, alles getan hatte, was er nie getan hatte. Was er getan hatte, was er tat, was er schuf, es enthält alles, was sie waren – Norma, er, die Kinder –, nämlich Heim und Familie, der Organismus, der Status ausdrückt und darin wächst.

Natürlich hat sich Norma mit dem Status äußerlich verändert. Sie ist eher schmaler geworden … die Molligkeit abgebaut durch Diät, Massage und das Fitnessstudio, das sie auf ihren Wunsch hin gemeinsam besuchen; sie hat ihre Haarfarbe gewechselt und eine gewisse Grobschlächtigkeit des Gesichts durch Kosmetikbehandlungen und professionelles Make-up vor offiziellen Anlässen geglättet. Sie trägt die Kleidung der erfolgreichen Geschäftsfrau, maskuline Jacken über Rüschenblusen, die den Ansatz des Tals zwischen den Brüsten enthüllen. Sie hat alles abgeschüttelt, was die alte Zeit im Untergrund prägte, die nächtliche Improvisation in irgendwelchen Quartieren, die riskanten Missionen, die nicht hinterfragt werden durften, das scharfe Auge für den Zivilbeamten der politischen Polizei an der Ecke – alles, bis auf die brüderlichen Beziehungen, damals, zu den Genossen, von denen manche jetzt in der Regierung und in halbstaatlichen Organisationen sitzen. Das ist immer noch da: eine neue Form von Untergrund. Auf den man sich verlassen kann. Die Leute, die aus der Macht verdrängt wurden, haben ihre höhnische, anklagende Bezeichnung dafür: Filz. Als hätten sie es nicht getan, seinerzeit, ihren Kumpeln Stellen zugeschanzt. Aber ihre Kumpel hatten nicht gelitten, hatten nichts getan, diese Belohnung zu verdienen. Nur Böses. Und wo auf der Welt gibt es eine politische Partei an der Macht, eine Regierung, die sich nicht das Recht nimmt, bewährte Kämpfer aus den Guerilla-Zeiten der Opposition, der parlamentarischen, geschweige denn der revolutionären, in wichtige Ministerämter und andere hohe Positionen zu berufen?

Norma war mehr als kompetent. Für ihre Ernennung brauchte es keine falsche Rechtfertigung: Sie erfüllte einfach jedes Prinzip der neuen Ordnung, sie war wie geschaffen für die Politik und Verantwortung. Sogar die von Berufs wegen skeptischen Leitartikler bescheinigten ihr, dass sie ihre auf verschiedenen Sektoren erworbenen Erfahrungen hochintelligent nutzte, und wenn sie nicht schwarz war, so war sie jedenfalls für jenes andere, das Geschlechtsprinzip qualifiziert, an das die Industrie sich ebenso halten musste wie die Regierung: Sie war eine weibliche Ernennung. Häufig fiel die Wahl der Unternehmensleitung auf sie, wenn es darum ging, mit der Regierung über staatliche Projekte zu verhandeln. Bei solchen Anlässen erschien dann ihr Foto in den Zeitungen. Wenn Vertreter der Weltbank oder der Gruppe der Acht das Land besuchten, kamen offizielle Einladungen für sie und ihre Begleitung (die Sekretärinnen waren angewiesen, geschlechtsspezifische Anreden nach dem stereotypen Paarbegriff zu vermeiden, schließlich gab es Würdenträger in gleichgeschlechtlichen Paarbeziehungen). Deshalb tauchte manchmal auch Arthur auf den Fotos auf, wenn auch halb versteckt zwischen anderen Köpfen. Bei solchen Versammlungen war selbstverständlich stets der Minister oder Staatssekretär aus Normas Vergangenheit anwesend, der sie auf die Liste der Personen gesetzt hatte, mit denen die wichtigen Besucher bekannt gemacht werden sollten. Eine Aufmerksamkeit, die irgendwann einmal nützlich sein, der zur Kollegin gewordenen Genossin bei ihrer Karriere zugute kommen könnte.

Das Haus mit dem Kap-holländischen Giebel erwies sich als solide und dauerhaft; die Einrichtung war seit ihrem Einzug schon einmal ausgewechselt worden. Damals hatten sie sich nicht viel leisten können, und sie hatten nach und nach bequemere und wertvollere Möbel gekauft. Arthur bemerkte, wie seine Norma sich umsah, auf dem Stuhl hin und her rutschte, und sprach es aus, als hätte er es erraten. Für sie. Und für sich selbst. »Sollen wir uns nicht mal nach so einer ledernen Sitzgarnitur umsehen, du weißt schon, aus Einzelelementen, die man verrücken und immer wieder neu zusammenstellen kann, damit die Leute sich einfacher gruppieren können.« Journalisten kamen, um Norma zu interviewen, Fernsehteams waren häufig da, um die Interviews für ausländische Dokumentationsserien zu filmen, in denen prominente Personen, die nicht zur Regierung gehörten, aber sich für den Fortschritt des Landes engagierten, nach ihren Ansichten befragt wurden. Außerdem war, nach dem Vorbild anderer Leute, die in ähnlichen Vorstädten wohnten, die Tradition entstanden, zu privaten Anlässen – Geburtstagen oder Hochzeitstagen – halb offizielle Partys zu geben. Norma beauftragte dann einen indischen Caterer, einen alten Genossen, der unter den neuen Umständen seinen eigenen Weg zum Wohlstand gemacht hatte.

»Leder fühlt sich wunderbar an.« Sie schien bereits die Sitzeinheiten auf die eine oder andere Weise im Wohnzimmer zu gruppieren. Sie fanden, dass es den Aufwand nicht lohnte, die alten Möbel zum Verkauf zu inserieren und Interessenten hier zu haben. Das Kap-holländische Giebelhaus war kaum der richtige Ort für einen öffentlichen Gebrauchtmöbelverkauf. Sie vermachten das ausrangierte Zeug einem Heim für alte Obdachlose, von dem sie über das Sozialamt erfahren hatte; ein Lastwagen holte die Sachen ab, es kam ein Dankesbrief von der Heimleitung, und es war irgendwie nett, sich vorzustellen, dass der Erwerb einer Inneneinrichtung, die der Vornehmheit der Giebelfassade ihres Lebens zu diesem Zeitpunkt angemessen war, auch anderen zugute kam, Menschen, die das Pech hatten, auf der untersten Stufe gelandet zu sein.

Kurz nachdem die neuen Möbel aufgestellt waren (wie es ihm und ihr Spaß machte, die verschiedenen Kombinationen auszuprobieren, ein Balztanz, mit ihrer Lust an dem Gefühl des Leders, das sich glatt an ihre nackten Beine schmiegte, als er und sie sich schließlich auf die Sitze fallen ließen!), ereignete sich der Unfall. Sie war nach einer späten Sitzung auf dem Heimweg. In der scharfen Kurve der Abzweigung von der Hauptstraße, dem schnellsten, vertrauten Weg zum Kap-holländischen Giebel, kam von irgendwoher ein Auto – und krachte blindlings in sie hinein. Ihr Wagen wurde zur Seite geschleudert, die gesamte Beifahrerseite zu einem zerknitterten Blechhaufen eingedrückt. Der Aufprall war wie ein unsichtbarer Schlag ins Gesicht, sie blieb jedoch unverletzt. Der Fahrer des anderen Wagens ebenso. Es folgten die üblichen Prozeduren, um die Arthur sich kümmerte. Unfallaufnahme, Abschleppen des Wracks, Beanspruchung der Versicherung; das fiel in seine Zuständigkeit. Es war klar, dass Norma keine Schuld hatte; aber der andere Fahrer vielleicht ebenso wenig. An der Kreuzung, von der er kam, hatte die Ampel nicht funktioniert; wenn überhaupt jemand schuld war, dann das städtische Verkehrsamt. Eine der Unzulänglichkeiten im normalen Verwaltungsbetrieb, heutzutage; die Faschisten und Rassisten waren schon immer effizienter als die Freien.

Sie hatte einen Dienstwagen, aber der stand an diesem Tag in der Werkstatt, und sie war mit ihrem Privatauto, dem Familienwagen, unterwegs – auch Arthur hatte es inzwischen bei seinem langsamen, aber befriedigenden Aufstieg zum stellvertretenden Generaldirektor zu einem Dienstwagen gebracht. Autokauf ist Männersache. Eine Frau sucht die Farbe aus und hat eine bestimmte Vorliebe für die Marke. Sie sieht sich die geduldig in den ballsaalgroßen Ausstellungsräumen wartenden Fahrzeuge an. Der Mann hingegen schaut unter die Motorhaube und hat einen Maßstab für Sicherheitsausstattung und Verfügbarkeit von Ersatzteilen vor Ort. Arthur besuchte Händler und brachte Prospekte nach Hause. Sie studierten sie gemeinsam, überblätterten mit bewundernder Ungerührtheit die neuesten Luxusmodelle, waren sich aber einig, dass sie nicht wieder einen Kombi wollten, über das Nutzfahrzeugsstadium waren sie hinaus, die Kinder waren alt genug, um nicht auf die Sitze zu klettern, und die Einkäufe mussten nicht mehr vom Supermarkt zum Auto geschleppt und eingeladen werden, sondern wurden geliefert. Die Entscheidung fiel zu Gunsten des neuesten Modells in einer oberen (wie der Verkäufer es in seiner Hierarchie einordnete), aber nicht übertrieben hohen Preisklasse. Solange es ein Automatikgetriebe hatte und auch den übrigen Anforderungen entsprach, die Arthur bei seiner Probefahrt getestet hatte, war das Auto das richtige, um durch das Sesam-öffne-dich-Tor zu gleiten, als eine der angemessenen Ergänzungen zu dem, was aus dem Heim hinter dem Giebel geworden war und weiter würde. Norma wollte das Auto in Blau; der Händler hatte nur Schwarz oder Rot vorrätig, aber binnen weniger Tage würde ein blaues Modell zur Verfügung stehen.

»Hast du's schon bestellt?« Die Frage war ihre Begrüßung, als sie ihre Aktentasche fallen ließ und ihr Mund seine Wange streifte, als wäre er ein Taschentuch, das über ihre Lippen strich. »Wenn ja, ruf den Mann an und stornier den Auftrag. Du hast noch nichts unterschrieben, oder? Wir können nämlich einen wunderbaren Deal machen.« Sie nannte einen der großen ausländischen Luxuswagen, dessen Fotos sie in den schnell durchgeblätterten Broschüren gesehen hatten. Ein Kollege in der Unternehmensleitung war mit dem richtigen Händler gut bekannt, und sie würde ihn am nächsten Tag treffen. Ja, sie sei sich bewusst, dass ein Auto wie dieses ein Vermögen koste, aber man habe ihr versprochen – fest zugesagt –, dass sie einen erheblichen Preisnachlass bekämen. Und praktisch überhaupt keine Baranzahlung leisten müssten. Der Kollege könne für jeden in ihrer Position in einem der beiden größten Bauunternehmen des Landes bürgen, Zahlungen seien kein Problem. Die Händler wüssten, dass es gut fürs Geschäft sei, wenn prominente Leute ihren Luxuswagen wählten.

»Kannst du dir vorstellen, so ein Auto zu fahren!« Als wäre er ein kleiner Junge mit einem Traum, der erfüllt werden sollte. Norma umarmte ihn.

Später, nach einer glücklichen, lauten Mahlzeit mit den Jungen – ihre Mutter war oft nicht da, hatte geschäftliche Verpflichtungen – und als die Kinder im Bett waren, lächelte sie ihr unbeschwertes, grimassenbreites Lächeln: »Warum sollen wir Beziehungen nicht ausnutzen, wie jeder andere auch?«

Der Wagen wurde geliefert. Er war nicht blau, sondern silbergrau, hatte den reinrassigen Duft echter Ledersitze und ein Armaturenbrett wie die Instrumente im Cockpit eines Piloten. Er war so lang, dass er in der Garage dem sich senkenden Rolltor um Haaresbreite entging. Sie hatte Recht, Arthur genoss es, die Familie bei gemeinsamen Ausflügen zu chauffieren; wenn es nicht gebraucht wurde, das edle Ross im Stall, war es ein weiteres, ein erhabenes Beiwerk zu dem Leben, das in dem Haus mit dem Kap-holländischen Giebel geschaffen wurde, dem Haus, das Norma unbeirrt ausgesucht hatte, mit diesem einen Blick.

Ein Jahr oder mehr verging, und Brett, der jüngere Sohn, kam erfreulicherweise genau wie sein Bruder an der besten aller Privatschulen unter. Auf den Zeitungsaushängern, die nicht zu entziffern waren, wenn der stellvertretende Generaldirektor eines Versicherungsunternehmens vom Stoßverkehr daran vorbeigeschoben wurde, deren Schlagzeilen aber die Wartezeit an roten Ampeln ausfüllten, wurden jetzt Meldungen aus der Welt oft von knappen Behauptungen über Korruptionsfälle im Lande verdrängt. Korruption in Ministerien der Zentralregierung, Regional- und Provinzverwaltungen, bei Privatisierungsprojekten, der Neuverteilung von Land, Schürf- oder Fischfangrechten, dem Zusammenschluss von Fluglinien – Land, Wasser und Luft –, dieselbe Luft, die von der Klimaanlage des Wagens umgewälzt wurde. Wenn er nach Hause kam, las er in der Zeitung Details der jeweiligen Anklagen und Beweise; und hörte Beteuerungen und Dementis im Radio, sah, mit Norma beim Wein, die Gesichter der beteiligten Personen, die bereit waren, im Fernsehen aufzutreten, um sich zu verteidigen und zu rechtfertigen. Häufig waren es die Gesichter offizieller Sprecher oder Sprecherinnen statt die der betroffenen Individuen selbst. Es war so gleichbleibend, dass es, wenn nicht langweilig – manche

Namen waren faszinierend unerwartet –, so doch alltäglich wurde, allerdings blieb ein Unbehagen: Es war wie ein Klima, eine Jahreszeit. Man lebte darin, ohne dazuzugehören.

Es kam ein Abend, der anders war als ihre sonstigen gemeinsamen Abende mit Wein und Fernsehnachrichten. Norma schaltete mitten im Satz Bild und Ton aus. Sie saß da, beide Hände um ihr Glas gelegt, und starrte hinein.

Norma hatte doch sonst nie schlechte Laune. Was war denn?

»Nichts. Probleme bei der Arbeit.«

Er erwähnte einen ihrer Kollegen, von dem sie einmal als leichtsinnig gesprochen hatte. Sie tat die Bemerkung mit einem Klicken der Zunge ab.

Er wartete, Norma wusste immer, was sie sagen wollte und wann. Die Wahl des richtigen Zeitpunkts war Teil ihrer Effizienz, er bewunderte, wie sehr ihr diese Begabung bei ihrer Karriere genutzt hatte.

»Es gibt eine Untersuchung der Unternehmensfinanzen. Wegen der staatlichen Ausschreibungen, die wir letztes Jahr gewonnen haben.«

»Aber das ist doch alles gut gegangen. Du warst doch zufrieden? Die Projekte wurden termingerecht abgeschlossen und so weiter – ich mein, die Firma ist nicht irgendein kleiner Laden, der Aufträge übernimmt und sie dann nicht bewältigt.«

»Es geht um den Zuschlag bei den Angeboten. Darum, wer die Ausschreibungen gewonnen hat.«

Dann verkündeten es die Zeitungsaushänger im Stoßverkehr mit riesigen Lettern, der neueste Skandal. KORRUPTION IM BAUGEWERBE. Er glaubte immer noch, es wären die Aufsichtsratsmitglieder, gegen die ermittelt werde und die unter Anklage gestellt würden, falls erwiesen wäre, dass bei der Vergabe von Aufträgen an die Firma Bestechung im Spiel war, obwohl ihn der Gedanke beunruhigte, was das für Normas Karriere bedeuten würde. Irgendwas bleibt immer hängen, das weiß jeder, der mit Versicherungsfällen vor Gericht zu tun hat.

Eine Wochenzeitung, die ihre Auflage sensationellen Enthüllungsstorys verdankte, veröffentlichte Namen und Details der Firmenkorruption, und Norma – Normas Name war darunter. Der noble Wagen, den sie »mit Preisnachlass« gekauft hatte, so hieß es (eine Zeitung muss vorsichtig sein, auch wenn sie irgendwie Beweise für eine Tatsache aufgetrieben hat), sei die Gegenleistung für einen erwiesenen Gefallen, nämlich das gute Wort, das sie in der ausschreibenden Regierungsabteilung bei einem aus der Gruppe ehemaliger Genossen eingelegt habe. Die Urlaubsreisen, die nach Arthurs Verständnis ein Anhängsel ihrer Geschäftsreisen waren oder als ihr jährlicher Bonus als Geschäftsführerin bezahlt wurden – das war ihr Anteil an Bestechungsgeldern zwischen dem Unternehmen und den Mitgliedern verschiedener Kommissionen, mit denen sie einst im Untergrund – war jene Zeit nicht in allen Ehren gestorben und begraben? – notdürftig zusammen gehaust hatte.
Der Billardtisch, der Minibillardtisch als Geburtstagsgeschenk! Damit fing es an! Hätte er es nur damals schon begriffen. Und all die anderen Errungenschaften ihres Aufstiegs, der Ausstaffierung des Heims hinter dem Kap-holländischen Giebel – alles ausgeführt mit dem Geld auf dem gemeinsamen, von ihr reichlich bestückten Bankkonto. Direktoren in Unternehmen jeder Art genehmigen sich Bonuszahlungen, wenn das Geschäft floriert, wie hätte er das bezweifeln sollen? *Das ist schon in Ordnung, das sind ganz normale Spesen.*
Arthur seinerseits kannte über seine Versicherungsfirma gute Anwälte und engagierte einen für Normas Verteidigung vor Gericht. Der Mann versicherte, er habe das Beste herausgeschlagen, was zu erhoffen war: eine hohe Geldstrafe und das Urteil zur Bewährung ausgesetzt, während zwei der ranghöheren Direktoren sogar ihren Berufungsprozess vor einem höheren Gericht verloren und ins Gefängnis mussten. Ihr Hintergrund als Weiße, die gelitten hatte, um eine gerechte Gesellschaft zu erkämpfen, und die Tatsache, dass sie eine Frau war, dozierte

der Anwalt, seien die einzigen mildernden Umstände, die man habe geltend machen können. »Ihre Gattin ist eine leichtgläubige Frau. Für diese Version hat sich der Richter entschieden.« Obwohl dies Norma gerettet hatte, ärgerte sich Arthur über die Beleidigung ihrer Intelligenz, all dessen, was sie gewesen war und immer noch war. Und zugleich war er verwirrt über seinen Ärger: Hätte er lieber hingenommen, dass seine Norma raffiniert unehrlich war?

Das alles geschieht ausgerechnet zu der Zeit, als der Architekt Pläne für Anbauten ans Haus vorgelegt hat, die das Profil des Kap-holländischen Giebels vor dem Himmel nicht beeinträchtigen oder verderben sollten. Die Jungen hatten Unterricht und sind mittlerweile gute Schwimmer, es gibt einen Entwurf für einen originell geformten Pool und einen Patio mit Umkleideraum und Bar samt Kühlschrank.

Sie verkauften das Haus mit dem Kap-holländischen Giebel, diesen nicht verwirklichten Dingen, das darin entstehende Heim nicht ganz vollendet. Der Immobilienmakler sagte ihnen, dass der Markt momentan schlecht sei; das Giebelhaus wurde unter Preis verkauft. Er wechselte innerhalb eines Jahrzehnts mehrmals den Eigentümer.

»Aorist: Bezeichnet eine vergangene Handlung ohne Hinweis auf Vollendung oder Fortsetzung.« Arthur: muss nicht lange danach, ein paar Jahre später, gestorben sein; wie der Moment dieses Teils des Prozesses genannt wird.

»Viele Male lebt der Mensch und stirbt,
Zwischen seinen zwei Ewigkeiten:
Der Rasse und der Seele.«

Wir waren sehr aufgeregt, als sie uns von dem neuen Haus erzählten. Wir wussten, dass etwas im Gang war, solange es nicht sicher ist, sagen die Eltern nicht gern etwas, weil Kinder so viele Fragen stellen. Aber seitdem mein Vater in der Regionalverwaltung, wie das heißt – was immer es ist –, seinen tollen neuen Job hat, mit Büro und allem, redet er mit seinen Freunden, wenn sie in unserem alten Haus Bier trinken, über den Wiederaufbau und über Obdachlose, die von den Straßen geholt werden müssen, und so weiter – unsere Mutter begrüßt ihn öfter mit anderen langen Reden, von denen wir ein paar Worte aufschnappen, wenn wir beim Spielen auf der Straße rein und raus rennen.

Sie haben uns gesagt, meinen Schwestern und mir, dass wir von der Naledi-Township, dem Haus unserer Großmutter, wo wir geboren sind, fortgehen und in einem Vorort leben werden, und unsere Großmutter kommt mit. In diesem Vorort wohnen Weiße. Nicht jeder kann dort wohnen. Es ist nicht derselbe Vorort mit der katholischen Schule, zu der uns unser Vater jeden Morgen auf dem Weg zu seinem Büro in der Stadt mitgenommen hat; die Schule war früher auch nur für Weiße, aber jetzt kann jedes Kind da hingehen, sagt meine Mutter, solange die Eltern hohe Gebühren zahlen. Die Township-Schule ist verdreckt, und die Lehrer sind faul, sagt sie. Man kann dort nicht ordentlich Englisch lernen, und es besteht keine Hoffnung auf eine gute Position, wie unser Vater sie hat, wenn ihr groß seid, falls ihr nicht ordentlich Englisch lernt, es ist die Sprache der Welt, sagt sie.

Also kam unser Onkel, der ein Speditionsgeschäft hat, mit seinem Umzugswagen, und mein Freund Meshak, Rebecca, Thandike und ich halfen den Erwachsenen, unser ganzes Zeug einzuladen. Wir ließen auch ein paar Sachen zurück, solchen Krempel werden wir in Zukunft nicht mehr brauchen, sagte meine Mutter. Gogo wollte trotzdem ihren Paraffinofen und ihre komische alte Nähmaschine mitnehmen. Also gut, die Nähmaschine kann mit. Mein Vater hob sie rein.

Dieses Haus hat Zimmer für alle. Rebecca und Thandike teilen sich eines, weil sie's so wollen, sie sagen, es ist einsam, wenn man allein ist. Aber ich mag das Zimmer, mein Zimmer, mit allen meinen Sachen ringsherum, nur für mich. In der Township habe ich mir mit den Mädchen ein Zimmer geteilt, weil Gogo ihr eigenes brauchte. Unser großer Fernseher, der neben dem Kühlschrank eingequetscht war, als er noch in dem Zimmer stand, das halb Küche und halb alles Mögliche war, mit Tisch und Stühlen und Couch, wo wir immer gesessen und gegessen und ferngesehen haben, dieser Fernseher sieht jetzt so aus, wie es sich gehört, hier in dem Zimmer mit Schiebetüren aus Glas. Wir Kinder sitzen auf dem Teppich, den mein Vater gekauft hat, er ist dick und so breit und lang, dass er den ganzen Boden abdeckt, und so schauen wir alle Sport, zusammen mit meinem Vater in seinem neuen Sessel mit Spezialstütze zum Fußehochlegen.

In der Township waren unsere Häuser alle gleich, nur dass manche eine hübsche Tür hatten, weil die Leute ihre Häuser verschönern wollten. Aber in dieser Straße in dem Vorort ist jedes Haus anders. Mama sagt, manche sind sehr alt, sie sind aus Stein, mit einem oberen Stock. Unseres sieht nicht besonders alt aus, und es hat keinen oberen Stock, aber von vorn kann man das Dach nicht sehen, weil da eine Art weiße Wand ist – geschwungene Formen, ein bisschen so wie das Kopfende an dem neuen Bett unserer Eltern –, die dort, wo eigentlich das Dach anfängt, in den Himmel ragt. Rebecca sagt, sie hat im Fernsehen solche Häuser gesehen, wenn sie Kapstadt zeigen, und als sie das gesagt hat, ist es mir wieder eingefallen – also muss ich das, was das Haus zu unserem macht, die gleiche Wand, wohl auch im Fernsehen gesehen haben. Ich hab einfach das Gefühl, das Haus schon mal gesehen zu haben. Einen Swimming-Pool gibt es noch nicht, mein Vater sagt, vielleicht nächstes Jahr. Aber es gibt einen Garten, alle Häuser in der Straße haben solche Gärten, in unserem steht eine Frau aus Stein oder so was, sie steht dort, wo man von den gläsernen Schiebetüren aus genau über die Wiese bis zu den Blumen und den hohen Bäumen dahinter sehen kann. Es ist jede Menge Platz zum Spielen. Aber wir spielen nicht so oft hier. Mama sagt es uns zwar immer, aber wir tun's nicht. In Naledi haben wir immer auf der Straße gespielt. Da gab es keinen Garten. Im Garten ist kein Mensch. Wenn wir von der Schule nach Hause kommen, sitzen wir unter den Straßenbäumen auf dem Gehsteig herum, die Füße auf der Fahrbahn, genau wie immer, obwohl es in Naledi nur Staub war, keine Bäume, kein glatter Teer und kein Rinnstein für den Regen. Es kommen nicht viele Autos vorbei, nur das Watchem-Security-Auto, das herumfährt und nach Pennern und Dieben Ausschau hält – Mama sagt, jeder, der in dieser Straße wohnt, zahlt für die Sicherheit, auch unser Vater. Die Leute aus den anderen Häusern kommen in Superautos von der Arbeit, wie das Auto meines Vaters, nur noch besser, und die Tore zu ihren Häusern öffnen sich von allein, magisch – wir haben auch so ein Tor, und mein Vater hat in seinem Auto ein Dings, auf das er draufdrückt, dann geht das Tor auf. In den anderen Häusern wohnen auch Kinder, weiße Kinder. Sie spielen natürlich im Garten. Wir kennen sie nicht, sie kommen nicht raus und erzählen, in welche Schule sie gehen, was sie in ihren Gärten tun. Nur ein Junge ist da, er wohnt ein Stück weiter, der kommt raus und fährt auf seinem

Skateboard. Er ist nicht schwarz wie wir, er ist ein indischer Junge, das sieht man, er ist so dunkel, wie die Inder sind, deswegen kennt auch er die weißen Kinder nicht, obwohl seine Familie von den indischen Townships in den Vorort gezogen ist, wie wir. Seit einiger Zeit kommt er und sitzt bei uns, wo wir herumalbern und ihm zuschauen, wie er vorbeirast, und er gibt ein bisschen an. Er hat mir nie angeboten, mir mal sein Skateboard zu leihen. Thandike traut sich so was nicht, aber Rebecca ist frech, sie hat ihn gefragt, und er sagte nein, seine Eltern erlauben nicht, dass irgendwer anders damit fährt. Weil es gefährlich ist, sagt er. Und er darf auch nur in unserer Straße fahren, weil es hier ruhig ist und gerade abschüssig genug, nicht zu steil. Er probiert es also nirgendwo sonst aus – ich hab ihm gesagt, dass es in den anderen Straßen in diesem Vorort viel schnellere Strecken gibt, die Hügel rauf und runter. Das weiß ich. Weil ich am allerersten Tag, als wir mit Onkel Ndlovus' Möbelwagen und unseren Sachen hier ankamen, der Erste war, der was auslud, ich bin reingeklettert und hab mein Fahrrad herausgeholt, das mir mein Vater geschenkt hat, weil ich in der Schule einen Preis bekommen habe, zur selben Zeit, wie er seinen tollen neuen Job bekam, und ich bin direkt davongefahren, Mama und Gogo schrien mir nach, wo willst du hin, du verirrst dich, du kennst dich doch hier nicht aus. Aber ich kannte mich sehr wohl aus, wusste genau, welche Straße wohin führte und welche in welche mündete, wo man abbiegen musste, um auf dieser Straße zurückzufahren, von wo aus man unser neues Haus mit der verrückten weißen Vorderwand erkennen kann, oder lieber auf einem anderen Weg. Als hätte mein Rad eine Landkarte. Landkarten hängen an Schulwänden. Aber das sind fremde Länder.

Also fordere ich Fazeel heraus – wir haben uns gesagt, wie wir heißen, Rebecca und Thandike auch –, dass er auf seinem Board mit mir überallhin fährt, manchmal geht es da, wo ich ihn hinführe, so steil bergab und er rast so schnell, dass er sogar mich auf dem Fahrrad überholt, dabei ist es ein Superbike, ich kann jetzt alle möglichen Tricks damit anstellen. Er springt und landet direkt auf seinem Board, das von ihm davonfährt, ich trete volle Pulle, freihändig, wir umkurven uns gegenseitig, die Mädels schreien und lachen. Das macht Spaß. Und die ganze Zeit auf Englisch, weil Fazeel uns in Sesotho nicht versteht, wir reden jeden Tag Englisch in der Schule, und sowieso ist es da, wo wir wohnen, was die Leute sprechen, die Vorstadtsprache, wir hören die Stimmen der Weißen, die wir nicht kennen, in ihren Gärten. Mein Dad (so nennen wir ihn jetzt, auf Englisch, nicht mehr Tata, obwohl unsere Großmutter immer noch Gogo für uns ist) hat mir auch einen Superman-Helm gekauft, den ich auf dem Fahrrad aufsetzen soll, er ist gelb mit roten Pfeilen. Rebecca findet ihn toll, und sie darf ihn manchmal aufhaben, wenn sie und Thandike zwischen Fazeel und mir hin und her laufen, während wir in den schnellsten Straßen um die Wette fahren. Ich übe so viel, dass ich bald ein Star werde, mit den Stunts, die ich mache, könnte ich glatt ins Fernsehen kommen. Auf der Straße, wo man runtersausen kann bis zu der scharfen Kurve, die von der Hauptstraße abbiegt, sieht man zwar nichts vom Fünf-Uhr-Verkehr, aber er ist so laut, wie wenn man am Fernseher den Ton voll aufdreht.

Schau!

Fazeel hat grad was *Wahnsinniges* gemacht!

Mann! Mann! Aber irre! Er ist gesprungen, hat sich einmal um sich selbst gedreht und ist wieder auf dem Board gelandet! Es wackelt, aber er steht. Die Mädels schreien, Rebecca stolziert hinternwackelnd herum, mein Helm ist ihr zu groß, er rutscht ihr über die Augen, blöd, sie muss ihn mir zurückgeben, aber jetzt muss ich's Fazeel zeigen, ich muss es ihnen allen zeigen, allen in unserem Vorort, in dem wir wohnen, den Straßen, die ich kenne – Schaut! Schaut! Schaut, was ich jetzt mache! Sie schreien, Na was schon! Was soll das sein! Lachend, erstaunt, weil ich freihändig fahre, weil ich volles Tempo fahre und mich nach hinten biege, ich schaue zu ihnen hinauf, Angeber-Fazeel, dumme Angeber-Mädels, den Kopf nach unten. Jetzt hat das Fahrrad mich abgeworfen, liegt auf meinen Beinen, ich auf dem Ellenbogen. Ich rufe, *Alles okay, okay, lasst mich.* Gleich steh ich auf. Ich will aufstehen, aber jetzt kommt ein furchtbarer Lärm, die Lautstärke voll aufgedreht, über mir, die Unterseite eines Lastwagens …

Manchmal ist die Zeitspanne einer Wiederkehr sehr kurz. Lohnt sich kaum? Das kann niemand wissen. Niemand wird dieses Wissen je haben. Und wenn eine Wiederkehr Irrtümer, begangenes Unrecht, Unerledigtes aus einer früheren Existenz wettmachen soll, wie könnte ich irgendetwas wieder gutmachen, der ich für kurze Zeit als ein Kinderleben in die Straßen, in das Haus mit dem falschen Kap-holländischen Giebel zurückgeschickt wurde, wo etwas nicht verwirklicht war: schief gegangen, auf halbem Weg aufgegeben.

»... Jede Tat wird früher oder später vergolten, in diesem Dasein oder einem zukünftigen.«

Kann man so etwas glauben. Ein Baby in einer Toilette aussetzen. Gut, es war die Toilette der Kirche, wer immer es getan hat an diesem Sonntag, wusste, dass wir Brüder und Schwestern das Weinen hören würden, wenn wir zum Frühgottesdienst kamen. Das Wohlfahrtsamt war an einem Sonntag für niemanden greifbar, und die Polizei – wir kennen doch unsere Jungs bei der Polizei, es sind unsere eigenen Söhne und sonstigen Verwandten aus unserer Township, was hätten die gewusst, wie man ein Baby versorgt, das höchstens zwei Wochen alt sein konnte! Also nahmen Abraham und ich es mit nach Hause, nur für den einen Tag, wir haben keine eigenen Kinder, und andere Brüder und Schwestern haben das ganze Haus voll.

Ein Mädchen. Hübsches kleines Ding. Hatte noch keine Haare, nur ein bisschen zarten Flaum, also das, woran man am ehesten erkennt, ob ein Baby eins von uns ist, das Feste, Gekräuselte, war nicht da. Bis auf die Haare könnten die meisten unserer Babys weiß sein, wenn sie auf die Welt kommen, sie sind sehr hellhäutig, erst wenn sie älter werden, wird das Weiße in uns vom Schwarzen überdeckt. Die Nasen sind meistens nicht platter als bei allen Babys, und wenn die Augen grün sind – unsere Großväter, Urgroßväter vor langer Zeit waren Malaien, Inder, Buschmänner, echte Schwarze, Weiße und so weiter, und irgendwie haben aus dieser Mischung viele von uns grüne Augen, wie Weiße. Als die Wohlfahrt dann endlich eine Entscheidung getroffen hatte, in welches Waisenhaus sie gesteckt werden sollte, hatten wir … na ja, keine eigenen Kinder, wir hatten sie ins Herz geschlossen, unser Leben war anders geworden, nicht mehr nur wir zwei wie vorher, Abraham hatte eine gute Stelle bei seinem jüdischen Chef in der Schuhfabrik, ich musste nicht unbedingt arbeiten gehen. Also behielten wir sie. Wir gaben ihr einen hübschen Vornamen, Denise, und unseren Familiennamen. Getauft wurde sie von unserem Pfarrer in unserer Kirche der Adventisten vom Siebten Tag. Erst als sie sicher auf beiden Füßen stehen konnte und zu laufen begann, gab es keinen Zweifel mehr; sie war ein weißes Kind. Ihr Haar war so fein und wurde nur so langsam dichter, weil sie sehr blond werden würde. Die grünen Augen änderten auch nichts dran; dieses Kind war weiß. Natürlich gibt es bei uns auch Rückentwicklungen, die als Weiße durchgehen können, aber sie war echt. Jeder sah das, alle Nachbarn und Abrahams und meine Tanten, Onkel, Vettern, Kusinen – und blickten von dem Kind zu uns, sagten nichts, fragten sich aber, das wussten wir, was wir wohl tun würden, später. Wegen der Schule. Die Kinder spielten mit ihr, als wäre sie genau wie sie; Kinder lernen die Namen für Anderssein, sie lernen sie von uns, was bedeutete Apartheid für sie: auch nur ein Erwachsenenwort. Der örtliche Kindergarten, den unsere Kirche mit Spenden betreibt, war kein Problem. Da kamen alle unsere Hautschattierungen vor, manche waren schwärzer, als eigentlich vorgesehen war, waren von Eltern aus der nahen schwarzen Township über verwandtschaftliche oder kirchliche Beziehungen zu unseren Leuten hereingeschmuggelt worden; wer sollte irgendwelche Fragen stellen, wenn ein Knirps weißer war, als er sein sollte.

Aber als es Zeit für die Schule war, die echte, die Staatsschule, mussten wir, Abraham und ich, eine Entscheidung treffen. In Zeiten der Apartheid weiß zu sein bedeutet – alles. Alles! Vom, ihr wisst schon, Sitzplatz an der Bushaltestelle über den Job in einer Bank, den Mietvertrag für eine Wohnung, den Hauskauf, eine handwerkliche Lehre, eine gute Ausbildung – das alles

stand einem offen, einfach so, wenn man weiß war, das alles war einem verschlossen, wenn man irgendeine andere Farbe hatte. Wir mussten entscheiden, ob unser kleines Mädchen – denn wessen Mädchen war sie denn sonst, sie nannte uns Mama und Daddy – als eine von uns, von unserem Volk aufwachsen sollte, hier in unserer Umgebung und mit den Jobs, die es gab, in dem Leben, das die Weißen für uns beschließen, oder ob wir es ihr schuldig waren, sie als Weiße leben zu lassen. Aber das ist auch nicht richtig ausgedrückt, denn es bedeutet ja, dass man nicht weiß ist, aber vielleicht als Weißer durchgehen könnte, und unser Mädchen *war* weiß. Was für unsereinen leicht zu akzeptieren ist, denn wer sind wir? So ein Eintopf, dass die meisten von uns nicht mal wissen, was uns im Lauf der Zeit zu dem gemacht hat, was wir sind, unsere Familiennamen sind die einzigen Hinweise, holländisch, englisch, deutsch, jüdisch, malaiisch-muslimisch, manches davon versteckt sich sogar hinter angenommenen Familiennamen, die einfach nur Monatsnamen sind – September, Februar, so heißen zwei Familien in dieser Straße, in der Abraham und ich einen Findling aufnahmen, wie man sagt, einen Findling, der überhaupt keinen Namen hatte.
Wir beschlossen, es zu versuchen und sie in einer weißen Schule unterzubringen. Das hieß, die Staatsschule kam nicht in Frage. Staatsschulen hatten Rassentrennung: Schwarze an schwarzen Schulen, wir Farbige an farbigen Schulen, Weiße an weißen Schulen. Unser Kind müsste, weil es bei uns lebte, die örtliche Schule für unsereinen besuchen. Aber daneben gab es noch die Privatschulen, von denen wir gehört hatten. Eine Klosterschule. Wir waren Adventisten vom Siebten Tag, in unserer Kirche gab es weder Weiße noch Schwarze, aber die Leute sagten, die Nonnen nähmen unter bestimmten Umständen auch das eine oder andere schwarze oder farbige Kind auf, sofern die Eltern zahlen konnten. Aber das Kloster nahm sie nicht, die Plätze für solche Ausnahmefälle waren schon belegt,

und als wir es dann an einer privaten anglikanischen Schule versuchten, sah die Leiterin, bei der wir uns mit unserem Kind vorstellten, Denise zwar neugierig und irgendwie traurig an, aber auch dort bekam sie keinen Platz. Die Leiterin sagte, auch wenn wir zahlten, könnte es sich die Schule nicht leisten, unser Kind aufzunehmen, denn für farbige oder schwarze Kinder zahlte die Regierung keine Behilfe wie für andere Privatschüler.

Denise Appolis besuchte die Grund- und die weiterführende Schule in einer farbigen Township, wie die Townships und Schulen für Schwarze und für Inder außerhalb der Stadt und der Vorstädte gelegen, und schloss die Schule mit drei Auszeichnungen ab, in Englisch, Afrikaans (der Sprache, die bei ihr zu Hause gesprochen wurde) und Geschichte. Abraham und Elsie Appolis waren nicht überrascht, aber stolz auf sie. Während sie heranwuchs, war in ihnen das gemeinsame, unausgesprochene Gefühl gewachsen, dass sie, weil sie nicht ihr biologisches Geschöpf, nicht in ihrem Bett gezeugt worden war, auf irgendeine Weise auserwählt sei. Nicht nur in dem Sinn auserwählt, dass sie das Kind für einen Tag zu sich genommen und dann behalten hatten; sondern auserwählt für ein anderes Leben, ein anderes als das ihre. Ein erfülltes Leben, das sie sich als Glück vorstellten. Waren sie selbst denn nicht glücklich gewesen? Doch, auf ihre Weise, die ihnen zugestandene Weise. Das Glück als Weiße aber kannte keine Grenzen! Das war Gottes Wille.

Jetzt durfte sie sein, was sie war: weiß. Den privaten Fachschulen in der Stadt wurde als Wohnungsanschrift die Adresse von Abrahams weißem jüdischem Chef genannt (übernommen, mit oder ohne seine Zustimmung?), als Abraham und Elsie sie zur Anmeldung schickten, unbegleitet von den Eltern und deren unverkennbarem Platz in der offiziellen Rassenklassifikation. Sie hatte einen Brief mit der elterlichen Zustimmung dabei, in sorgfältigem Englisch verfasst (und von ihr korrigiert, die in dem Fach eine Auszeichnung bekommen hatte) sowie den detailliert in Form von Sparkontoauszügen erbrachten Nachweis, dass die Eltern die Gebühren zahlen konnten. Da war sie, ein siebzehnjähriges weißes Mädchen unter anderen jungen weißen Männern und Frauen. Offenbar schloss sie keine Freundschaften, sondern konzentrierte sich auf ihre Computer- und kaufmännischen Kurse und fuhr jeden Tag mit einem der in der Stadt herumkreuzenden Minibusse nach Hause, zurück in die Township, zu ihren Freunden hier. Es war auch gut, dass sie sich in der Schule so zurückhielt, auf die Weise brachte sie keine Mitschülerinnen nach Hause; Abraham und Elsie schnitten das Thema nie an, und sie gab nie eine Erklärung dazu.

Anscheinend begriff sie, was die elterliche Liebe für sie tat. Man konnte nicht in dieser Township aufwachsen, ohne zu erkennen, dass es am besten war, weiß zu sein, falls man durch irgendeinen glücklichen Zufall die Gelegenheit dazu bekam. Gottes Wille. Als ihre Ausbildung – erfolgreich – abgeschlossen war, studierten sie und die Eltern gemeinsam die in den Morgen- und Abendzeitungen inserierten Stellenangebote; zum ersten Mal in seinem Leben brachte Abraham aus dem Büro seines Chefs beide Zeitungen mit nach Hause (für ihn war das Fernsehen die Quelle für Informationen über das Weltgeschehen), mit Erlaubnis und freundlicher Anteilnahme seines jüdischen Arbeitgebers. Schließlich waren sie beide Familienväter etwa im selben Alter; es wurde gewitzelt: »Sie wollen aber nicht deshalb die Anzeigen durchsehen, weil Sie mich verlassen wollen?« – »Nein, nein … es geht um meine Tochter, sie hat gerade die Fachschule abgeschlossen.«

Denise schrieb ihre eigenen selbstbewussten Bewerbungsbriefe, in denen sie als Absender die Postfachnummer des väterlichen Arbeitgebers angab. Sie las ihren Eltern den Wortlaut der Bewerbung vor und erhielt mehrere positive Antworten mit Einladungen zum Vorstellungsgespräch. Es war ihr erster Job, und sie konnte auswählen! Ihre Denise! Wieder berieten sich die drei, Denise und ihre Eltern; Abraham verstand etwas von der Geschäftswelt, auch wenn er nur Vorarbeiter in der Fabrik war. Sie traf die richtige Wahl: als Trainee in einer Bank. Ihr Anfangsgehalt war niedrig, aber es reichte aus, dass ihr Mädchen sich kleiden, den täglichen Minibus bezahlen und eine gewisse Unabhängigkeit genießen konnte. Und es bedeutete, dass Elsie sich nicht mehr um eine alte weiße Dame kümmern musste – eine Arbeit, die sie angenommen hatte, um die Kosten für die Fachschule mitzutragen. Aber es stellte sich heraus, dass ihr Mädchen während der Fachschulzeit doch eine Freundschaft geschlossen hatte. Am ersten Tag des nächsten Monats sollte Denise ihre Stelle bei der Bank antreten; bis dahin waren es noch zwei Wochen, und sie hatte Ferien, eine verdiente Belohnung nach ihrem schulischen Erfolg, zwei Wochen, in denen sie Elsie zu Hause half, neue Vorhänge zu nähen, und ziemlich oft in die Stadt fuhr, um die Freundin zu sehen. Einmal übernachtete sie sogar im Elternhaus ihrer Freundin, wo eine Party stattfand. Beides, Haus und Party, in der weißen Vorstadt, natürlich.

Abraham fand die Worte, wenn er und Elsie im Dunkeln im Bett lagen. »Glaubst du, sie hat's dieser Freundin gesagt.« – »Was gesagt.« Als gäbe es nichts, das an den Tag kommen könnte, nichts zu erklären. »Wer sie ist. Wir. Hier.« – »Muss sie wohl. Was würde die Freundin sonst denken, wieso sie selber nie eingeladen wird. Hierher.«

Sie waren nicht verärgert oder gekränkt, dass ihr Mädchen ihre Freundin nicht zu ihnen nach Hause brachte. Andere, die als Weiße durchgingen, taten es, das wussten sie, luden weiße Freunde ein, denen sie vertrauten, insbesondere diese Gruppe von Weißen, Kommunisten, Linke, Liberale der einen oder anderen Sorte, die sich beweisen wollten, dass die Rassengesetze für sie nicht galten. Aber ihr Mädchen war keine Pseudoweiße. Sie hatte jedes Recht, an diesen Partys in den Vororten teil-

zunehmen, in einem weißen Haus zu übernachten. Sie wussten und ihr Mädchen wusste, was sie für sie wünschten, was sie selbst beanspruchen musste, damit dieser Wunsch in Erfüllung ging.
Aber als sie ihnen sagte, sie und ihre Freundin hätten eine kleine Wohnung in der Stadt gefunden, die sie sich leisten konnten – es war die Anschrift, die sie bei der Bank angegeben hatte –, hatten sie das Gefühl, dass ihnen plötzlich etwas genommen wurde. Unter den Bedingungen, die sie selbst geschaffen hatten. Dieses Gefühl in ihren herabhängenden Händen, in ihren Gesichtern: Es war so – so wie? Unvernünftig. Beschämend. Albern. Was um alles in der Welt war mit ihnen los, du Abraham (ihr Blick), du Mama Elsie (sein Blick)? Das war der nächste, der richtige und entscheidende Schritt hinaus aus dem beengten Leben, das sie führten, hinein in das Leben, das alles hatte. Dass sie die Eltern verließ, war die natürliche Fortsetzung des elterlichen Liebesdienstes an der Tochter. Befreit.
Die Freundin Angela hatte eine Stelle in einem Anwaltsbüro in der Nähe der Bank gefunden, die gemeinsame Wohnung war für beide praktisch, und sie kamen gut miteinander aus. Abraham und Elsie zweigten etwas von ihren kleinen Ersparnissen ab, um Denise beim Erwerb eines Kühlschranks und bei ihrem Anteil an der nötigen Grundausstattung zu helfen. Sie wurden eingeladen, sich die Wohnung anzusehen und das Mädchen Angela kennen zu lernen; es war klar, dass sie wusste, womit sie zu rechnen hatte, und sie war freundlich und höflich, wie es sich gehört für junge Leute, wenn sie die Eltern von Freunden kennen lernen. Also war dieses Mädchen Angela im Pakt mit eingeschlossen. Sie besuchten die Wohnung nie wieder; aber Denise kam nach Hause – es musste immer noch ihr Zuhause sein, eine Wohnung, die von Mieter zu Mieter weitergegeben wird, fremde Flecken an den Wänden hat, ist doch kein Zuhause –, sie besuchte sie oft. Fast jeden Sonntag, zu Weihnachten und an Geburtstagen, denen der Eltern und ihrem eigenen (festgelegt nach dem Sonntag, an dem sie in der Kirchentoilette

gefunden worden war), und manchmal schlief sie in ihrem alten Bett. So ein liebes Mädchen. Andere unter ihren Umständen wären verschwunden, hätten sich von ihnen losgesagt. Und das hätten sie, die Eltern, als ihren letzten Liebesdienst begriffen. Gottes Wille. Wenn er die Gesetze – Gesetze, die so etwas notwendig machten – als das Werk von Menschen zuließ, die gehorsam in den Kirchen der Weißen zu ihm beteten. Dies war der Vorbehalt, den Abraham mit zunehmendem Alter entwickelte, aber Elsie nicht weitergeben wollte, um sie mit seinem Abfall vom Glauben nicht zu verletzen. Seltsam – wenn es irgendjemanden gab, dem er es hätte mitteilen können, so wäre es sein jüdischer Chef gewesen, für den er mehr als fünfundzwanzig Jahre in der Fabrik gearbeitet hatte und der ihm, dem Vorarbeiter, eines Tages anvertraute, dass er, der Chef, nicht wegen Krankheit eine Woche gefehlt hatte, sondern weil er seine Frau von einem Arzt zum anderen begleitet hatte, zu Untersuchungen, die zeigten, dass sie Krebs hatte.

Ein Findelkind. Wer war dieses Mädchen, aus dem sie Denise gemacht hatten? Eine Erwählte, die sich, da sie keine Herkunft hatte, zwei Leben schaffen konnte, eines, in dem sie gehegt und geliebt wurde und im vertrauten *taal* einer bestimmten Township sprechen und kommunizieren lernte, in dem sie laufen lernte – um davonzugehen, ins zweite, andere Leben: alles.

Denise und ihre Mitbewohnerin hatten Männerbekanntschaften. Angela hatte viele. An den Wochenenden, wenn Abraham-und-Elsies Mädchen bei den Eltern zu Hause war, konnte der jeweils aktuelle Freund in die Wohnung kommen und mit Angela schlafen. Sie plauderte niemals aus – dessen konnte ihre beste Freundin sicher sein –, wo ihre so zweckmäßig abwesende beste Freundin war. Denise hatte, nach ein paar Versuchen, die nicht bis ins Bett führten, nur einen Freund. Wenn sie wusste, dass Angela spät heimkommen würde, konnten sie in dem Zimmer, das sie mit Angela teilte, miteinander schlafen; ihr Turnus für die Liebe. Sie hatten sich auf einer Party kennen gelernt, das übliche Anfangsstadium im bürgerlichen, weißen Ritual der Paarbildung – der Geburtstag eines anderen Mädchens aus der Bank. Er war Techniker bei einer Firma, die Fernsehapparate verkaufte und reparierte; ein junger Mann aus den unteren Bereichen der Mittelschicht, sein Vater war ein pensionierter Postbeamter. Zu Hause wurde Afrikaans gesprochen, aber seine Mutter stammte aus einer englischsprachigen Familie, er sprach beides fließend. Er war auf attraktive Art intelligent. Eine Biene, die etwas in ihrem Pollen wittert: Er lieh seinem Mädchen Bücher; sie lagen neben ihrem Bett, wenn er nicht darin lag und Angela den Alkohol und eine wilde Nacht ausschlief. Es waren Romane und Reiseberichte. Er sparte für eine Europareise, er wusste, was er in seinem Leben sehen wollte, London, Paris, Rom. Und Venedig, pflegte sie hinzuzufügen; eines der Bücher beschrieb den Markusplatz und die Gondeln. Wer von ihnen hätte sagen können, was den Ausschlag für ihren Entschluss gab, zu heiraten – die Liebesstunden in ihrem Bett, die Freiheit jenseits der selbst errungenen Freiheit, jene, über die er Bescheid wusste, die Welt außerhalb des Landes, der Stadt einer Bank und eines Ladens für Fernsehapparate? Das waren die Bestandteile des Sichverliebens; die Ehe war die akzeptierte gesellschaftliche Art und Weise, die Liebe zu schützen und ihr mit offizieller Erlaubnis und kirchlichem Gelöbnis Dauer zu verleihen.

Hier aber war die übliche, einfache Weiterentwicklung der Paarungsrituale weder üblich noch einfach. Denise hatte Mike erzählt – nicht, wer sie war, denn das wusste sie selbst nicht, konnte sie nicht wissen –, wer ihre Mama und ihr Daddy waren, und hatte ihn, damit er sie kennen lernte, über die Grenze zurück mitgenommen, die sie unter der liebevollen Führung ihrer Eltern überschritten hatte. Er sprach Afrikaans mit Abraham und Elsie, eine gemeinsame Sprache vertreibt Befangenheit, es spielte keine Rolle, dass der junge weiße Mann zum ersten Mal in einer Farbigen-Township, einem Farbigen-Haus war (eine Art Auslandsreise). Verliebt sein ist ein Zustand der dauernden Gegenwart, des Jetzt; er lebte nur im Kontext der Augen und Brüste seiner Liebsten und des süßen, erregenden Eingangs in ihren Körper. Dieser fremdartige, verbotene, abgeschiedene farbige Ort, an dem sie aufgezogen worden war, bedeutete ihm gar nichts; alles, was man ihm von Geburt an über den Makel des Kontakts mit Menschen anderer Schattierung beigebracht hatte, war irrelevant: Verliebt zu sein entwöhnte ihn des Rassismus, den er mit der Milch eingesogen hatte, entwöhnte ihn bei der ersten Begegnung. Und natürlich die Tatsache, dass sein Mädchen nicht *ihres* war, Abrahams und Elsies, sie war weiß – er wusste besser als jeder, *wie* weiß in all den körperlichen Eigenschaften, auf die jene sich berufen, die sie als den Eigenschaften aller anderen Menschen in den offiziellen, vom Gesetz aufgestellten und von der Kirche befolgten Rassenkategorien überlegen darstellen. Zu erwähnen, dass Abraham und Elsie angesichts der bevorstehenden Hochzeit des Mädchens, das ihre Denise gewesen war, mit einem guten, fest angestellten weißen jungen Mann (seine Familie sprach selbst Afrikaans – immerhin ein Anknüpfungspunkt, obwohl die übliche Schwiegerelternverbindung vermutlich nicht zu Stande käme) überglücklich waren, hieße, die Feierlichkeit dieser Freude zu unterschätzen. Zuerst hatten sie die Tochter gehen lassen; jetzt war das Findelkind von einem seinesgleichen gefunden worden. Alles: Mit dieser Ehe wäre es erreicht.

Er musste seinem Mädchen erklären, dass ihre Einführung bei seinen Eltern vielleicht nicht ohne gewisse Probleme vonstatten ginge. Sie sah ihn an, als wäre er von plötzlichem Gedächtnisschwund befallen. Sie war etliche Male bei ihm zu Hause gewesen, zuerst zu Fruchtsaft und Bier auf der Veranda, wo die Mutter ihr erzählte, wie es war, in einer Bank zu arbeiten, und der Vater seinem Sohn etwas über Fußball erzählte, dann zum Mittagessen an einem gesetzlichen Feiertag und einmal auch zum Abendessen. »Aber das war, bevor sie Bescheid wussten – über dich, meine ich. Ich hätte nie gedacht, dass es notwendig wäre, ihnen von den Familien meiner Freundinnen zu erzählen und so weiter. Was geht sie das an. Hat doch nichts mit ihrem Leben zu tun. Aber wenn ich jetzt sage, wir heiraten, ich heirate dieses Mädchen, werde ich ihnen auch von dir erzählen müssen.«

»Sicher.« Aber daran hatte sie noch nicht gedacht: Liebe ist in der Gegenwart, sie ist ihre Hand, die unter seinem Hemd zu seiner Brust hinaufgleitet, sie ist gemeinsames Lesen von Beschreibungen der Orte auf der Welt, die sie sehen wollen, für die sie sparen werden. Sie sagte nicht: Sie wissen, dass ich weiß bin. Als hätte er ihren Gedanken gehört: »Ich weiß ... Aber dass du dort aufgewachsen bist, Schule und Zuhause, Leute, die wie – deine Eltern sind, für dich.« Er kam zu ihr in ihrem Schweigen und küsste sie; an dem Problem, das seine Eltern vielleicht darstellten, hatte er keinen Anteil.

Er kam mit den Neuigkeiten zurück, wütend, die Haut über den Wangenknochen angespannt und gerötet. »Sie sind schrecklich. Ich will dir nicht mal davon erzählen. Sie meinen, ich entwürdige nicht nur mich selber, das wär's ja nicht, sondern *sie*, meine Schwester, die Kinder meiner Schwester. Das Land. Das schöne Südafrika von 1975. Es ist ihnen egal, dass du weiß bist. Du bist unter Farbigen aufgewachsen, die Familie – die, das hab ich ihnen immer wieder erklärt, nicht wirklich deine ist, obwohl du sie liebst – ist farbig. Man könnte denken, Farbe wär etwas, das man sich einfangen kann, einfach indem man mit Leuten zusammen ist. Ansteckung, es ist eine Krankheit.« Sein Auto war beladen mit einem hineingestopften Durcheinander aus Kleidern, Schuhen, Büchern, Rugbyhelm, Musikkassetten. Er war zu Hause ausgezogen und zog mit einem Freund zusammen. In einer gemieteten, zum Cottage umgebauten ehemaligen Dienstbotenunterkunft in jemandes Garten hatte er ein eigenes Zimmer, wo sie ihn trösten konnte, indem

sie mit ihm schlief; sie wusste, was es heißt, die Menschen zurückzulassen, die einem Eltern gewesen sind.
Sie hatten einander, in Liebe. Sie würden heiraten. Jetzt sogar noch früher, ein Akt der Bestätigung, ja des Trotzes, nicht nur der Liebe. Aber wenn er zuvor wütend gewesen war, so war er jetzt niedergeschmettert, verwandelt vor Fassungslosigkeit, als er vom Standesamt zurückkam, um ihr zu sagen, dass die Erlaubnis zur Eheschließung nicht erteilt worden war, nicht erteilt werden konnte. Man brauchte eine Geburtsurkunde, um zu beweisen, dass sie weiß war; er konnte Geburtsdatum und -ort, die Namen der Eltern angeben, sie aber hatte keine Geburtsurkunde und keinen Ort außer der Toilette einer Kirche, und ihre Adoptiveltern hatten sie unter ihrem Namen und Wohnort als Farbige in einer entsprechend ausgewiesenen Township eintragen lassen. Denise Appolis war eine weibliche Farbige. Das Mischehengesetz verbot ihnen die Heirat. Sogar dass sie miteinander schliefen, war ein heimlicher Verstoß gegen das Gesetz.
Der Fernsehtechniker hatte nie einen Anwalt gebraucht, er war ein ganz normaler gesetzestreuer junger Mann, der heiraten wollte, wie es dem normalen Verlauf des Lebens entsprach; weiß und seiner Rechte sicher, hatte er nie mit Organisationen zu tun gehabt, die sich um Menschenrechte kümmern, aber er erinnerte sich, in einer Zeitung von einer Rechtshilfeorganisation gelesen zu haben, die einem in solchen Dingen zur Seite stand. Dort wurde er von einer rundlichen Anwältin in zerknitterter Kleidung empfangen, die sich mit beiden Händen durch die Haare fuhr, als gingen sie eine Geschichte durch, die sie viele Male in unterschiedlichen Abwandlungen gehört hatte. »Ich weiß, ich weiß, es ist eine schreckliche Aussicht, aber Ihre Zukünftige wird aufs Einwohnermeldeamt müssen. Wir stellen einen Antrag auf Neuklassifizierung. Als Weiße. Denken Sie jetzt nicht, dass ich in irgendeiner Weise an Ihrer Aussage zweifle, aber ich muss sie zuerst kennen lernen.«

»Sie werden es selber sehen. Wer immer die sind, sie können keine Zweifel haben.«

»Die Abstammungsfragen – Wohnort, Kindheit –, das sind komplizierte Sachen, auch wenn das Aussehen diesen erfundenen genetischen Normen zu entsprechen scheint …«

Wenn es schlimm wird, trägt man seinen Schock zu den Menschen, zu denen man schon mit dem Schmerz aufgeschürfter Knie gelaufen ist.

Sie nahm ihn mit nach Hause zu Mama und Daddy, Abraham und Elsie, dort konnte sie ihren Tränen freien Lauf lassen, und sie weinten mit ihr, umarmten den jungen Weißen, der sie nicht aufgegeben hatte, sondern in einen der Käfige des Gesetzes geraten war, das aus Menschen exotische Tierspezies machte, gefangen, wie sie selbst es zeit ihres Lebens gewesen sind: Er muss begreifen – ja –, dass er im Weißen-Käfig sitzt. Und sie, ihr Mädchen? Die Anwältin kennt das Verfahren, aber jeder Bewohner der Township weiß, wie man mit der Bürokratie umgehen muss. Überall in der nächsten Umgebung sind Familien, denen die Natur – Gottes Wille – unter mehreren Sprösslingen einen geschenkt hat, der als Weißer durchgehen kann, Abraham und Elsie könnten alle möglichen Ratschläge einholen, von Freunden, Verwandten, Experten für *ihre* Art; ein jedem Anwalt unbekanntes Wissen. Ohne Papiere, als Farbige registriert, muss das Mädchen sich dem Bastard, der sie in Augenschein nimmt, präsentieren, als wäre sie tatsächlich eine Pseudoweiße, die sich verkleiden muss. Nach seinem Modellbild von einem echten weißen Mädchen wird er nur überzeugt sein, wenn sie sich in der richtigen Weise herrichtet, die, wie sie aus Erfahrung wissen, erfolgreich sein wird. Sie sieht allzu – wie? – zu damenhaft aus. Er wird es verdächtig finden. Er ist nicht daran gewöhnt. Durchgehen lässt er nur – na gut, ein paar muss er enttarnen, nur um zu zeigen, dass das Gesetz gut ist – die Art von Aussehen – es ist, als hätte er es auf einer Stempelmarke griffbereit –, das er als korrekte Fälschung erkennt. Wie sie sich kleiden und schminken muss – das ist wichtig. *Wirklich* weiß muss man aussehen; sie und ihr Freund gehen viel schwimmen, sie ist rosig-dunkel sonnengebräunt.

Wer wüsste besser als die Tanten, Vettern, Nachbarn, wie man mit den Dienern des Gesetzes umgeht, jenen weißen »Staatsdienern«, die das Leben für einen festlegen. An dem Tag, an dem sie und ihr künftiger Mann sich mit der Anwältin im Einwohnermeldeamt trafen, war sie dick mit kalkweißem Make-up zugekleistert, als hätte sie tatsächlich Mischlingsblut zu verbergen, ihre Haare, die sie erst kürzlich, der Mode bei den Mädchen in der Bank folgend, zu einem krausen Afro gebrannt hatte, waren auf noch glatter gequält, ihre Blondheit noch blonder gebleicht, als sie von Natur aus war.

Die Anwältin von der Rechtshilfe war entsetzt. Sie ließ den künftigen Ehemann in einem Korridor stehen und trieb das Mädchen zur Damentoilette, wo sie vollkommen konzentriert, wortlos wütend das Gesicht mit Papiertüchern aus ihrem Aktenkoffer schrubbte und händeweise Flüssigseife aus dem Spender presste, um ihr Werk perfekt zu machen. Das saubere, glänzende Gesicht eines sonnengebräunten weißen Mädchens, rosa rund um die Nasenflügel, kam zum Vorschein, und in dieser nackten Erscheinung betrat das antragstellende Findelkind das Büro des Beamten, begleitet von der Anwältin. Der künftige Ehemann wurde hinter der Tür zurückgelassen: Er konnte die Stimme der Anwältin hören, nicht aber die Worte verstehen, mit denen sie den Antrag ihrer Mandantin erklärte. Seine Lippen bewegten sich zu den Worten, die er benutzt hätte. Und er hätte auch gesagt, was gewiss nicht abgelehnt werden konnte, von keinem Einwohnermeldebeamten: Ich liebe sie, gibt es nicht ein Recht auf Liebe.

Lange Zeit waren sein Mädchen und die Anwältin auf der anderen Seite der Tür. Er erlaubte sich keinen Blick auf die Uhr, als könnte die Uhrzeit ein Omen sein; ein gutes oder schlechtes. Er konnte kaum die leise Stimme seines Mädchens erkennen, und ein vereinzeltes, gleichgültig klingendes Brummen der Beamtenfragen war unmöglich zu verstehen.

Sie kamen heraus, und die Tür schloss sich vor einem Moment, in dem er den Beamten sah, der sich über Dokumente auf seinem Schreibtisch beugte, das Kinn in einen Wulst aus Fleisch gepresst. Sie blickte geradeaus vor sich hin, nicht zu ihm. Die Anwältin schüttelte mit schmalen Lippen langsam den Kopf. Fehlende Nachweise, die Antworten der Antragstellerin auf die Fragen nach dem Wohnort ihrer Eltern, deren Identität, der Schule, an der sie zugelassen worden war, der Anerkennung als Farbige unter Farbigen, ihre ganze Kindheit hindurch – diese Kriterien haben entschieden, dass ihre Klassifikation nicht auf Weiß abgeändert werden kann. Antrag abgelehnt. Bedaure. Das war es, was das kaum hörbare Brummen verfügt hatte.

Sie wanderten hinaus in den Wald einer Stadt, in dem sie fremd und verloren waren. Die Anwältin ging hinter ihnen, lenkte ihre Schritte. »Gehen wir in mein Büro und trinken erst mal einen Kaffee.« Was hätte sie ihnen dort zu sagen? Antrag auf Neuklassifizierung abgelehnt.

Sie wissen es nicht, aber sie empfängt in nie verstummter Erinnerung ein Echo dessen, was die beiden empfinden; als Kind, ein ganzes Leben ist es her, wurde sie in einer deutschen Stadt namens Dortmund mit einem gelben Stern am Kleid von der Schule gewiesen. »Schauen Sie, ich habe Erfahrung mit solchen Leuten.« Er hatte am Schluss immerhin »Bedaure« gesagt. »Ich geh morgen noch mal zu ihm.«

Mr. van Rensburg war liebenswürdig: Ach, Sie sind es. Stand von seinem Stuhl auf, beide setzten sich. Am Schreibtisch einander gegenüber, eine Ebene des Verstehens, vertrauensvoll, professionell. Sie wissen es, ich weiß es. Das Mädchen ist weiß. Vor Jahren hat ein anderes weißes Mädchen einen unerwünschten Säugling auf dem Kirchengelände ausgesetzt. »Eine Kirche für Farbige, *ja.*« – »Ja. Aber damals, das werden Sie noch wis-

sen, war nur ein paar Meter weiter, auf der anderen Seite des Veld, ein Wohngebiet für arme Weiße. Wäre es eine Kirche für Weiße gewesen, wäre die Mutter vielleicht entdeckt worden.«
Und jetzt ließ er sich auf die angenommene Ebene des Verstehens ein. »Schauen Sie. Ag, sie ist weiß, kann ich ja selber sehen. Natürlich. Jeder sieht das. Ein netter junger Mann will sie heiraten. Jesus, ich sehe, was sie ist. Aber es ist das Gesetz, es ist mein Job. Vielleicht kann sie ja einen zweiten Antrag stellen. Wenn Sie irgendwas ausgraben können, vom Waisenhaus oder der Kirche oder wo immer sie gefunden wurde. Bedaure.«

Sie sparen jetzt. Nicht um den Londoner Tower zu sehen, die Champs-Élysées, den Markusplatz in Venedig, sondern um fortzugehen, für immer. So beschreiben sie den Abschied von einem Zuhause, das sie nicht haben können.

Vielleicht sind sie zurückgekommen, seitdem all die Gesetze, die entschieden, wer sie war, wer er war, verschwunden sind, wie die Politiker und Journalisten sich gern ausdrücken, in der Mülltonne, den verrotteten Eierschalen und Bierdosen, der Geschichte. Schon vor Jahren, nach dem Maß der Zeit, wenn man sich in leiblicher Inkarnation befindet. Die Namen der Helden, die für die Gesetze verantwortlich waren, sind sogar von Straßenschildern und Flughäfen entfernt worden.
Offenbar hat sie mich freigegeben – sie muss wohl irgendwie gestorben sein, jung: Man erfasst oder weiß nicht immer den Moment, in dem man zurückgerufen wurde; wie es endete. Aber von allen meinen Wiederkünften war diese wirklich etwas Besonderes, so etwas hat es nur einmal gegeben! Denn man ist ja jedes Mal nur eine Inkarnation, zurückgeschickt, um *ein* Leben zu führen. Diese Wiederkehr aber war *für sich* schon doppelt, ich war zweimal in denselben Ausschnitt des Raums, der ein Planet ist, zurückgekehrt.

Denise – mein hübscher Name, den sie mir gaben, weil ich keinen hatte. Ich denke im *taal*; ich war so glücklich bei den anderen Kindern in der Township, bei uns zu Hause, meiner Mama und meinem Daddy, die mir meine Barbiepuppe schenkten und alle ihre Kleider, sogar eine Perlenkette, die riss und von Mama wieder aufgefädelt wurde, die Auszeichnungen, die ich bekam, bestes Mädchen in meiner Klasse, die Sonntage, an denen die Tanten und Onkel und Vettern und Kusinen kamen, wir Kinder Wettrennen veranstalteten, Rad schlugen und uns mit Süßigkeiten und kalten Getränken voll stopften. Als mir Brüste gewachsen waren, noch nicht so voll wie bei Mama, aber ganz nett, und Terry sie hielt und an der Warze saugte und seinen Finger in mein Loch steckte, in der Höhle, die wir Kinder mit Ästen überdacht hatten, unserem Hauptquartier im Veld. Tertius hieß er, die Lehrerin sagte, das bedeutet der Dritte, aber er war der Erstgeborene, wir zogen ihn immer auf, seine Eltern waren dumm. Ich war im Jugendchor unserer Kirche und Mama im Frauenchor. Daddy – ach, er nahm mich so oft mit, wir schauten beim Motocross zu, sehr aufregend, und wenn in unserer Township Kirmes war, durfte ich Karussell fahren, und wenn der Zirkus kam, gingen wir hin. Er hielt meine Hand, wenn ich Angst hatte, dass der Löwe den Dompteur beißen würde. Als ich klein war, kroch ich am Sonntagmorgen zu ihnen in das große Bett zum Kuscheln, und als ich größer wurde und damit aufhörte, wussten sie nichts von Terry und dem Hauptquartier, das wir Kinder hatten.

Dann – eigentlich ohne einen Tod, ohne das richtige Ende – war diese Wiederkehr vorbei. Da war Miss Denise Appolis, Auszubildende in der Bank. Jetzt ist die Erinnerung auf Englisch. Ich wohne in der Stadt mit einem anderen Mädchen zusammen. Wir sind weiß – na sicher, was denn sonst? Was für eine Frage. Wie andere Leute, die in der Bank arbeiten oder in der Anwaltskanzlei, wo meine Freundin auch eine Art Lehre macht. Wir probieren gemeinsam verschiedene Frisuren aus, wir haben

Jungen, über die wir spotten und lachen, wenn wir allein sind, wir gehen auf Partys. Aber manchmal kommt es vor, dass diese Denise Appolis, die ich bin, von einem Ich zum anderen wechselt, zu einem Ort und zu Menschen, Gefühlen für diese Menschen, die eigentlich in eine ganz andere Wiederkunft gehört hätten. Also weiß ich nicht, was mit der Kraft passiert ist, die mich zurückschickt, immer wieder, aber nie als dasselbe Wesen, auch wenn ich manchmal, selten, eine Erkenntnis habe, die aus einem anderen Leben stammen muss. Wie können in einer Wiederkehr zwei Leben sein?

Es gibt keine Antworten.

Es gibt keine Antwort. Nur dass du zurückmusst, in irgendeiner Gestalt, wieder und wieder.

Vielleicht gibt es Dinge, die Menschen auf dem Planeten über einander verhängen – vielleicht könnten sie eine Erklärung für diese seltsame Wiederkehr sein, die damals geschah.

»Ich war stets Teil davon, und vielleicht ist kein Entrinnen aus dem Vergessen und Wiederkehren, Leben um Leben, wie ein Insekt im Gras.«

Ich wäre Denis gewesen – wenn sie sich nicht zuerst in die Welt gedrängt hätte. Sie erwarteten mich. Hofften auf, planten für – einen Sohn. Soweit das damals möglich war; es war vor der Erfindung von Tests, die einem sagen, ob es ein Junge oder ein Mädchen wird. Sie wussten nur, dass wir zwei waren – Zwillinge –, ein biologischer Doppelpack.

Tot geboren. Was bedeutet, dass man keinen Namen bekommt. Es bedeutet: unfähig zu atmen, sich zu bewegen, zu leben. Es stimmt also, dass mein körperliches Leben außerhalb meiner Zuflucht, der Gebärmutter, nur der Weg vom Geburtskanal zum Verbrennungsofen des Krankenhauses war. Hast du je einen Fötus gesehen? Kopf und Genitalien – weiter nichts. Beides überdimensioniert. Was dazwischen liegt, ist entbehrlich. Denn ein Fötus muss nicht essen, verdauen, ausscheiden. Kopf und Geschlechtsorgane – Intelligenz und Sex. Das ist es, mehr war ich nicht; sie hatte die Lebenssäfte, die für uns beide gedacht gewesen waren, rücksichtslos an sich gerissen und war, als sie herauskam, fertig ausgebildet und für alle Anforderungen gerüstet. Ich war der Kümmerling, unterentwickelt, das schwache Herz stehen geblieben, nicht einmal Material für den Brutkasten, tot geboren. Brachte es nie weiter. Nur Kopf und Genitalien, Intelligenz und Sex als mein Anteil am Erleben der Welt in Fleisch und Blut, wie *du* es kannst; allerdings ohne je deine Erfahrung mit erniedrigenden Funktionen machen zu müssen, die aus der vielfältigen Plage von Gedärmen und

Funktionen diese zwei großen Mächte quälen und stören! Begreifst du allmählich? Ich frage mich …
Erinnerung gehört ins Körperliche – du musst gelebt haben, musst deine Zeit mit dem Körper zurücklegen, um dich zu erinnern. Ich habe keine Erinnerung, abgesehen von dem Weg vom Geburtskanal zum Verbrennungsofen. Stattdessen flattere ich herum, erlebe Bruchstücke körperlichen Lebens von jedem Beliebigen von euch, wie es mir gefällt. Das ist die Erklärung für mein nicht existentes Dasein. Wenn du mir nicht glaubst, kann ich Beweise anbieten.
Wie kommt es, dass ich denke? Worte weiß? Etwas von Geschichte, Literatur, Politik, zeitgenössischem Leben und alldem verstehe – wie du sehen wirst. Ist es das kollektive Unbewusste, das manche von euch für eine Tatsache halten und andere verlachen? Oder habe ich, wie die alten religiösen Mystiker glaubten und worauf manche eurer Modeschriftsteller zur Belebung erlahmender Erfindungsgabe ihre Charaktere aufbauen, die Fähigkeit, den Körper eines anderen Menschen zu bewohnen, in sein oder ihr Erleben als Inkubus, Sukkubus oder Dibbuk einzudringen – ich weiß es nicht. Aber ich richte kein Unheil an; das Subjekt merkt nicht einmal, was ich mir angeeignet habe, und es verliert nichts dadurch, in keiner Weise; es ist für uns beide genügend da. Du wärst überrascht, wenn du wüsstest, wie viel in eurem Erleben vergeudet wird; wie viel ihr nicht erfasst, einfach nicht mitbekommt, nicht (wie lautet euer Wort) wahrnehmt; und wie viel ihr nicht wahrhaben wollt, obwohl es vorhanden ist.
Und selbst diese Erinnerungsfähigkeit, die ich, wie ich dir sagte, nicht habe, weil ich nichts Erinnernswertes erlebt habe, außer dem Transport vom Geburtskanal zum Verbrennungsofen, von dem du jetzt schon nichts mehr hören willst – obwohl ihr körperlich im Stande seid, Erinnerungen zu schaffen, behaltet ihr doch nicht immer die Fähigkeit, sie auch zu bewahren, und das kann entweder eure Art des Verlustes sein oder euer Schutz

gegen das Leiden, dem ich euch in den Stadien der Sterblichkeit ausgesetzt sehe. Da ist ein alter Mann, den ich *auf meine Weise* kenne, dessen Beschäftigung in eurer Art Leben jeden Tag derselbe Sessel ist und dessen körperliche Aktivität darin besteht, sich mit einem Apparat, auf den ich Kleinkinder sich beim Laufenlernen habe stützen sehen, zwischen Sessel und Badezimmer hin und her zu bewegen. Er war Bergsteiger und gehörte früher einer Everest-Expedition an, die den Gipfel zwar nicht erreichte, den Besteigungsversuch jedoch trotz gefährlicher Wetterbedingungen heldenhaft überlebte; Freunde kommen, gelegentlich sogar ein Journalist, um mit ihm darüber zu reden, und während er bei der Erinnerung an ein Erlebnis irgendwo in der Vergangenheit, das ihn verlassen hat, erfreut lächelt, kann er keinen Augenblick davon noch einmal erleben. Die Freunde und Journalisten finden das traurig; es deprimiert sie, und ich weiß genau, warum, denn während ich ihre Erfahrungen lebe, akzeptiere *ich* sehr wohl die Bedeutung ihrer Erlebnisse, die sie unterdrücken: Leben heißt alt werden auf dem Weg zum Tod, die Fähigkeiten verlieren, die sie so hoch schätzen, und obwohl sie sich einbilden, ihr Leben sei eine Reihe von Entscheidungen, gibt es zwei Stadien, über die sie nichts zu entscheiden haben – geboren werden und sterben.

Aber wenn ich den alten Mann erlebe, erfasse ich auch noch etwas anderes, in seiner Vergangenheit Abgelegtes, zu dem er keinen Zugang mehr hat. Er liebt seine Frau von Herzen (dies zu spüren, mit meinem eigenen frühreifen, stehen gebliebenen Bewusstsein von Sexualität, diesen Genitalien, mit denen ich zumindest ausgestattet war, vermittelt mir eine Ahnung davon, was ich verpasst habe, von der Freude, die *sie*, meine gierige Zwillingsschwester, mir geraubt hat, als sie mich zur Seite stieß). Die Frau ist viel jünger als der alte Mann, sie liegt neben ihm, und das Leben, das in ihr ist, erhält ihn, sie vergräbt ihr warmes Gesicht in dem Grab zwischen seinem Kinn und seiner ausgemergelten Schulter. Sie ist die Freude, die ich in ihm erlebe, und er wird glücklich sterben, weil er sich nicht an die lange Affäre erinnert, die sie in den mittleren Jahren ihrer Ehe mit einem anderen Mann hatte, was ihm die heftigsten Qualen und erniedrigende Eifersucht verursachte und ihn beinahe – stellt euch das vor, denn jetzt besitzt er sie vollkommen – dazu gebracht hätte, sich von ihr scheiden zu lassen.

Und sie? Hat dieses Weib nicht Glück? Ihr ist nicht nur *verziehen*, bitte sehr! Es ist nie passiert. Die Betrügerin hat nie gelogen. Das Miststück kam nie mit dem Samen eines anderen Mannes im Leib zum Abendessen nach Hause. Aber sei dir nicht zu sicher, was sie betrifft. Ich weiß in ihr dieses andere Etwas, das ich niemals haben werde: Reue. In ihrer Brust ist eine Verengung, als hätte eine Zugschnur alles, was sie damals getan hat, zusammengezogen, da ist eine emotionale Stauung, die sie nicht beheben kann, indem sie ihn um Verzeihung bittet, was ihre größte Sehnsucht wäre. Wofür?, würde er fragen, liebevoll. Wofür, meine Liebste? Und ihn daran zu erinnern wäre die letzte aller Grausamkeiten, die sie ihm je angetan hat.

Aber es steckt noch mehr dahinter. Die Komplexität eures Lebens zwischen Geburt und Tod! Ich wache wie sie nachts auf, und sie setzt sich auf, um auf seinen Atem zu horchen. Ihre Liebe zu ihm ist verheerend. Sie hat sich nie mit dem Tod beschäftigt, aber jetzt weiß sie, dass die Trauer Stille sein wird.

Und wie lebt *sie* eigentlich, diese Schwester, die mein Leben mit dem ihren verquickt hat, im engsten Sinn des Wortes, schlimmer als jede siamesische Missgeburt, denn sie hat nach der Chance gegriffen, dem Sauerstoff, um jeden Preis. Macht sie sich ein nettes Leben, doppelt, für uns beide, die in der Gebärmutter miteinander darum rangen? Das Komische ist, dass ich in *ihr* Bewusstsein und Unbewusstes nicht eindringen kann, wie ich es hier und dort tue, wenn ich Lust dazu habe. Es fällt mir schwer, sie überhaupt zu identifizieren. Ich kann sie nicht finden. Manchmal glaube ich mich auf der Wellenlänge … aber es ist nur ein erstickter, würgender Ausruf. Es ist die Nabelschnur, die sich um meinen Hals gelegt hatte. *Sie* ist ja unwichtig; wie hätte ich gelebt – ganz anders als sie, so viel steht fest, als was auch immer ihr Weg sich letztlich erwiesen hätte. Ich kann nicht behaupten, ich sei ohne Vorurteil; im Hier-und-Dort der Leben, auf denen ich mich niederlasse, kann ich mir nichts vorstellen, was ihr besonders interessant oder erfüllend vorkäme. Ich denke nicht, dass sie es verdient. Aber ich würde sie gern einmal erleben, um dies zu bestätigen. Obwohl ich ein Mann gewesen wäre (der überdimensionale Auswuchs zwischen den Beinen der jämmerlichen kleinen Leiche beweist es), wäre ich nicht tot zur Welt gekommen, bedeutet mein körperloser Zustand, wie du zweifellos bemerkt hast, dass ich in männliches Erleben ebenso eindringen kann wie in weibliches – auf meine Weise.

Denke nicht, es sei alles nur ein Trauerspiel. Erst jetzt – vor einer kleinen Weile, wie ihr es nennen würdet, oder vor einem Tag, nach eurem Zeitmaß – war ich auf einem Fahrrad mit geschwungenem Lenker wie die Hörner eines flinken Tiers. Das Fahrrad und ich schnitten wie eine Sense durch die Luft einer baumgesäumten Straße. Einfahrten, Häuser, Telefonmasten flogen links und rechts von uns davon, Blätter und Äste sausten uns entgegen – und verpassten uns knapp. Auf meinem Kopf war ein gelber, mit roten Pfeilen geschmückter Helm. Ich hatte Augen, die so scharf sehen konnten wie Fische in den Tiefen eines Ozeans. Ich hatte ein Herz: Ich war diese Pumpe, ein Wesen, dessen Körperlichkeit ein einziger Energiepuls war. Verzückung. Mund offen, um wildes Gelächter zu verschlingen. Wer immer du warst, halbwüchsiger Knabe: Durch dich habe ich begriffen, was es heißt, lebendig zu sein!

Verzückung.

Manche, auf die ich gestoßen bin, können sie einfach nicht finden, wie dieser Junge es konnte, nicht in diesem Leben, über das ihr euch dauernd beklagt, um euch dann doch daran zu klammern, leidenschaftlich, sogar unterwürfig, wie ich erfahren

habe, unter Umständen, die ihr selbst herbeiführt. Wie Zecken am Körper der Welt krallt ihr euch daran fest und saugt euch voll, reglos, bis ihr fett seid und herunterfallt. Bah.
Verzückung: Es gibt andere – völlig anders. Sie glauben, man könne Verzückung nicht in der Körperwirklichkeit erleben, sie gehöre in etwas, das sie sich vorstellen: ein Leben nach dem Tod. Was das Gegenteil von Totgeboren sein muss (du kannst sicher sein, dass ich mich unter Intellektuellen und Amateurphilosophen herumtreibe). Vielleicht gehöre ich dorthin, sofern ich überhaupt irgendwohin gehöre: in ihr Leben nach dem Tod, denn das, was dazwischen liegt, habe ich verpasst. Wie kommen sie in ihr Nach-Leben? An die Brust jenes anderen Wesens geschnallt, in das ich einging – er kann kaum viel älter als der Radfahrer gewesen sein –, war ein Apparat mit einem Stöpsel wie ein schwerer Zapfen. Das Ding drückte hart gegen das Brustbein unter einem weiten Gewand; auf dem Scheitel des Kopfes war ich mir außerdem einer bestickten Kappe bewusst. Der Zapfen kam mit einem mühelosen Ruck heraus. Da war eine Umarmung, die leidenschaftlicher war als alle, die ich je miterlebte, und ohne mich zu brüsten, kann ich euch verraten, dass es schon etliche waren, solche zwischen Mann und Mann, zwischen Frau und Frau sowie die Art von Frau-und-Mann-Umarmung, die mich halb erzeugte. Diese war zwischen Mann und Mann, und der Höhepunkt war ein Orgasmus ohnegleichen, unübertrefflich, eine Explosion, die alles beendete, für beide. Es gab nichts davon zu erinnern, weder für ihn, meinen erwählten Partner, noch für mich, der ich Erinnerung nur entleihen kann. Ich weiß nicht, ob der Gläubige, der ich eine Zeit lang, für die blitzartige Dauer einer Umarmung war, den Lohn des Nach-Lebens erhielt und ob es besser für ihn war als für den anderen, der in Dunkelheit jenseits allen Dunkels zerbarst. Ich verließ ihn in diesem Augenblick des Nichtseins. *Du* wirst es vielleicht wissen, weil *du* gelebt haben wirst, während ich nie selbstständig existiert habe, und wenn man das Leben nicht

erlebt hat, erlebt man auch sein Ende nicht. Vermutlich könnte ich für immer so weitermachen, während du, mein Freund, auf die eine oder andere Weise zu diesem Nichtsein gelangen wirst, langsam im Bett oder schnell auf einer Autobahn, auch wenn es extrem unwahrscheinlich ist, dass irgendjemand einen Grund sähe, dich in den finalen Clinch mit einer Granate zu bringen.

Das Opfer, für dessen letzte Umarmung ich den Ausschlag gab, war natürlich ein Politiker. Ich fälle keine moralischen Urteile, trotz der Brocken theoretischen Rechts, die ich hier und dort aufgeschnappt habe, und kann also nicht wissen, ob er ein solches Ende verdient hatte. Es ist nicht genügend Folgerichtigkeit in meinen Erlebensfragmenten, als dass ich beurteilen könnte, was ich als die für euch wichtigste Frage ansehe: Ist Töten tatsächlich eine Lösung für irgendeinen der Konflikte zwischen euch und dem, was ihr als eure Länder, eure Grenzen bezeichnet? Ich meine, ihr könnt mich nicht als illegalen Einwanderer abschieben, wie soll ich also wissen, was euch prägt, was euch wie Sardinen in der Dose umschließt, von dem Tag an, als ihr geboren wurdet im Hier oder Dort statt im Anderswo.

Mein Eintauchen in das Erleben von Politikern hat zu einigen Entdeckungen geführt, die du angesichts der vorherrschenden Meinung von diesen Personen, die ich mitbekomme, wahrscheinlich nicht für möglich halten würdest. Teilst du ihre Vorstellungen davon, wie eine Regierung dein Leben lenken sollte, so sind sie beherzt, überzeugt von ihrem moralischen Recht, die Macht zu ergreifen, entschlossen, Frieden, Wohlstand und Gerechtigkeit für alle zu schaffen. Stehst du im Gegensatz zu ihren Ideen, wie du zu regieren seist, sind sie skrupellos, machthungrig, verschlagen, schrecken vor keiner Niedertracht zurück, um ihre Form von Regime durchzusetzen. Indem ich ab und zu (es schwirren so viele unter euch herum: wie sollte ich nicht der Versuchung oder der Neugier erliegen) einer – ein Politiker –

bin, habe ich die raue Oberfläche der Schwäche (ja) gegenüber jedem Versagen, so gering es auch sein mag, jedem Dämpfer für ein hohes Selbstwertgefühl, so flüchtig auch immer, den sie vor dem Blick der Öffentlichkeit verbergen, kennen gelernt. Sie behaupten zwar, sie seien zufrieden mit der Unterstützung, die sie von der kollektiven Wählerschaft – Euch – erfahren, aber der Verlust von ein paar Stimmen ist für sie ein langsames Bluten aus einem geheimen Organ, das sie haben, der Verlust eines Sitzes im Regierungspalast ist für das Geschöpf, das sie aus sich machen müssen – für Euch, um euretwillen –, das Abhacken eines Körperglieds. Weißt du das? Macht wird gebraucht, es besteht eine Notwendigkeit, *intakt* zu sein, für immer, im Guten wie im Bösen. Ich habe eine gewisse Vorstellung von diesen beiden Konzepten – sie ist mir zugefallen, auf meine Art; wie könnte ich auch nur den flüchtigsten Kontakt mit eurem Erleben haben, ohne festzustellen, dass sie tatsächlich existieren.

Vielleicht wäre ich einer von ihnen geworden, ein Politiker. Denn ich kann mich nicht von ihnen fern halten, sie faszinieren mich durch die Intensität, mit der sie das Leben bezwingen, mit der Heimlichkeit der Haltegriffe, die sie benutzen, unterhalb der öffentlichen Oberfläche; auch mit ihrer Art der Überlebenstaktik unter den vielen verschiedenen Strategien, die ich bei euch beobachte, vom Rückzug in den Aschram bis hin zur totalen Entblößung des Popstars. Warum sollte ich sie nicht alle ausprobieren, schließlich habe ich nicht die Angst, für immer bei der einen oder anderen bleiben zu müssen! Aber nein. Wenn ich mir ein körperliches Leben für mich vorstelle – was Denis hätte sein können –, wäre ich vielleicht Schriftsteller geworden; Fiktion natürlich, denn näher kann ein körperliches Wesen meinem Trick, fremde Leben zu leben, nicht kommen; multiple Existenzen, die nicht die armseligen kleinen Möglichkeiten eines Einzeldaseins sind.

Wenn *sie* stirbt – sie, die vorzeitig mein Leben gestohlen hat, ich wüsste gern, wie viel Mehrwert sie ihm nach dem Maß eurer Börse hinzugefügt hat –, wird dann mein nicht existentes Dasein ebenfalls abbrechen? Das frage ich mich. Von Totgeboren zum Abbruch. Ich bezweifle es. Trotzdem bin ich neugierig. Eine meiner liebsten Ablenkungen von der Ewigkeit besteht deshalb darin, in Gestalt eines Passagiers ein Flugzeug zu besteigen. Denn ich finde, wenn man nicht religiös ist – sich nicht auf ein Leben nach dem Tod verlassen kann –, kommt eine Höhe um dreißigtausend Fuß auf halbem Weg zu dem Himmel derjenigen, die glauben, dass sie den ganzen Weg zurücklegen werden, der Erfahrung von Ewigkeit am nächsten. In einer atmosphärischen Schicht außerhalb der Erde, zwischen den von eurer irdischen Existenz definierten Zeitzonen: Du weißt nicht genau, ob du hoch oben über der Wolkenhülle der Erde, ihrer gemütlichen Decke, dem irdischen Zielort, den du ansteuerst, x Stunden hinterher oder x Stunden voraus bist. Also bist du sowohl außerhalb der Zeit als auch außerhalb des Raumes – auf Widerruf? Nein – du bewohnst alles gleichzeitig, Wolken, Raum und das innere Gehäuse des Flugzeugs, das wie ein Krankenhaus ist, du wirst deiner Station (First Class, Business Class, Touristenklasse) und deinem Bett (Sitznummer) zugewiesen und bist von der Fürsorge der Krankenschwester (Stewardess) abhängig. Direkt hinter dem Fenster ist die Freiheit; wie immer bei euch, kannst du sie sehen, aber nicht greifen. Und sie ist furchterregend …

Bin ich also jedermanns Zwilling? – O nein, nein, keineswegs! Versteh mich nicht falsch. In keiner Hinsicht. Ich bin kein Alter Ego, Doppelgänger, Klon – niemandes Stellvertreter. Ich verstopfe dir nicht die Ohren mit einer Moralpredigt über Universalität, alle Menschen sind Brüder und zur gegenseitigen Liebe verpflichtet et cetera, mit meinen Weinproben an eurem Erleben hier-und-dort als einer hochgesinnten symbolischen Lektion. In meinem Zustand habe ich keine moralische Verantwortung. Verstehst du jetzt? Wie könnte ich auch, wenn ich für nichts *sorgen* muss: brauche nicht zu essen, brauche kein Dach über dem Kopf, brauche mich nicht nach einem Rivalen umzublicken, der mir meine Errungenschaften streitig machen will. Ich hab es leicht …

Wahrscheinlich läuft es darauf hinaus, dass man körperlos sein muss wie ich, um keine Moral zu brauchen. Alles, was ich mit dir gemeinsam habe, ist *alles, was du nicht bist* – ich bin es. Hab Mitleid mit mir. Oder beneide mich.

»Es stellt sich heraus, dass etwas, was nie war und nie sein wird, am Ende alles ist, was wir haben.«

So lange Zeit schon – na ja, die zehn Jahre, die wir zusammen sind – haben wir alles, was wir wollten. Nicht aufgrund eines Göttergeschenks oder einer netten bürgerlichen Familienerbschaft, sondern wir haben es selbst gemacht, wir haben uns ein eigenes Leben geschaffen. Karen ist Investmentberaterin der erfolgreichsten Brokergruppe der City. Ich hatte eine Vergangenheit als Aktivistin. Dieses Klischee bedeutet, dass ich mich an Aktionen gegen das alte, inzwischen mumifizierte, wenn auch nicht unbedingt zu Staub zerfallene Regime beteiligt habe, die mir Tränengas, Prügel und einmal eine Untersuchungshaft eintrugen – ein weiteres Klischee; dieses heißt, dass ich eine Zeit lang gesessen habe, ohne dass mir der Prozess gemacht wurde. Aber ich bin Anwältin, und ich wurde in einem erneuerten Land als frisches Blut und als Frau von einer der angesehensten alten Anwaltskanzleien genommen. So viel zur beruflichen Seite.

Als Frauen, die nach jugendlichen Experimenten mit Männern nur noch Frauen als Geliebte wollten und hatten, wissen wir, welches Glück wir gehabt haben – welche außerordentliche Gnade –, einander gefunden zu haben. Sogar bei Heteros (den Normalen, wie sie selbst sich sehen) ist eine funktionierende Beziehung sehr selten: Scheidungen, Wiederverheiratungen, Kämpfe ums Sorgerecht – das ist der Sumpf, aus dem wir uns befreit haben, mit unserer so genannten sexuellen Vorliebe. Wir haben sie nie versteckt, da das Gesetz ihre Existenz nun als legitim akzeptiert und wir beide dank unserer anerkannten beruflichen Fähigkeiten und unserer liebevollen sexuellen Partnerschaft (die Heteropaare sehen neiderfüllt, wie befriedigend sie ist) das Selbstbewusstsein besitzen, alle Überreste alter Vorurteile, die sich in griesgrämiger Missbilligung äußern, zu ignorieren. Wir fühlen uns unter Gleichgesinnten naturgemäß wohler, auch wenn es da dieselben Rivalitäten, die zufälligen sexuellen Attraktionen gibt wie überall – ob nun in der Lesbenbar oder im Golfclub –, Attraktionen, die das Leben erschweren und kompliziert machen, wenn auch nicht auf allzu ernsthafte Weise. Wir haben aber auch heterosexuelle Freundschaften, vor allem solche, die durch unsere beruflichen Verbindungen zu Stande kommen, und es macht uns nichts aus, ausländischen Geschäftspartnern oder anderen Würdenträgern, die ohne Gattin erschienen sind, bei Empfängen als Tischdamen zur Verfügung zu stehen. Karen ist so etwas wie eine Schönheit, mit dem zusätzlichen Vor- oder Nachteil, dass sie jünger ist als ich, und manchmal wird sie von einem dieser durchreisenden Männer auch noch *post festum* behelligt, und ich sollte wahrscheinlich gestehen, dass es mir gefällt, mich erregt, zu wissen, dass meine Geliebte von jemandem begehrt wird, der sie nicht haben kann, den sie abweist. Mit der komischen kleinen stirnrunzelnden, halb spöttischen, halb geschmeichelten Miene, die sie aufsetzt, wenn wir den Mann im Nachhinein gemeinsam begutachten.

Zwei Jahre, nachdem wir uns kennen gelernt hatten, kauften wir ein Haus, und eine der Unsrigen, eine befreundete Architektin, renovierte es exakt nach unseren Vorstellungen für ein eigenes Zuhause. Die Mixed-Media-Bilder und ein oder zwei Skulpturen (wir lieben Holz und können den Manierismus von *Objets trouvés* nicht ausstehen) sind die Werke anderer befreundeter Künstler. Für unsere Kunstsammlung und unsere gemeinsamen Reisen geben wir unser Geld gern aus. Wir haben ein gutes Stück von der Welt gesehen (vier Augen sehen mehr als zwei), die Chinesische Mauer, das Große Barriereriff, New

York–Chicago–Westküste, Kioto, das schottische Hochland, Florenz–Rom–Paris –, und es wird noch viel mehr kommen, und doch fallen wir uns jedes Mal in die Arme und schmelzen dahin, wenn wir wieder heimkommen – nach Hause. Ich hatte den Eindruck, dass Heteros diesen Begriff bei unsereinem für undenkbar halten. Weil wir's nicht verdienen, nicht wahr?

Irgendwann letztes Jahr passierte etwas – ja: Überraschendes. Nicht uns; aber es kam von uns. Nicht überraschend war allerdings, dass es bei uns beiden gleichzeitig eintrat, denn unsere Gefühle, Vorstellungen, Ansichten und Vorlieben sind nichtbiologische eineiige Zwillinge. Zum Beispiel weiß ich nicht, ob wir im Gespräch mit anderen jemals »ich« statt »wir« sagen. Das total Unerwartete – wenn es das ist, was Überraschung bedeutet – ist, dass es diesmal, nun: biologisch war. Wie soll man es sonst nennen. Wir wollten ein Kind. Ich bin sicher – und ich rede ausnahmsweise im Singular, weil wir es eigentlich nie aussprachen, ich betrachte es sozusagen von außen –, wir waren uns bewusst, dass der Wunsch wie der rudimentäre Schweif war, das Steißbein, zurückgeblieben nicht von unserer menschlichen Abstammung als Primaten, sondern von dem Familienorganismus, über den wir eigentlich hinausgewachsen waren. Aber Freiheit bedeutet, dass du dir holst, was du willst, auch wenn es ein Widerspruch in sich zu sein scheint. Man kann die Elemente der Familie ablehnen und sich trotzdem eines herausnehmen, um eine neue Form von Beziehung zu schaffen.

Wir haben ein Zuhause anzubieten, keine Frage, um die Grundbedürfnisse eines Kindes zu erfüllen. Es ist die erste Erwägung, die ein Amt anstellen würde: dieses unbeschwert, formlos schöne Haus, dieser Raum, den wir geschaffen haben. Aber wir wollten kein Kind adoptieren: Wir reden von einem eigenen Kind. Das bedeutet, dass eine von uns es austragen muss, denn das, was eine von uns erschafft, wird das Eigentum beider.

Spätabends, begleitet von den Grillen draußen auf der Terrasse, noch später in unserem Bett, ihr Arm unter meinem Kopf oder meiner unter ihrem, überlegen wir, wie wir diese außerordentliche Entscheidung umsetzen werden, die anscheinend ohne unser Zutun gefallen ist, durchaus nicht wie die sonstigen einvernehmlichen Entscheidungen, beispielsweise nächsten Sommer statt nach Spanien auf die Galapagosinseln zu fahren. Welche von uns das Kind in ihrem Körper austragen wird, versteht sich von selbst. Karen ist acht Jahre jünger als ich. Aber mit auch schon sechsunddreißig hat sie Zweifel, ob sie überhaupt empfängnisfähig ist. »Woher soll ich das wissen? Ich war nie schwanger.« Wir brachen in ein so wildes Gelächter aus, dass ich sie küssen musste, um es zu beenden. Sie hatte keinen Mann mehr gehabt, seit sie mit achtzehn, in ihrem ersten Jahr an der Universität, durch einen Kommilitonen ihre Jungfräulichkeit losgeworden war, auf dem Rücksitz seines Autos, was glücklicherweise ohne Folgen geblieben war. »Ich glaub, es gibt Tests, die du machen kannst, um festzustellen, ob du fruchtbar bist. Wir suchen uns eine Gynäkologin. Es geht sie ja nichts an, warum du das wissen willst.«

Das war einfach. Sie ist fruchtbar, kein Zweifel, obwohl die Ärztin etwas von immerhin möglichen Schwierigkeiten erwähnte – sagte sie Komplikationen? Karen erinnert sich nicht – bei einer (wie sagte sie) *Primipara* mit sechsunddreißig und beim Neugeborenen. Es kann immer ein Kaiserschnitt durchgeführt werden – aber ich will nicht, dass Karen aufgeschnitten wird. »Ich werde eine natürliche Geburt haben, ich mache sämtliche Übungen, bereite mich psychologisch vor, das lernt man in diesen Geburtsvorbereitungskursen.« Und somit wissen wir, weiß ich es jetzt; sie wird eine Erfahrung machen, die mir vorenthalten bleibt, sie hat das akzeptiert; wir haben das akzeptiert, ja.

Aber dann kommt die eigentliche Frage, der wir bisher ausgewichen sind. Dies ist eine Situation, sogar von uns herbeigeführt, in der wir nicht ohne Mann auskommen. Noch nicht; die Wissenschaft erkundet andere Möglichkeiten, das Ei mit irgendeinem genetisch programmierten künstlichen Eindringling zu befruchten, aber so weit ist es noch nicht.

Die Empfängnis.

Wir denken über diese endgültige Entscheidung nach, laut und leise. Die Entscheidung, Leben zu zeugen, das ist es, darum kommen wir nicht herum.

»Da wäre – na ja. Einer der Männer, die wir kennen.«

Was meint sie damit. Ich sah sie an, ein Starren, um ihre Gedanken zu ergründen. Die Vorstellung, dass ein Mann in Karens Körper eindringt, ist mir unerträglich. Etwas dort deponiert, in der zarten geheimen Passage, die ich auf meine Weise betrete. Sicher kann Karen das auch nicht ertragen. Untreue; und mit einem Mann.

Karen hält sich ganz an die praktische Seite. Ich sollte mich schämen, auch nur einen Moment an ihr zu zweifeln. »Er könnte natürlich sein Sperma selbst produzieren.«

»Sich melken.«

»Ich weiß nicht – in einer Arztpraxis, einem Labor, und dann wäre es wie eine normale Injektion für mich. Beinahe.«

»Jemand, der es für uns tun würde. Wir müssten uns umschauen … nach einem, der gesund ist, gut aussehend, nicht neurotisch. Gibt's einen unter unseren Freunden, der das alles ist?«

Und wieder lachen wir. Ich mache einen Vorschlag, Karen kommt mit einem anderen, noch weniger passenden Kandidaten an. Es ist erstaunlich, was das für eine Macht ist, wenn du frei bist, ohne Kopulation eine Entscheidung über Leben zu treffen! Du kannst gleichzeitig lachen und ernsthaft überlegen.

»Wir tun so, als wäre es selbstverständlich, dass wer-immer-es-ist, den wir aussuchen, ohne weiteres mitspielt.«

Ich wusste keine Antwort.

»Warum sollte er?«

Karens Insistenz erinnerte uns an etwas, was über das Entgegenkommen des hilfsbereiten Mannes weit hinausging (schließlich konnten wir uns beide vorstellen, dass es unter unseren Freunden oder männlichen Bekannten den einen oder anderen gäbe, der von der Idee vielleicht fasziniert wäre). Was, wenn das Kind irgendwann so aussähe wie er. Mehr als eine Ähnlichkeit, mehr als nur die Tatsache, dass das Kind auch männlich sein könnte, mehr als etwas erkennbar Verwandtes mit dem Samenspender im Fall eines Mädchens. Und dann, dann …

»Du meine Güte. Wenn das Kind aussieht wie er – und auch wenn es nicht so aussieht –, kann er sich in den Kopf setzen, Ansprüche zu stellen. Dann wird er, wie ist der juristische Fachbegriff, den du bei Scheidungen benutzt, du kennst das doch – ein Besuchsrecht wollen. Er wird jeden Sonntag hier aufkreuzen und seinen Anteil haben wollen, mit dem Kind in den Zoo gehen.«

Wir unternahmen lange Spaziergänge, gingen ins Theater und in die Bar, wo wir Mädchen uns treffen, die ganze Zeit mit einer Aufmerksamkeit tief unterhalb unserer Aufmerksamkeit für unsere Umgebung und das, was wir hörten und sagten. Die Empfängnis. Wie wir dieses Leben für uns schaffen konnten.

Nach einer Woche, aufklarende Tage sich lichtender Wolken, wurde es einfach; die Lösung war von Anfang an da gewesen. Die Samenbank. Das bedeutete, wir mussten zu einer Ärztin aus unserem Kreis und ihr sagen, was wir niemandem gesagt hatten: Wir wollen ein Kind. Karen soll es bekommen. Wir wollen keine Meinungen für oder gegen diese Entscheidung hören, die schon gefallen ist, sich nicht mehr ändern lässt. Wir wollen nur wissen, wie man an eine Samenbank herantritt und ob die Ärztin, als eine von uns, den simplen Prozess der Insemination vornehmen würde. Das ist alles. Erstaunen und leidenschaftliche Neugier verwandelten das Gesicht der Ärztin, aber sie unterdrückte das Bedürfnis, nachzufragen oder zu kommentieren, sondern beschränkte sich auf die Bemerkung: Ich bin sicher, Sie wissen, was Sie tun. Sie werde, sagte sie, die nötigen

Schritte einleiten; es seien einige Zahlungen zu leisten, vielleicht Papiere zu unterzeichnen, alles streng vertraulich. Weder Spender noch Empfängerin werden von der Existenz des anderen erfahren.

Es zeigt sich, dass der gesamte Prozess des Lebenserzeugens noch blinder ist als die Natur. Bloß eine Frage des Wartens auf den richtigen Zeitpunkt in Karens Zyklus, wenn das Ei bereit ist für den Tropfen Flüssigkeit. Einen anonymen Tropfen.

Und Warten, mit unnötigen Blicken auf den Kalender, um sicherzugehen – Warten ist ein gefährlicher Zustand; etwas anderes erwachte in uns zum Leben. Karen sprach es als Erste aus.

»Das Labor ist wirklich die einzige Möglichkeit. Aber wer weiß denn, ob es von einem Weißen stammt? Oder von einem Schwarzen? Kann man fragen?«

»Vielleicht. Ja. Ich weiß nicht.«

Aber nach dem Moment eines tiefen, angehaltenen Atemzugs zwischen uns musste ich wieder sprechen, die Ehrlichkeit zwischen uns ist kostbar. »Auch wenn die Antwort ja ist, wie können wir sicher sein. Was von dem, was in einem Labor abgefüllt wird, wohin geht?«

Das Sperma von Herrn Anonym Weiß. Stell dir vor, was aus der Vergangenheit in den Genen ist, in diesem Land. Sein könnte. Das ist noch nicht lange her. Sie leben, überall – verkaufen, spenden? – ihren Samen. Die Folterknechte, die den Leuten den Kopf unter Wasser drückten, sie an den Händen aufhängten, ein Kind erschossen, nur weil es näher kam; die stinkende Zelle, in der ich neun Wochen eingesperrt war, dabei war das, was mir passiert ist, nichts im Vergleich zu allem anderen.

Wenn der anonyme Tropfen die DNA, die Gene eines Schwarzen enthält? Er würde in Karens Körper, unseren beiden Körpern in einem, etwas von jenen wieder zum Leben erwecken, deren Köpfe unter Wasser gedrückt, die an den Händen auf-

gehängt wurden, einem erschossenen Kind. Unabhängig davon, ob dieses Kind auch die Widersprüche von Ärger und Freuden erzeugt, wie sie von jedem Kind zu erwarten sind.
Aber wie kann man sicher sein? Bei diesem Tropfen?
Wir reden weiter; unser Schweigen ist die Fortsetzung. Sollen wir das Risiko eingehen. Wie würden wir es wissen, herausfinden? Jahre würde es dauern oder vielleicht schon, wenn er, der weiße Junge, noch klein ist; schon bei kleinen Kindern erkennt man gewisse Anzeichen von Aggression, von grausamer Ungerührtheit – die biologischen Eltern fragen, wo hat er das her, sicher nicht von dir oder mir. Wenn er – das Kind, das wir uns zu erzeugen anschicken, stellen wir uns aus irgendeinem Grund jetzt als männlich vor – ein Jugendlicher ist, welche Anlagen in der DNA, in den Genen könnten nach und nach aus der Vergangenheit auftauchen?
Wir verschoben es. Wir reisten auf die Galapagosinseln, die Perspektive einer anderen Welt. Seitdem wir zurück sind, reden wir nicht mehr davon, ein Leben zu erzeugen, es ist nicht mehr in unserem Schweigen – wir sind zu Hause, allein, wie vorher.

Also kam ich nie auf die Welt. Abgelehnt, diesmal. Ich vermute, es war das einzige Mal. Andererseits, was ich habe, ist auch nicht das, was als Erinnerung erfahren wird.

»So wie alles immer etwas anderes ist … kann es auch über den Zeugungsgott etwas aussagen.«

Die Deutschen wissen, dass sie verlieren. Es ist nach dem Bombenkrieg gegen die Städte. In unserer Familie haben wir das alles überlebt. Wir russischen Bären, wir sind auf der anderen Seite in den Krieg eingetreten, wir werden ihn für die Engländer und Franzosen gewinnen, die es allein nicht fertig bringen. Während an der Front die letzten Schlachten weitergehen, halten die Deutschen immer noch unsere alte Stadt besetzt, aber nur noch gerade so. Wir haben unsere Leute, die sich durch die Straßen bewegen, in denen wir uns so gut auskennen, und sie nachts erstechen. Deshalb kommen sie mit ihren Gewehren in unsere Häuser und erschrecken die Frauen, zertrümmern die Möbel und zerren alles heraus, was in den Schränken und unter den Betten ist, während sie nach unseren Männern suchen, die, das wissen sie, so etwas tun. Die ganze Zeit brüllen sie so laut und trampeln wie eine durchgegangene Rinderherde durchs Haus, dass ich meine Schwestern kaum schreien höre, und ich weiß nicht, was meine Mutter, den Mund geweitet über zusammengebissenen Zähnen, mir sagen will. Soll ich weglaufen? Wie denn. Sie haben meinen Vater mitgenommen, haben ihn mit Tritten zur Tür befördert, na wenigstens wissen wir, dass er es geschafft hat, es ihnen heimzuzahlen, bevor sie ihn schnappten. In den Nächten, in denen er uns verließ und vor Tagesanbruch wieder neben meiner Mutter ins Bett kroch, hat er mindestens drei umgebracht. Dann guckt sich einer von ihnen um; und packt mich. Tritt mich hinter meinem Vater her. Meine Mutter schreit auf: Er ist doch erst vierzehn, ein Kind, er weiß nichts, nichts! Aber sie verstehen kein Russisch. Außerdem wissen sie sowieso, dass ich bald, mit fünfzehn, einberufen werde, manche Jungen aus meiner Klasse sind schon bei der Armee, weil wir gewinnen müssen, jeder muss kämpfen. Sie werfen meinen Vater und mich in eine Art Militärlastwagen und stellen die Füße auf uns, um uns auf dem Boden zu halten, aber ich sehe die Dächer der Häuser in unserer Straße vorbeiziehen und die Türme der alten Kirche, in die meine Mutter geht und die, sagt sie, vor Hunderten von Jahren erbaut wurde und die allerschönste in unserem Land ist, auf der ganzen Welt, und Gott selber hat sie vor den Bomben gerettet. Und ich sehe sogar die letzte aufragende Mauer des ausgebombten Theaters, in dem wir einmal waren, um meine älteste Schwester zu sehen, die Schauspielerin ist und in einem Stück von Maxim Gorki auftrat. Wir hatten das Stück auch in der Schule gelesen.

Wenn ich das alles sehe, das immer noch da ist, kann ich nicht glauben, dass ich hier bin, so panisch, dass ich kaum Luft kriege. Mein Vater versucht ständig, den Kopf zu mir zu drehen, ich weiß, er will mir sagen, dass alles gut ist, dass er bei mir ist.

Dann sehe ich Dächer von Häusern, die ich nicht kenne, und dann keine Häuser mehr, nur Himmel. Mir läuft die Nase. Nein, ich weine! Kind! Ich schniefe die Tränen durch die Nase zurück, mein Vater soll es nicht hören.

Wir kommen an, wo immer das ist, wo sie uns hingebracht haben, und der Militärlastwagen wird aufgemacht, wir sind in einem Hof, sehr helle hohe Lichter wie auf Sportplätzen, aber da steht ein Gebäude mit Gittern vor den Fenstern. Sie nehmen meinen Vater mit, aber nicht in das Gebäude, und ich rufe, ich brülle, und sie lassen ihn nicht antworten, ich sehe an seinen Schultern, dass er kämpft. Die Deutschen, die mich festhalten, führen mich in das Gebäude. Es ist ein Gefängnis. Wie es innen in einem Gefängnis aussieht, weiß ich nur aus Filmen. Es wird über irgendwas gestritten, ich verstehe die Sprache nicht, aber ich glaube, es ist, weil sie nicht wissen, was sie mit mir anfangen sollen.

Ich weiß, dass sie meinen Vater erschießen werden. Diese Furcht, die mir die Kraft in den Beinen nimmt, die Deutschen halten mich aufrecht, schleppen mich durch Korridore, ist das Angst um ihn oder um mich. Aber wieso nehmen sie mich nicht auch dorthin mit, wo sie ihn hingebracht haben, und erschießen mich. Sie öffnen eine Eisentür und werfen mich in einen winzigen Raum, dunkel, mit einem Viereck aus Licht, das dicke schwarze Stäbe durchschneiden. Als sie fort sind, erkenne ich, dass niemand da ist außer mir und einem Fetzen, der eine Decke sein muss.

Ich bin jetzt seit Tagen hier, manchmal bringen sie mir Wasser und Essen, und es gibt einen Eimer, der nach mir stinkt. Aber es ist, als wär mir nie was passiert, ich bin nicht Kostja, der in der Schule war und Fußball in der zweiten Liga spielte und mit einkaufen ging, um meiner Mutter die Sachen zu tragen, und Natalja schon ins Kino eingeladen hatte und für sie zahlte, da ist nur die Fahrt auf dem Boden des Militärlastwagens neben meinem Vater und der Kirchturm und die aufragende Theatermauer und sein Rücken, als er davonging, um erschossen zu werden. Denn wenn er nicht erschossen worden wäre, dann wäre er hier bei mir. Wir wären ganz eng beisammen, weil diese Zelle sehr klein ist, es gibt kaum genug Platz, um die Decke ganz auszubreiten und sich darauf zu legen. Immer ist eine Mauer vor meinem Gesicht, egal, wohin ich mich drehe. Wenn ich mit ausgestreckten Händen in die Höhe springe, kann ich ganz knapp die Eisenstäbe an dem bisschen Fenster erwischen und dort hängen. Aber es ist schwierig, mich mit Kopf und Schultern hinaufzuziehen, damit ich etwas sehe. Nur die Stäbe. Ich spüre die Stäbe in den Händen, wenn ich auf der Decke liege und die Augen schließe, sehe ich die Stäbe. Manchmal habe ich die verrückte Idee, dass mein Kopf kleiner wird, wenn ich ihn nur klein genug denken kann, so dass er durch die Stäbe passt. Mein Kopf wär draußen, außerhalb der engen Mauern, die Stäbe wären nicht mehr vor meinen Augen, auch wenn die Augen geschlossen sind.

Was können sie mit mir machen? Sie können mich nicht mehr nach Hause schicken, wo ich allen alles erzählen kann. Sie haben den Krieg verloren. Da sind sie an der Tür, sie lassen sie einen Moment lang offen, starren mich an. Ein lautes Wort in ihrer Sprache. Sie sind gekommen.

Bringen mich weg, um mich zu erschießen. Die Stäbe immer noch vor meinen Augen.

»Der Stößel des Mondes,
Der alles neu vermahlt,
Mich ins Leben zurückschickt –
Damit ich finde, was ich einst hatte,
Und weiß, was ich einst wusste.«

Die Großmutter sprach oft über den Krieg und die Zeit nach dem Krieg, als es Pläne gab, nach denen die Regierung alles, was verloren war, wieder aufbauen würde, und der Mann mit dem großen Schnauzbart eine Macht in der Welt war, genau wie der amerikanische Präsident, und sie mit einer Frauengruppe einen Ausflug nach Moskau gemacht hatte, um den anderen in seinem Grab zu sehen, tot, aber immer noch so, als wäre er lebendig unter allen anderen im Land. Die Enkelin kam zur Welt, nachdem der mit dem großen Schnauzbart ebenfalls tot war, und sie wuchs unter der öffentlichen Zurschaustellung der Porträts aller auf, die nach ihm kamen, einer nach dem anderen; aufeinander folgende Gesichter des Vaters, den sie nicht hatte. Anscheinend hatte er ihre Mutter wegen einer anderen Frau verlassen, als sein Kind noch zu klein war, um eine Erinnerung an ihn zu bewahren. Die Regierungsväter sorgten für gute Schulen und Kliniken für Kinder, und ihre Mutter hatte eine feste Stelle in einem Kantinenbetrieb, in dem die Arbeitsbedingungen für die Angestellten durch deren Gewerkschaft garantiert wurden. Die Großmutter hatte ihre Rente.

Das Kind unternahm Ausflüge mit seiner Schulklasse (wie die Gruppe der Großmutter früher, allerdings nicht zum Grab) in Museen und in die Ehrfurcht gebietenden, kolossalen Innenräume prächtiger Gebäude, die den Krieg überstanden hatten und restauriert worden waren, Paläste und Theater aus ferner Zarenvergangenheit, die jetzt, sagte die Regierung, dem Volk gehörten. Sie liebte diese Expeditionen; die angeschlagene, aber herrliche Vergoldung, die zwiebelförmigen Kuppeln, die auf die Wolken zielenden krenelierten Pfeile der Turmhelme, die gemalten Heiligen in menschenleeren Kapellen – Religion wurde in der Schule nicht unterrichtet, und nur die Uralten wie ihre Großmutter wagten sich in die Museumskirchen, in denen es keine Priester mehr gab, um zu beten. Gott war nicht mehr da. Das aber konnte die Großmutter insgeheim nicht hinnehmen: dass es ihn nicht mehr gab. Das junge Mädchen führte die Mutter in die Pracht ein, die der Stadt ihrer unveränderlichen Routine aus Schule, Arbeit, Anstellen um Lebensmittel gehörte, und wenn das Staatsballett ein Gastspiel gab, gingen sie gemeinsam hin und waren benommen vor Entzücken – Eintrittskarten waren billig, gewöhnliche Arbeiter konnten sich solche Wonnen leisten. Sie hatte beschlossen, Lehrerin zu werden; und dann, als sie im Fernsehen das magische Wirken von Computern sah, verlagerte sich ihr Ehrgeiz, sie wollte mit Computern umgehen lernen, um vielleicht in einem Büro der Bezirksregierung zu arbeiten. Die Gewerkschaft ihrer Mutter würde wissen, wie die Tochter es anstellen sollte, sobald es so weit war.

Aber als es so weit war, als sie mit der Schule fertig war, hatte die Zeit sich geändert. Wieder eine andere Zeit. Die großen Väter verloren die Macht, stürzten; die Länder, die unter einem Namen eine riesige Union gebildet hatten, fielen auseinander. Die Intellektuellen und andere, die eingesperrt gewesen waren, weil die Väter sie fürchteten, wurden freigelassen. Die Welt draußen sagte, jetzt würden alle frei. Bringt die Computer, bringt die Casinos, bringt alles, was glücklich macht, wie der Westen uns sagt, alles, was wir nie ausprobiert haben, nicht ausprobieren konnten. Und sie taten es. Und die neue Regierung, die nie

nach westlicher Art Geschäfte gemacht hatte, schnitt im Geschäft mit dem Westen nicht sehr gut ab.
Fabriken machten zu, weil ihnen der bequeme Markt für ihre Produkte fehlte, den die riesige Union geboten hatte. Elenas Mutter verlor ihre Stelle, als der Kantinenbetrieb der Konkurrenz so genannter Fast-Food-Ketten mit amerikanischen Namen, die zahlreiche Restaurants ersetzten, unterlag und in Konkurs ging, Elena konnte nicht studieren, um Lehrerin oder Informatikerin zu werden. Sie musste Arbeit finden, irgendeine Arbeit. Ausländer, die geschäftehalber kamen, wohnten in Hotels, die, jetzt im Besitz internationaler Ketten, renoviert und neu gestaltet worden waren, damit die Gäste das Gefühl hatten, sie befänden sich in einem westlichen Hotel. Ihre Mutter konnte es nicht glauben: Ihre Tochter, die so klug war, die in ebendieser Welt, der neuen Welt eine Karriere machen sollte, kam eines Tages nach Hause und sagte, sie habe Arbeit gefunden: als Zimmermädchen in einem der Hotels. Sie war angewiesen, statt Jeans einen Rock zu tragen, und erhielt eine Uniformschürze. An Türen mit dem Schild »Bitte nicht stören« auf Englisch, Französisch, Deutsch und Japanisch ging sie vorbei, an anderen Türen klopfte sie leise an. Wenn keine Antwort kam, musste sie hineingehen, die Betten machen, die Teppiche saugen, das Bad putzen, die Handtücher wechseln, die Seife und alles Übrige, was aus dem Körbchen mit kostenlosen, in dem hohen (nur in Dollars zahlbaren) Preis für das Zimmer inbegriffenen Miniaturausgaben von Badeöl und Shampoo fehlte, ersetzen. Die Laken hatten Spermaflecken. Die Abflüsse der Badewannen waren mit Schamhaaren verstopft. Die Toilettenschüsseln trugen oft noch Kotspuren. Schweißstarre Socken und Hemden mit schmutzigen Rändern an Kragen und Manschetten mussten vom Teppich aufgehoben und ordentlich auf einen Stuhl gelegt werden. Die Wirtschafterin kontrollierte regelmäßig, ob die Arbeit korrekt erledigt wurde.
Manchmal, wenn das Zimmermädchen klopfte, keine Antwort

erhielt und eintrat, war doch jemand da, eine Stimme aus der Dusche, und sie entschuldigte sich und ging sofort wieder. Es kam vor, dass sie das Zimmer betrat, wenn keine Antwort erfolgte, und ein Mann halb bekleidet dastand und, während sie sich entschuldigte, lächelte und sagte: Nur zu, ich bin fertig im Bad. Aber sie hatte ihre Anweisungen: Ich komme später wieder. Es kam der Morgen, an dem sie klopfte und jemand in einer Sprache antwortete, die sie nicht als Englisch (sie hatte ein wenig davon in der Schule gelernt), Deutsch, Französisch oder Japanisch identifizierte. Sie wandte sich ab, aber die Tür öffnete sich, und ein Mann in dem weißen Frotteebademantel, den das Hotel zur Verfügung stellte, blockierte den Lichtschein aus dem Zimmer. »Kein Italienisch? – Okay, verstehen Sie Englisch? Kommen Sie bitte.« Sie folgte ihm ins Bad, und er deutete auf die Handtücher, die von ihrem Halter ins Wasser gefallen waren. In Zeichensprache drückte sie aus: Ich bringe neue. Als sie mit den Handtüchern zurückkam, dankte er ihr, lächelnd, mit überschwänglichem Achselzucken, dafür: »Russin? Ja, Sie sind sicher ein echtes russisches Mädchen. Das erste, das ich kennen lerne!« Sie erwiderte das Lächeln, wie es sich für ein Zimmermädchen gehört, höflich zu den Gästen, auch wenn sie noch so schmutzig sind. Nickte entschieden. »Russin, ja.« Sie sagte es in ihrer Sprache, und er neigte ein wenig den Kopf zur Seite, als lauschte er einem Vogelruf. Sie lachten beide, und sie ging. Am nächsten Tag, als sie bei der Nummer 507 klopfte, öffnete sich die Tür sofort. Er war ein mächtiger Mann, der Italiener, groß und breit, aber nicht dick, mit einem ausgefallenen Gürtel, der sich über einem starken Bauch immer noch schließen ließ, und einem frischen, vollen Gesicht, schwarzen Augen unter dicken Lidern und einer schimmernden Mähne grauer Haare, die er selbstbewusst trug wie ein Hahn seinen Kamm. Dem Alter nach wie viele der ausländischen Gäste, irgendwo gegen Ende fünfzig. Sie sah das alles wirklich zum ersten Mal: Er stellte sich ihr vor.

Wieder winkte er sie ins Zimmer. Er hatte Einkäufe ausgepackt; da lag ein Durcheinander aus Pappschachtel, Luftkissenfolie, Plastikfetzen. Ob sie gegen das Chaos etwas tun könne? Sie verständigten sich recht gut mit Zeichen und ihren paar englischen Wörtern, ihre Dienstwilligkeit, seine Dankbarkeit lösten Gelächter aus. Er half ihr, die Teile vom Teppich aufzulesen, die Schachtel zu füllen, hob sie auf und schickte sich an, sie an ihrer Stelle zur Tür zu tragen, während sie protestierte und ihm die Schachtel aus der Hand nehmen wollte. Sie fiel zu Boden und entleerte sich wieder. Er warf in gespieltem Schuldbewusstsein die Hände über den Kopf. Als sie sich wieder senkten, legten sie sich um sie, er wiegte sie an seinem Körper, lachend. Sie entzog sich ihm. Er ließ sie los. »Seien Sie nicht böse. Kommen Sie, setzen Sie sich.« Sie wusste nicht, was sie tun sollte. Man darf nicht unhöflich zu einem Hotelgast sein. Er setzte sich auf die samtene Chaiselongue und klopfte auf den Platz neben sich. Sie gehorchte zögernd der Aufforderung. Jetzt legte er einen Arm um ihre Schultern und drehte sie zu sich, küsste sie. Seine Lippen waren warm und angenehm, eine Abwechslung zu dem Schmutz, den sie mit Hotelgästen sonst verband, er roch nach Pinienrasierwasser. Er drückte sie fester an sich und schob ihr die Zunge in den Mund. Die Liebkosung, die Annäherung kamen aus dieser anderen Welt, draußen, der Welt der Computer und Reisen, und obwohl sich etwas in ihr sträubte, entführte es sie dorthin, fort von dem Zimmermädchen.

Er wartete auf sie, jeden Morgen. Er war im Bademantel, mit seinem Laptop oder dem Telefon beschäftigt und umgeben von einem Taschenrechner, einem zweiten – mobilen – Telefon und ausgebreiteten Unterlagen. Sie konnte sehen, dass er ein wichtiger Geschäftsmann irgendeiner Art war. Es war die gleiche Ausrüstung, die sie alle in ihren Zimmern hatten. Er winkte sie zu sich und ließ eine freie Hand über ihr Hinterteil abwärts gleiten, während er argumentierte, zustimmte, vertraulich die Stimme senkte, zuversichtlich die Stimme hob, alles auf Italienisch. Wenn das Geschäftliche beendet war, schlief er mit ihr auf dem Bett, das sie später, im Verlauf ihrer Arbeit, wieder in Ordnung brachte.

Sie war einmal ungeschickt penetriert worden, von einem Jungen, der auf halbem Weg ejakulierte, und sie wusste nicht, dass der Akt auch ganz anders sein konnte. Das Eindringen dieses Mannes war ein köstliches Öffnen all dessen, was in ihr verborgen gewesen sein musste, und als von seinen starken Bewegungen in der Schutzhülle, die er trug, eine Art Flamme hervorschoss, wurde sie entfacht, durch ihren gesamten Körper und abwärts durch ihre bebenden Schenkel, und er musste ihren Aufschrei ersticken – es hätte ja jemand durch den Flur draußen gehen können.

Sie hatte ihre Zimmer zu reinigen; er hatte seine Termine einzuhalten. Er fand ein besseres Arrangement: Wann war ihre Mittagspause? Er würde seine Verabredungen entsprechend legen, Businesslunches konnten auch spät stattfinden. Zwischen Umarmungen fütterte er sie mit Kirschen und Pfirsichscheiben aus der Schale, die ihm das Hotel stets gefüllt auf den Couchtisch stellen ließ, armes kleines Mädchen, keine Zeit zum Mittagessen.

Sein Aufenthalt im Hotel war länger als bei ausländischen Geschäftsleuten üblich; offenbar hatte er komplizierte finanzielle Angelegenheiten abzuwickeln, derentwegen er auf eine Gelegenheit warten musste, um diese oder jene Verbindung zu einem Mittelsmann zu knüpfen. Sie erfuhr davon nichts, auch nichts über sein Leben dort, wo er herkam, Italien, aber sie sah, dass er oft erbost war, wenn er den Telefonhörer auflegte oder mit dem daran angeschlossenen Faxapparat die Geduld verlor.

Es musste die dritte Woche gewesen sein – in einer Mittagspause sah er sie an, während sie unter ihm lag, der besseren Perspektive halber auf die Ellenbogen gestützt. Sein Mund nahm die eine, die andere Form an, als drängte es ihn zu irgendeiner nicht körperlichen Geste gegenüber dem Unausweichlichen, das hinter sich zu lassen an der Zeit war: Vergnügen diktierte den einen Verlauf, Vernunft den anderen. Als sie sich anzog, beobachtete er sie. Dieser empfängliche Körper, der sich nach und nach verhüllte; er hatte in seinem Leben viele empfängliche Körper gehabt, die kamen und gingen, aber die Zeit blieb nicht stehen, und einer mehr …

»Ich kann dich nach Italien mitnehmen.«

Sie glaubte ihm nicht, gab keine Antwort.

»Nein, es ist wahr. Ich kenne jemanden, ich kann dir Papiere besorgen. Wir werden dort Arbeit für dich finden. Nicht diese hier. Bessere Arbeit. Du kannst hier nicht ewig weitermachen.«

Sie schüttelte den Kopf, schwächer und schwächer. Mit einem Lächeln ging er über ihre Machtlosigkeit angesichts seiner Tüchtigkeit in der Welt offizieller Bestechung hinweg.

Was konnte er von der Mutter, der Großmutter wissen, zu denen sie abends mit dem übrig gebliebenen Essen zurückkehrte, das einer der Küchenchefs aus dem Hotelrestaurant schmuggelte und ihr mitgab.

»Anfang nächsten Monats fliege ich. Ich nehm dich mit. Das hier ist nichts für ein Mädchen wie dich.« In jeder Mittagspause bestätigte er es, ging davon aus, dass die Vereinbarung galt. Und sie fand ihre Stimme wieder: »Nein, nein, ich kann nicht.«

Am Ende verlor er das Interesse – auch gut. Es gab eine Menge Mädchen, die bei dem Angebot sofort zugegriffen hätten. Und es gab eine Menge Mädchen in Mailand, auch wenn ihnen der Reiz des Neuen fehlt, weil sie eben keine echten Russinnen sind.

Aber als sie an ihrem freien Nachmittag von der Bushaltestelle nach Hause ging, sah sie etwas so Schreckliches, dass sie beinahe von einem Lastwagen überfahren worden wäre, als sie sich in den Verkehr und darauf zustürzte. Alte Leute, die auf der Straße bettelten; sie waren überall, alte Männer in ihren einst respektablen Funktionärs- oder Angestelltenanzügen, alte Frauen mit den verwirrten Mienen ehemaliger Hausfrauen, verschämt unter Kopftüchern. Aber diese eine, zu der sie so panisch hinlief, das war ihre Großmutter. Sie nahm sie mit nach Hause, unfähig zu sprechen, die Augen zusammengekniffen über Tränen der Wut und des Abscheus, als wäre die alte Frau eine auf frischer Tat ertappte Kriminelle. Zu Hause war die Mutter, die zuerst weinte und ihr dann ihre eigene Wut entgegenhielt. »Seit einem Jahr hat sie keine Rente mehr bekommen – sogar schon einen Monat länger. Ich stehe tagelang mit ihr vor dem Amt, aber die zahlen nicht. Was sollen sie denn sonst tun, als auf der Straße sitzen und hoffen, dass ihnen jemand was gibt? Warum soll sie nicht tun, was alle tun? Wie sollen wir leben von dem, was du aus dem Hotel heimbringst? Ich werde versuchen müssen, sie in einem Altersheim unterzubringen, sie wird dort sterben, fern von uns! Was bleibt uns denn übrig?« Am nächsten Tag saß die Großmutter wieder auf ihrem Hocker auf der Straße. Ihre Enkelin sah sie und ging vorbei.

Es blieb doch etwas anderes übrig.

Nach der Liebe in der Mittagspause brachte sie das Thema zur Sprache, das er abgeschrieben hatte. »Wenn du Papiere machen kannst, ich gehe nach Italien.«

Es war nicht allein der Anblick der verehrten alten Frau, die auf der Straße bettelte; das zeitweilige Zimmermädchen hatte auch etwas von der rationalen Intelligenz und Berechnung eines Geschäftsmanns. Er würde eine anständige Arbeit für sie finden, in dem Land draußen, Italien, der wunderbaren Stadt, von der er erzählte, Mailand, und sie würde ihrer Mutter harte Devisen nach Hause schicken. Blieb sie aber Zimmermädchen, würde ihre Großmutter eine Bettlerin unter all den anderen Bettlern bleiben.

Sie ließ sie zurück. Ihre Mutter hatte von dem italienischen Geschäftsmann nichts gewusst, aber als sie von seinem An-

gebot erfuhr, zögerte sie nicht: Geh, Elena. Was aus den Zurückgelassenen würde, darüber sprachen sie nicht. Vielleicht konnte die Mutter die Zimmermädchenstelle der Tochter übernehmen.
Ihre Mutter schenkte ihr zum Abschied ein Bilderbuch von der Stadt, ihren alten Palästen, Kirchen, Plätzen und Museen, die sie gemeinsam besucht hatten; sie musste etwas dafür eingetauscht haben, auf dem Markt, wo die Leute sich von ihrem Hab und Gut trennten, und die Tochter bat selbst um Fotografien von der Stadt, die sie auch bekam: aufgenommen zu Zeiten, als ihre Mutter noch eine gute Stelle gehabt und sie noch eine Kamera besessen hatten.

Sie hatte ein Zimmer in einem kleinen Hotel in seiner Stadt, Mailand, seinem Land, Italien. Das Zimmer war im fünften Stock, ein winziger Käfig von Aufzug brachte sie hinauf, brachte ihn zu ihr, wenn er Zeit hatte. Am ersten Tag zeigte er ihr das Spitzengeflecht einer steinernen Fiale, gerade noch sichtbar aus dem Himmel im Fenster herausgestanzt. »Von hier aus kannst du den Duomo sehen! Du musst unbedingt auf die Piazza hinunter und ihn angucken, das Allerschönste auf der ganzen Welt!«
Er zahlte das Hotelzimmer und nahm sie mit in eine Trattoria in der Nähe, mit deren Wirt er vereinbart hatte, dass sie dort ihre Mahlzeiten einnehmen konnte. Es war ein geräumiges, viel besuchtes Lokal; die Leute, die im Viertel arbeiteten, kamen in Eile hierher, um ausgiebig zu essen und zu trinken. Es war, wie er gesagt hatte, eine wunderbare Stadt; die engen Gassen voller Läden, die schöne Kleider und Schuhe, deren Eleganz man sich niemals hätte vorstellen können, wie Kunstgalerien zur Schau stellten. Er sah sich nach etwas für sie um – Arbeit; sie musste freilich besser gekleidet sein, wenn er dieses Etwas finden sollte! Er ging mit ihr in ein Kaufhaus, in dem an den Kleiderständern gute Sachen hingen, wenn auch nicht so elegant wie in den

kleinen Läden, in die sie gestarrt hatte, und kaufte Hosen und Jacken und Schuhe, wie sie sie nie besessen hatte. Natürlich hatte sie immer diesen großen, breitschultrigen Körper mit weit auseinander stehenden Brüsten gehabt, diese weiße Haut und die deutlichen Wangenknochen, dieses volle dunkle Haar, die schmalen schwarzen Augen und die Lippen, deren Umrisslinien sich reizvoll von ihrer Haut abhoben; jetzt aber, im Kaufhausspiegel, sah sie selbst, dass sie auf ihre Weise schön war; sah sich so, wie er, der Italiener, sie als Zimmermädchen gesehen hatte. So spazierte sie nun durch die Stadt, gekleidet wie all die schicken berufstätigen Männer und Frauen aus Geschäften und Büros, und eilte zurück zum Hotel, um zu sehen, ob eine Nachricht von ihm da war; jeden Tag, jeden Moment könnte er etwas gefunden haben, eine Stelle für sie. Sie lauschte begierig den Gesprächen ringsum, las die Etiketten und Aufkleber an den Gegenständen, die sie erkannte, und schnappte ein paar Brocken von der Sprache auf.

Er kam nicht so oft, um Anspruch auf Sex zu erheben, wie damals in jenem anderen Hotel, in ihrer Heimat. Er hatte sehr viel zu tun, seine Firma zu leiten, und sie wusste, dass in einem anderen Stadtteil die Wohnung war, in der er mit seiner Frau lebte; er hatte nicht über seine Familie gesprochen, ehe er sie nach Italien brachte, weil sie keine Sprache teilten, konnten sie nicht viel reden, weder damals noch jetzt, ihre Zungen während der Liebe waren die einzige echte Form der Kommunikation. Jetzt aber sagte er hin und wieder, er werde am nächsten Nachmittag nicht vom Büro aus zu ihr kommen, weil er seinen Sohn vom Flughafen abholen musste oder seine Frau für Verwandte eine Cocktailparty gab und er früh nach Hause musste. Obwohl die Stadt sie wie ein Wunder umtoste, wurde sie immer ungeduldiger, sie wollte endlich Arbeit haben und dazugehören, statt nur Zuschauerin zu sein. Arbeit und Geld, das sie nach Hause schicken konnte. Und sie hatte auch die Illusion – sie wusste, dass es eine war –, dass sie ihm alles zurückzahlen würde, mit der Zeit: das Hotel, die Trattoria, die Kleider; sie hätte es vorgezogen, wenn für den Sex mit nichts anderem bezahlt würde als mit der gegenseitigen Lust. Aber das gehörte in den Bereich der Liebe, das wusste sie. Männer liebten ihre Ehefrauen. Er liebte seine Frau, daran zweifelte sie nicht, das spürte sie; sie hatte nie die Chance gehabt, verliebt zu sein.

Er fand etwas für sie. Und für sich auch.
Es war nicht Arbeit, in Mailand, wo sie von ihm erwartet hätte, dass er sie weiter besuchte – vielleicht gab es eine neue Frau für dieses Vergnügen, oder seine Gattin wurde allmählich argwöhnisch und schwierig. Aber er behandelte seine Frauen stets gut, und so kam eine Lösung zu Stande, die im Interesse aller war und darüber hinaus der von ihm empfundenen umfassenden familiären Verantwortung gegenüber Onkeln, Tanten, Vettern gerecht wurde. Er sagte ihr an einem Wochenende (normalerweise erwartete sie ihn nicht zu solchen Zeiten, die er selbstverständlich mit Frau und Kindern verbrachte), er wolle sie jemandem aus seiner Familie vorstellen. Vielleicht war die Gelegenheit günstig, weil die Gattin verreist war, oder dieser Verwandte war einer, mit dem er Vertraulichkeiten über Affären austauschte, jemand, auf dessen Verschwiegenheit Verlass war. Aber sie war überrascht und schüchtern gerührt von dieser Andeutung, sie in sein Leben einzulassen. Nach einer Stunde Fahrt, in der die Alpen immer gegenwärtig waren, näher rückten und wieder zurückwichen, während sie dieser Landschaft folgte, die Italien war, die Welt, kamen sie in eine Stadt, eine große Familienwohnung voller imposanter alter Möbel, üppiges Essen und Wein waren aufgetischt zu den Willkommensrufen von Menschen, der Begrüßung für jemanden, die er, wie er ihnen erzählte, aus dem Chaos in Russland gerettet hatte. Sie wussten, was für ein guter Mann er war, großzügig. Da waren eine Tante, eine weitere stattliche Frau, die vielleicht ihre Schwester war, ein in ein Computerspiel vertiefter halbwüch-

siger Junge, der Onkel und ein Mann, der Sohn des Paars. Die Fremde aus Russland hatte in Mailand erfahren, wie schwierig es war, das Alter bestimmter Ausländer zu schätzen; von hinten sahen manche schlank und lebhaft jugendlich aus, und wenn sie sich umdrehten, zeigten sie altersgefurchte Gesichter, in denen sich fast die Nasenknochen durch die dünne Haut bohrten; andere sahen aus wie beleibte, stämmig-muskulöse junge Männer, deren Schenkel und Gesäßbacken unter der stramm sitzenden Hose, deren feiste Wangen und Ohrläppchen das mittlere Alter nicht unbedingt verrieten. Zu Letzteren gehörte der Sohn, und seine reife, strotzende Kraft war das Epizentrum der Versammlung. Er hatte eine eigene Wohnung; das russische Mädchen und der Vetter aus Mailand, der sie mitgebracht hatte, wurden von dem Mann – Lorenzo war der Name, unter all den Namen, die sie hörte – mitgenommen, um die Wohnung zu besichtigen, fast als gäbe es einen Grund dafür, wie ein Immobilienmakler, der einem Kunden eine freie Wohnung zeigt.

Es gab einen Grund. Der Sohn in reiferem Alter war nicht verheiratet; seine Eltern wussten nicht genau, weshalb – es gab eine Reihe netter, gut aussehender Mädchen, deren Eltern nur zu erfreut und glücklich gewesen wären, einen erfolgreichen Mann mit drei Metzgerläden, zwei in dieser Stadt und einem dritten in einem Dorf in der Nähe, als Schwiegersohn zu haben. Es war die Rede von einer jahrelangen Affäre mit einer verheirateten Frau, die sich nicht scheiden lassen wollte; offensichtlich war die Sache vorbei, sie war mit ihrem Mann in den Süden gezogen, nach Neapel. Im Vertrauen hatten Tante und Onkel im Familienrat ihren weltgewandten Mailänder Neffen gebeten, sich unter den zahlreichen Frauen, die er zweifellos kannte, nach einer passenden Gattin umzusehen, für einen Mann von Lorenzos Alter und Status sei es an der Zeit, eine Familie zu gründen. Damals hatte der Mailänder Neffe die Augenbrauen gehoben und die Mundwinkel herabgezogen; welche Städterin würde in einer öden Provinzstadt leben wollen, zwischen ein paar kleinen Fabriken und halb aufgegebenen Bauernhöfen, wo nie etwas passierte? Aber nun war da diese junge Russin, die er aus ihrem elenden Dasein geholt und in dieses schöne Land gebracht hatte, aus reiner Freundlichkeit – ja, eine Zeit lang war er selbst auf sie erpicht gewesen –, und die eine legale Staatsbürgerin würde, wenn sie den Sohn einer der ältesten Familien in einer Provinzstadt heiratete, welche bessere Lösung gab es für das Problem, sie irgendwo unterzubringen! Ein wohlhabender Ehemann, jeder Komfort, ein Mann, der es sich sogar leisten konnte, großzügig zu sein und ihr zu erlauben, ihrer Mutter Geld zu schicken und so weiter – nie hätte sie mit der bescheidenen Arbeit, die er ihr vielleicht hätte beschaffen können – ihr, die nicht einmal die Sprache beherrschte und nichts anderes gelernt hatte als Zimmermädchen –, genügend verdient, um sowohl sich als auch ihre Mutter zu versorgen. Sicherlich würde er nicht auf ewig für ihren Unterhalt aufkommen, und ohnehin hatten die speziellen Vereinbarungen, mit denen er ihre Einreise ermöglicht hatte, ein Verfallsdatum, das bald erreicht war.

Lorenzo kam mehrmals nach Mailand, es hatte etwas mit dem Verkauf von Tierfellen zu tun, versuchte er zu erklären; er führte sie zum Essen in Restaurants, wo die Champagnerflaschen in Eiskübeln lagen. Auch er konnte ein bisschen Englisch und lobte ihre Versuche, italienisch zu sprechen, und zur Gratulation legte er seine Hand auf die ihre. Er küsste sie nicht und traf auch keine Anstalten, mit ihr ins Bett zu gehen, wie sie ergeben erwartet hatte.

Nein, er lernte sie kennen. Ihm war gesagt worden, dass sie eine passende Ehefrau wäre. Sie war eine Emigrantin mit fragwürdigem legalem Status, sie war nicht in der Position, zu entscheiden, ob sie lieber in der Großstadt mit dem Duomo oder in einer kleinen Provinzstadt leben wollte, sie hatte keine Aussicht auf einen Job, außer ihr Italienisch so weit zu verbessern, dass sie in seinem erstklassigen Metzgereibetrieb an einem bequemen Schreibtisch sitzen, das Telefon bedienen und als Gattin des Eigentümers die Kundschaft begrüßen konnte – es trüge zu seinem Ansehen am Ort bei, wenn allenthalben sichtbar wäre, dass er einen Hausstand gegründet hatte. Und selbst wenn die Gattin Ausländerin war, bewiese dies vielleicht nur sein überlegenes Gespür nicht allein in der Art und Weise, wie er jedem Kunden sein individuelles Stück Fleisch mit dem Geschick und der Kunstfertigkeit eines Chirurgen zuschnitt, sondern auch in anderen Angelegenheiten.

Ihr Mailänder kam zu ihr in das kleine Hotelzimmer mit Blick auf den Dom, nicht um mit ihr zu schlafen, sondern um ihr klar zu machen, dass sich ihr hier eine großartige Chance biete. Die Papiere, die er auf gewisse Weise für sie beschafft hatte, seien nicht mehr gültig; sie würde bald ausgewiesen, dagegen könne er nichts tun. Lorenzo sei bereit, sie zu heiraten. Sie würde eine italienische Ehefrau werden, zu diesem schönen Land gehören. Lorenzo sei ein guter Mann, nicht alt, ein Mann, den jede Frau – er brach ab, breitete die Hände aus. Lieben würde; er brauchte es nicht zu sagen.

Er kam aus Mailand zur Hochzeit. Die Tante hatte mit ihr eine Freundin der Familie aufgesucht, die einen Laden in der Stadt besaß, eine bescheidenere Ausgabe der Läden, deren perfekt arrangierte Schaufenster in den schmalen Gassen von Mailand Kleider zu Kunstwerken erhoben; sie bekam ein Hochzeitskleid mit Hut, allerdings nicht die mädchenhafte Konvention Weiß mit langem Schleier. Die stattliche Reife des Bräutigams hätte diese Aufmachung unpassend erscheinen lassen; und wer wusste überhaupt, aus welchem Milieu sie kam, in dieser wilden, unbekannten Weite Russlands. Sie hatten vor der Hochzeit nicht miteinander geschlafen, als wäre dies Bestandteil der Vereinbarung. Wenn er jetzt mit ihr schlief, war es eine konzentrierte, regelmäßige abendliche Tätigkeit wie tagsüber das Metzgern. Sie konnten nicht viel miteinander reden, was wieder an den sprachlichen Schwierigkeiten lag. Es gab keine Zärtlichkeit –

aber die hatte sie seit der Zärtlichkeit ihrer Mutter und Großmutter ohnehin nicht mehr erlebt –, doch es gab Großzügigkeit: Er bestand darauf, dass sie sich alle schönen Kleider kaufte, die ihr gefielen, und beschenkte sie mit Schmuck, den er mit kalkuliertem Stolz an ihrem Hals, ihren Handgelenken und Fingern betrachtete. Der eheliche Geschlechtsverkehr war Bestandteil aller weiteren Tage und Nächte, am Morgen ging sie mit ihm in seine Hauptmetzgerei, seine Kunden, die alle Freunde oder langjährige Bekannte der Familie waren, wurden ihr vorgestellt, lächelten und gratulierten ihr, glückliche Frau, und abends kehrte das Paar in die von einer Zugehfrau, die er sich täglich leisten konnte, geputzte und perfekt aufgeräumte Wohnung zurück. Sie ernährten sich von den besten Stücken erstklassigen Rindfleischs, Käse und Früchten, die sie exotisch fand. Nie in ihrem Leben hatte sie so gut gegessen. Schon im ersten Monat der Ehe wurde sie schwanger. Er verkündete es der ganzen Familie, sein Stolz war der Stolz der gesamten Verwandtschaft.

Sie holte das Bilderbuch ihrer Stadt hervor, in der sie gezeugt und geboren worden, in der sie das Kind gewesen war, und zeigte die Fotografien, die entstanden waren, als sie und ihre Mutter die alten Kirchen besichtigt hatten (vielleicht die schönsten der Welt). Wie sonst kann die Fremde zeigen, dass auch sie ihren Wert hat – sie ist nicht ohne ein Erbe gekommen. Die Mutter des Ehemannes war begeistert; schau nur, schau, sie hielt seinem Vater das Buch hin, versuchte den halbwüchsigen Enkel ihrer Schwester von seinen Computerspielen fortzulocken. Lorenzo war schon wieder stolz: aha! Seine Wahl war also nicht auf irgendeine arme kleine Ausländerin aus einem froststarren, barbarischen, von Kommunisten ruinierten Land gefallen – sie hatte eine Herkunft von alten Denkmälern, Opernhäusern, Kirchen, beinahe so, wie Italien seine – natürlich unerreichten – Schätze hatte, die seine Familie, abgesehen von denen in Mailand, nie besichtigt hatte, doch von

denen man wusste, die einem aus nationalem Geburtsrecht gehörten.
Er wollte dieser Frau, die sein Kind trug, zeigen, wo er zur Welt gekommen war. Nicht in der Stadt mit seinen zwei Metzgereien? Nein. Sondern auf dem Bauernhof, der seinem Urgroßvater, Großvater und Vater gehört hatte. Jetzt gehörte er ihm. Über ein verlängertes Wochenende, erweitert durch einen kirchlichen Feiertag am Montag – den Tag irgendeines Heiligen –, wollte er ihr ein Vergnügen verschaffen, zu dem während der Phase, die als die Zeit der jungen Liebe gilt, keine Gelegenheit gewesen war. Er wollte mit ihr aufs Land fahren und ihr die aus dem alten landwirtschaftlichen Betrieb hervorgegangene Rinderzucht zeigen, die Quelle seines Wohlstands, des guten Lebens, das er ihr bot. Seinen Hof leiteten ein anderer Onkel und ein Vetter mit ihren Frauen, die in dem für sie renovierten alten Gebäude wohnten. Mikrowelle, Satellitenfernsehen – du wirst schon sehen. Die Anlagen auf dem allerneusten Stand, Rindfleischzucht für den Bedarf an erstklassiger Ware, die er nicht nur in seinen Läden verkaufte, sondern mit der er auch Supermärkte und Restaurants in Mailand, Turin und darüber hinaus belieferte.
Schüchtern, in dem Bewusstsein, dass sie auch mit diesen Verwandten nicht viel Konversation wird machen können, nimmt sie das Bilderbuch und die Fotografien von der Stadt mit, die sie verlassen musste. Sie legt ihre goldenen Armbänder an und die Halskette mit dem Bernsteingehänge (deshalb ausgesucht, weil Bernstein aus ihrem Teil der Welt kommt), das in das Tal zwischen ihren weit auseinander stehenden, von ihm so geschätzten Brüsten fällt.
Es ist eine weite Fahrt – wunderschön. Hin und wieder legt sie eine flache Hand auf den Bauch, sie meint bereits die leichte Auswölbung der Rundung dort zu spüren; aber eigentlich lacht sie über sich, nach alldem erstklassigen Rindfleisch, das sie essen, ist sie jetzt einfach nicht mehr so mager. Wer immer dort

drin ist – Junge, Mädchen –, ist noch nicht genügend gewachsen, um seine Anwesenheit zu bekunden. Es geht ihr sehr gut, keine morgendliche Übelkeit, vor der die Tante sie gewarnt hat; eine gesunde Russin, die eine italienische Ehefrau geworden ist. Sie verspürt ein plötzliches – ja, Glück muss das wohl sein? Mit dreißig ein neues Lebensgefühl. Während er fährt, blickt sie von der Landschaft auf diesen Mann, den sie pflichtbewusst allabendlich in seiner Schwere auf sich empfängt, mit der Erkenntnis, dass auch er dieses Gefühl offensichtlich braucht.

Das alte Bauernhaus hat sich verwandelt, seitdem es sein Eigen ist, genauso, wie sie sich verwandelt durch seine Geschenke schöner Kleider und kostbaren Schmucks. Als sie das Bad benutzt, ist der Raum nichts als Spiegel und geblümte Kacheln. Die neuen Verwandten umarmen sie, es gibt Kaffee und Wein und Kuchen. Wieder gehen das Bilderbuch und die Fotografien reihum; sie rafft ihre atemlos zögernden Wörter der fremden Sprache zusammen, um ihnen die Namen von Plätzen und Kirchen, Palästen zu nennen. Diese Herrlichkeiten, die überlebt haben, sind abermals die Auszeichnungen seiner Gattin – sie, seine Errungenschaft. Er ist befriedigt über die Begeisterung seiner von ihm abhängigen Verwandtschaft für Russlands verflossene Pracht: »Ihr müsst einmal hinfahren.« In Amerika, heißt es, buchen die Leute jetzt Reisen zum Mond …

Dann war es Zeit für den Onkel und den Vetter, ihr die Rinderzuchtanlage zu zeigen, angeführt von ihrem Ehemann, dem das alles gehört. Nach ihrer Vorstellung weiden Kühe im Sommer auf Wiesen, sind Teil des grünen Friedens einer Landschaft, wie die Wolken zum Himmel gehören. Da sind leuchtende Felder hinter dem Haus, unabsehbar ziehen sie sich dahin. Aber keine Kühe. Da sind Ställe, so riesig wie Flugzeughallen, und eine große Maschine neben einem massiven Wall aus geschrotetem Mais, das nach Bier riecht.

Fünfhundert Stück Vieh. Der Eigentümer kennt seinen Besitz genau. In den Flugzeughallen stehen fünfhundert Tiere. Die

Gruppe wird durch die betonierten Gänge zwischen jeweils zwei Reihen geführt, wo die schweren Köpfe ihrem exakten Gegenstück in der Reihe gegenüber zugewandt sind. Vor jedem gesenkten Kopf steht ein Trog mit dem Zeug, das nach Bier riecht. Die großen Augen sind konvexe, geschwärzte Spiegel, die kein Leben verraten. Die breiten, feuchten, weichen schwarzen Nasen atmen weich auf das Futter. Manche fressen; die anderen stehen alle in derselben Haltung mit gesenktem Kopf da. Sie sind an einem Bein angekettet. Der massige Körper jedes Tieres ist – maßgenau – zwischen den eisernen Stäben einer schweren Box eingeklemmt; es kann sich nicht umdrehen. Es kann nur fressen, am einen Ende seines Körpers. Fressen, fressen. Der Metzger und Eigentümer informiert sie: mit sechs Monaten schlachtreif. Erstklassiges Fleisch.
Dann wird sie auf der Rückseite der Reihen entlanggeführt. Mächtige Rümpfe und Hinterteile berühren die Eisenstäbe, das Fell ist gestriemt und gepflastert vom Mist, der in einen Trog fällt, ähnlich dem Behälter für Futter. Die Beine sind Stelzen mit der Funktion, den massigen Körper zu stützen.
Sie sagt nur einmal etwas – nicht notwendig, der Metzger und Eigentümer liefert einen fortlaufenden Kommentar der Bewunderung für den Zustand seines Viehs, die Marktpreise. Aus dem Sprachengemisch, das ihre Zunge hemmt, setzt sie auf Englisch zusammen: »Wann sie gehen hinaus auf Wiese?«
Nie. Sie verbringen die sechs Monate in der Anlage. So läuft die Fleischproduktion heutzutage. Sie werden kastriert – weißt du, was das ist – er demonstriert es. Deswegen wachsen sie so schnell und gut!
Sie streckt eine Hand aus, um den Kopf über den glänzenden Augäpfeln zu berühren, und das Geschöpf versucht furchtsam zurückzuweichen, kann sich aber zwischen den Eisenstäben nicht weiter als ein paar Zentimeter nach rechts und nach links, nach vorn und nach hinten bewegen.
Sie wandte sich von den Männern ab, die in ihr Gespräch, ihr

Gestikulieren vertieft waren, und verließ den Stall, nur auf den Beton unter ihren Füßen blickend. Falls die Augen ihr folgten, wenn sie vorüberging, konnte sie nichts für sie tun. Nichts.

Sie steht draußen, den süßlichen Biergeruch von dem Wall aus geschrotetem Mais in ihrer menschlichen Nase, wie er in den Nasen der Tiere ist. Sie ist geschwollen vor Grauen, ihr Körper spürt die Eisenstäbe, die sie umschließen, die Stäbe sind vor ihren Augen, sie kann sich nicht umdrehen, zum Haus entfliehen. Sie weiß nicht, woher es kommt, dieses Wissen – es stößt ihr zu –, das Wissen, wie es für sie ist, die Tiere, die stumm geboren werden, wie ein menschliches Wesen stumm und unfähig gemacht werden kann, sich zu befreien. Es war, als hätte dieser kurze Augenblick eines Bewusstseins von Glück sie für etwas geöffnet, was sie nicht kannte, nicht kennen sollte, eine reale Erinnerung, die sie nicht haben konnte. Sie hat viel Schlimmes ertragen in ihrem zurückgelassenen, entflohenen Leben dort – zu Hause –, wo die Basilika aus vergangenen Jahrhunderten weltbekannt war und ihre Großmutter auf den berühmten Straßen bettelte, weil ihr seit Jahren keine Rente mehr ausbezahlt wurde. Aber in der Geschichte ihres eigenen Lebens ist nichts, was sich damit vergleichen lässt. Und jetzt, hier, ist ein Kind in ihr, eingepflanzt vom Besitzer dieser Tiere zwischen eisernen Stäben.

Als die Männer herauskommen, ergreift er ihren Arm. »Müde?« Und zu den anderen Männern, in ihrer Sprache: »Sie ist nämlich guter Hoffnung.« Im Haus, beim Grappa, wird die Neuigkeit wiederholt. Diese Tante umarmt sie. Es wird auf den neuen Zuwachs angestoßen, der bald in der Familie zu begrüßen sein wird. Ein Kind mit einem Erbe – es wird unter einem glücklichen Stern zur Welt kommen.

Sie sammelte ihr Bilderbuch und ihre Fotografien ein. In dem Augenblick beschloss sie, dass sie zurückgehen würde – nach Hause.

Zurück.

Aber zu was zurück?
Stattdessen fand sie jemanden, der sich als Gegenleistung für ihre wenigen Worte, ihr Geld einverstanden erklärte, eine Abtreibung vorzunehmen. Und dem Metzger teilte sie mit, sie habe eine Fehlgeburt gehabt.

»Was den künftigen irdischen Körper betrifft, so hat das Individuum allerdings nur eine begrenzte Wahl …«

Nein. Wer immer der deutende Denker war, von dem diese Aussage stammt, er täuscht sich. Wahl? Das ist ein weltlicher Begriff. Es gibt keine Wahl, denn Wahl setzt eine Persönlichkeit voraus, die sie trifft. Ich bin ein altes Sein, wiedergekehrt im Sein eines Kindes; ich stelle fest, dass ich als Mann wieder geboren bin, oder abermals wiedergekehrt, um sein Erleben in einer anderen Zeit, an anderem Ort als Frau fortzusetzen. Das Geschlecht ist nur eine der Formen von Wiederkehr. Aber wenn es einen Rest dessen gibt, was ich einmal wirklich war – obwohl dieses »wirklich« bei so vielen Wiederkünften relativ bis zur Bedeutungslosigkeit ist –, dann ist es das Empfinden, dass ich mich irgendwie als Mann erfüllter fühle, erfüllter, als wenn ich als Frau zurückkehre. Und das Sein vom frühen Tod eines Jungen auf eine Frau zu übertragen heißt auch, dass Spuren dessen, was er erduldete, sich unausweichlich in ihr fortsetzen. Ich bewohne sie, ich bin sie, etwas von mir wird natürlich Teil von ihr, von ihrer Persönlichkeit, ihrem Charakter, auch wenn sie die Ursache nicht kennt.
Und in ihrem Innern wehrt sich das Männliche, das ich beherberge, gegen dieses Sein, gegen ihr Sein als das Opfer, das sie in dieser Phase möglicher Existenzen ist.

Der erste Fisch, der sich mit den Flossen über den Schlamm auf den Sand heraufarbeitet. Damit hat alles angefangen.
Das behaupten sie.
Und Tod: Das ist das Ende. Tot. Sie glauben, ich wäre ver-

schwunden, aber es ist ein Prozess, ein Verweilen, zwischen dieser und jener gelebten Vergangenheit. Das kann man nicht Erinnerung nennen? Etwas, das nicht einmal kollektive Erinnerung ist, denn von den Toten kehrt niemand zurück, nicht wahr, um zu berichten? Ich bin nur eine Art Antwort – erfunden, ins Sein geträumt? – auf ihre schreckliche Furcht vor dem Tod, die jeder von Beginn des irdischen Bewusstseins an hat.

Sie glauben, ich verschwinde, aber immer sind sie es, die von mir verschwinden. Ich werde zurückgelassen. Diesmal.

Ich weiß nicht, bei welcher Wiederkehr ich zum ersten Mal davon hörte. Davon las, scheint mir. Ich wünschte, es wäre nicht passiert. Ich glaube, wenn man von einer Möglichkeit nichts weiß, muss man sie nie leben. Außerhalb deiner Umlaufbahn. Absurd eigentlich, denn ich muss ja schon damals ein Wiedergekehrter gewesen sein. Der einzige *sichere*, *echte* Anfang ist der Fisch – und selbst er hatte eine Art des Seins in einem anderen Element hinter sich.

Es muss eine der Wiederkünfte gewesen sein, bei der ich ein mittleres Alter erreichte, sogar alt wurde – auf jeden Fall erwachsen, mit einer entwickelten intellektuellen Neugier. Meistens war ich jung oder ein Kind. Kurzlebig: sofort wieder verfügbar. Es muss gewesen sein, als ich ein Wesen war, dem die vorhandenen Erklärungen für menschliches Leben – angeboten in Kirchen, Synagogen und Moscheen – nicht genügten; oder ich hatte einfach so einen ruhelosen Geist, der in der Etymologie und in philosophischen Abhandlungen und Traktaten nach Erklärungen sucht. »*Karma. Die Summe und die Folgen des Handelns einer Person während der aufeinander folgenden Phasen ihrer Existenz, die als bestimmend für ihr Schicksal gelten. Schicksal, Los. Sanskrit* karman (*Nominativ* karma), *Handlung, Tat, Werk, von* karoti, *er macht, er tut.*« Die irreführende Version des American Heritage Dictionary of the English Language. Und es gibt andere Interpretatoren. »*Die Lehre von* Karma *oder* Seelenwanderung … *ist eng mit der Philosophie der Upanischaden ver-*

bunden.« Ich glaube nicht, dass ich je die Upanischaden gelesen habe. Anderswo heißt es: »*Auch Amtspersonen sind den Gesetzen des Karma unterworfen – dass nämlich jede Tat früher oder später vergolten wird, in diesem Dasein oder einem zukünftigen.«* Und noch eine Stelle: »… *Karma* kann *als das Gesetz von Auge um Auge und Zahn um Zahn gesehen werden … allerdings ist diese Deutung nicht nur eine Vereinfachung, sondern auch eine starke Einschränkung.«*

Ja. Nun, vielleicht verstehe ich es nicht, und ich werde nie wissen, welche Kraft mich ins Dasein zurückschickt, *meine* Erfahrung jedoch kann keinen Prozess der Vervollkommnung oder der Vergeltung bestätigen. Jemand hat geschrieben: »*Viele Menschen quälen sich mit den Fragen ›unerledigter Angelegenheiten‹ herum, ob auf psychologischer oder auf karmischer Ebene.«* Das Wesen, das ich werde, um unerledigte Angelegenheiten aus dem Leben eines anderen fortzusetzen, ist selten, fast nie einer durch ein anderes Leben verschuldeten oder ihm geschuldeten Vergeltung unterworfen; und Perfektion ist etwas, das ich bei keiner Wiederkehr je erlangt habe … Diese Kraft, von der ich einmal hörte, las, die man Karma genannt hat – ist sie nicht ein *Fragen*, auf das man immer wieder zurückkommt? Hier ist es: »*Innerhalb einer solchen Suche ist kein einzelner, eingeengter Blickwinkel ausreichend … Aus dem Hinduismus und Buddhismus; die Lehre, wonach die Summe der Taten eines Individuums in früheren Seinszuständen sein Schicksal in künftigen Existenzen bestimmt.«* Das ist es, was meine Existenzen meistens waren. Sogar die eine Seinsform, in der ich – wie soll ich sagen – wartete, wurde zurückgerufen, so dass ich nicht wurde, was ich hätte sein können.

Das Nachleben.

Der irdische Ausdruck für das, worauf man nach dem Tod hofft. Aber hier habe ich eine Version von Unsterblichkeit für jemanden, der an ein Leben nach dem Tod von zwar erhöhter, aber irgendwie ähnlicher Natur wie das gegenwärtige nicht glauben kann: Wenn du stirbst, zerfällt dein Körper in der Erde, oder der Verwesungsprozess wurde durch Verbrennung vorweggenommen. Richtig? Du bist Humus oder Asche; im Lauf der Jahreszeiten sorgen Hitze und Regen dafür, dass die Materie durch Verdunstung und als mikroskopische Teilchen in die Atmosphäre aufsteigt. In Form von Wolken setzt sie sich wieder zusammen. Wenn du in einem Flugzeug sitzt und auf die Wolkenhügel blickst, durch die du fliegst, über und unter dir, dahintreibend: Das ist es, hier sind die Toten, über ihre Zahl und Zeit hinaus (der Himmel ist gewiss zu überfüllt, als dass man an ihn glauben könnte), Materie, die sich dauernd verwandelt. Wiederkehrt.

Tot. Todesurteil.

Aber es gibt auch so etwas wie ein Lebensurteil; immer wieder zurückzukommen, wieder und wieder, ohne Entrinnen; das ist Unendlichkeit: Belohnung, Verzeihung, noch eine Chance oder letzte Bestrafung für alle Untaten aller Karmas bis jetzt … nur bis jetzt.

Ich verstehe.

Es bedeutet, dass du verurteilt bist, ewig zu leben.

ANMERKUNGEN

(157) *… wie wenige von uns im Westen die Verwüstungen der Malaria erfassen*: »Catch As Catch Can«, *Los Angeles Times Book Review* (5. Dezember 2002), Rezension über Mark Honigsbaum: *The Fever Trail* (Farrar, Straus and Giroux 2002), von Dr. Claire Panosian Dunavan.

(160) *Doch hör ich's sausen hinter mir*: Andrew Marvell, *To his Coy Mistress*; übersetzt von Paul Celan: *An seine stumme Geliebte*.

(165) *… deshalb bevölkert der Mensch fortwährend seinen gegenwärtigen Raum mit einer eigenen Welt*: A. P. Sinnett, *The Occult World* (Kessinger Publishing 1981).

(181) *Aorist: Bezeichnet eine vergangene Handlung ohne Hinweis auf Beendigung, Fortsetzung*: The American Heritage Dictionary of the English Language.

(182) *Viele Male lebt der Mensch …*: *Many times man lives and dies, / Between his two eternities / That of race and that of soul.* W. B. Yeats, »Under Ben Bulben«.

(188) *… Jede Tat wird früher oder später vergolten, in diesem Dasein oder einem zukünftigen*: *National Geographic* (3/1/32), zitiert von Ruth White, *Karma & Reincarnation* (Weiser Books 2001).

(206) *Ich war stets Teil davon, und vielleicht ist kein Entrinnen aus dem Vergessen und Wiederkehren, Leben um Leben, wie ein Insekt im Gras*: W. B. Yeats.

(216) *Es stellt sich heraus, dass etwas, das nie war und nie sein wird, am Ende alles ist, was wir haben*: Amos Oz, *Allein das Meer*, (Suhrkamp 2002, Übersetzung von Frank Heibert nach der englischen Fassung von Nicholas de Lange, S. 180).

(224) *So wie alles immer etwas anderes ist … kann es auch über den*

Zeugungsgott etwas aussagen: Harry Mulisch, *Die Prozedur*, (Hanser 1999, aus dem Niederländischen von Gregor Seferens).

(228) *Der Stößel des Mondes ...: The Pestle of the moon / That pounds up all anew / Brings me to birth again – / To find what once I had, / And know what once I have known*. W. B. Yeats, »On Woman«.

(248) *Was den künftigen irdischen Körper betrifft, so hat das Individuum allerdings nur eine begrenzte Wahl*: T. C. Lethbridge, *Witches* (Lyle Stuart 1969), zitiert von Ruth White, *Karma & Reincarnation*, a. a. O.

(249) *Die Lehre von* Karma *oder* Seelenwanderung ...: Ebda.